colección alandar

ÍNDICE

Tuva

Gonzalo Moure

EDELVIVES

Directora de la colección:
Mª José Gómez-Navarro

Equipo editorial:
Violante Krahe
Juan Nieto
Lupe Rodríguez

Dirección de arte:
Departamento de imagen y diseño GELV

Diseño de la colección:
Manuel Estrada

Fotografía de cubierta:
Jiunlimited

Carretera de Madrid, km. 315,700
50012 Zaragoza
Teléfono: 913 344 883
www.edelvives.es

ISBN: 978-84-263-6448-7
Depósito legal: Z-3015-07

Talleres Gráficos Edelvives (50012 Zaragoza)
Certificados ISO 9001
Printed in Spain

El 0,7% de la venta de este libro se destina a la construcción de la escuela que la ONG Solidaridad, Educación, Desarrollo (SED) gestiona en San Julián (El Salvador).

FICHA PARA BIBLIOTECAS

MOURE, Gonzalo (1951-)
Tuva / Gonzalo Moure. – 1ª ed. – Zaragoza : Edelvives, 2007
270 p. ; 22 cm. – (Alandar ; 97)
ISBN 978-84-263-6448-7
1. República de Tuva. 2. Viajes iniciáticos. 3. Caballos.
4. Relación hombre-animal. 5. Canciones. I. Título. II. Serie.
087.5:821.134.2-31"19"

A Yago, que en las noches de mi infancia
escribía duendes y dibujaba «hermitos»,
cuidando y alimentando mi sueño.

¿Cuántas veces he releído estos dos cuadernos de escritura apretada? No lo sé; muchas. Para mí, son un tesoro. Un tesoro desordenado e inagotable en el que no existe el tiempo. Desde que regresé de Tuva he sabido que tengo que escribir el relato más o menos minucioso de lo que viví y descubrí allí, pero siempre me he sentido atenazado, temeroso; como si ordenar y copiar y reescribir fueran actos sucios, una violación del pasado. Temo que, al hacerlo, el sueño se rompa, se me deshaga entre los dedos. La memoria es un almacén tan extraño como un cuaderno, en el que todo está en el mismo plano, al alcance, sin orden temporal ni páginas numeradas, y me desasosiega pensar que al ir escribiendo lo que sucedió cada día, paso a paso, el almacén se ordene demasiado, que la aventura adquiera lógica, que la fascinación y el gozo y el miedo y la angustia sean sólo adornos, y hasta que el amor se convierta en algo vacío e infantil. Pero lo haré, ordenaré y copiaré y reescribiré y numeraré para buscarme a mí mismo, para buscar al Marcos casi niño que salió de viaje hacia Tuva hace ya tanto tiempo, y al que su padre aún llamaba Mosquito, y acabar de encontrar al Marcos casi hombre que soy ahora, el que comencé a ser en Tuva.

Y es que han pasado tres años desde que estuve allí, desde que llené los dos cuadernos. El primero lo llevé desde aquí y está fechado en el aeropuerto de Sheremetyevo, en Moscú. El segundo fue un regalo que recibí en la taiga tuvana, en el corazón de las tierras vírgenes, rodeado de hombres y mujeres que aún resistían y vivían dentro del ciclo de la naturaleza. No fue tanto tiempo como me dice la memoria: entre las dos fechas de mis notas, la primera y la última, hay un lapso de tiempo que no tiene nada que ver con lo que viví, con lo que recuerdo, con lo que revivo al releer sin orden alguno mis notas. Acababa de cumplir dieciocho años y aún no sabía nada, nada. Y eso que creía saberlo todo, o casi todo. Es posible que haya necesitado estos tres años (más: tres años y siete meses) para digerir, para reposar, para reflexionar. El que viajaba a Tuva vivía la vida desde la perspectiva de Mosquito, empezaba a vivirla como Marcos, pero el que volvió había recibido un tercer nombre: Kezik, «Suerte». Mosquito, Marcos, Kezik, ése es el resumen de mi crecimiento. Comencé el viaje conociendo la parte más superficial de la amistad, volví de allí conociendo la más profunda. Más: hasta entonces creía haber estado enamorado, y sé también que mientras escribía mis notas en la estepa y en la taiga me perdía en el laberinto y las contradicciones del amor; al regresar había madurado, estaba preparado para enfrentarme a mí mismo y a los demás. Y, por último: Mosquito soñaba, intuía, mientras que Kezik, este Marcos que escribe ahora, sabe. Y porque sabe, porque sé, dudo, y la suma del saber y dudar me empuja hacia delante, a saber más, a dudar más. A no detenerme nunca. Eso es lo que debía haber contestado a mi padre, Cortázar, cuando me preguntó qué había aprendido en Tuva: que no hay que detenerse nunca, que siempre queda algo, y que es apasionante buscarlo.

Hoy he salido al centro, he comprado libros, me he cruzado con cientos, miles de personas, y cuando los miraba percibía silencio, un silencio denso y terrible hecho de la peor y más contradictoria de las materias: el ruido. Un fragor insoportable y mudo. Mi mente volaba hacia Tuva, hacia la plenitud de la estepa, hacia la soledad de la taiga, y si cerraba los ojos veía caballos y grullas, y abetos y alerces; y entonces sí, entonces percibía el murmullo incansable de la vida y la información se agolpaba en mis oídos: los caballos me hablaban en un susurro inagotable que venía, que viene del mundo, de la profundidad de la naturaleza, y las grullas me hablaban con sus aleteos y sus voces ligeras poesías del aire, y los árboles versos hondos del humus y la nieve y la niebla y el sol.

Me he llevado el *jomúsh* a los dientes, el simple birimbao de acero que traje de Tuva, he arrancado de su lengüeta un ritmo cadencioso y vibrante, como tantas veces desde entonces. Sonrío: ¿se podría contar esta historia con el *jomúsh* y su ritmo eterno y redondo? Tal vez sí, pero ¿quién me entendería? Tal vez un caballo. Cuando lo he dejado sobre la mesa, he mirado los cuadernos y el teclado, he cerrado los ojos, he dejado vagar la memoria, y no sé por qué capricho me ha llevado a un instante del viaje en el que nada trascendente ocurre, pero en el que se concentra toda la magia de Tuva: junto a mí están Aydemir, que significa

«Acero de Luna», Aneyhaak, que quiere decir «Árbol Joven de cuyas Hojas Comen las Cabras Pequeñas», y

Danzyrin

acaba su larga canción y Aydemir la traduce. Es la historia de una niña, Assiana, que camina y camina con un caballo a su lado, atraviesa bosques, llanuras, montes, pueblos y ciudades. El caballo a veces parece volar, a veces camina. Acompaña a la niña, que persigue una luz que ve a lo lejos, pero que la ciega, no le permite ver nada de los bosques, la taiga, las estepas, los pueblos y las ciudades. Los atraviesa en penumbra, cegada, tratando de alcanzar la lejana luz. El caballo ha aparecido en el camino ante Assiana y le ha dicho que es el caballo que todos los humanos llevamos en nuestro corazón, su caballo, y que quiere ayudarla a llegar hasta la luz. Assiana y su caballo hacen camino tras ella. Cuando uno de los dos tiene hambre o sed besa al otro, labios con belfos. Y así caminan, inmunes al tiempo, pero sin lograr acercarse a la remota luz, hasta que el caballo de sus adentros le dice a la niña que ha hecho un descubrimiento, a fuerza de pensar y pensar: la Tierra es redonda, cualquier punto del mapa es el centro del mundo. Assiana, que ya lo sabe muy bien, finge sorpresa. El caballo le dice entonces que si caminan al revés llegarán hasta la espalda de la luz, y la atraparán. Lo hacen: desandan todo el camino, cruzan los mismos lugares, y luego otros, hasta que llegan hasta la espalda de la luz. Sobre ella, recortada a contraluz, surge una silueta. Es la silueta de la misma niña, su propia silueta. No sabe qué hacer. El caballo le dice que intente fundirse con ella, y a medida que Assiana lo hace, ve el camino por delante, bañado por la luz.

—Si miras hacia ti misma —le dice el caballo—, te deslumbra tu propia imagen. Si miras hacia delante, la luz que proyectas te ayudará a caminar.

En el último momento, dice Danzyrin, Assiana se vuelve hacia el caballo, y le pregunta:

—¿Y tú?

—Yo —contesta el caballo— siempre seguiré dentro de ti. —Y, misterioso, concluye—: Y tú dentro de mí.

Al acabar de decirlo tamborilea en la caja de su instrumento, un *doshpuluur* de pulida madera de alerce rematado por una cabeza de caballo tallada a mano: Danzyrin músico, el del ritmo, el de la esencia de la vida. La historia da vueltas en mi cabeza, vueltas perfectas, redondas, como la Tierra, como los círculos del caballo alrededor de la niña.

Aydemir espera, por si tiene que traducir algo más. Aneyhaak está recostada, con su rostro encendido por el reflejo del fuego en la blanca superficie del *ough*, que es como en Tuva se denomina a la clásica yurta redonda. La muchacha tiene los ojos cerrados, el antebrazo reposando en su frente y la mano un poco abierta. El aire huele a leña y a grasa y a leche fermentada, huele a noche, y la brisa es tan delgada como hilo, y también parecen oler las estrellas en el cielo de la taiga, así de cercanas parecen. Yo estoy apoyado en el viejo *paglásh*, el poste de madera en el que se atan los caballos en este recóndito rincón del mundo. En la ladera de la montaña, entre los abetos y los alerces, hay voces extrañas de animales salvajes, y deben de ser amenazas para el ganado, porque caballos, vacas, yaks y ovejas se remueven inquietos en sus corrales. Danzyrin lo nota, levanta el mástil de su *doshpuluur* y empieza a cantar, un tono al principio monótono que poco a poco se va modulando hasta que se extiende como una sábana de serenidad sobre el valle y se convierte en silbido, un dulce violín de viento sin más cuerdas que sus dientes y sus labios, la música antigua del mundo, y el ganado calla, y la montaña escucha, y las estrellas parecen yemas de dedos que nos acarician desde el cielo. Nada más necesito, quedan fuera de nuestro círculo de fuego y estrellas los bandidos, la muerte, la angustia y la busca; estoy en paz. En paz con la taiga, con los bosques, con mis recuerdos, con mi padre, con

Leandro,

el amigo de Cortázar, fue el primero que me habló de Tuva. Sabía de mi afición a la música y los caballos, mi sueño de llegar a criarlos en las montañas, y había oído hablar en la radio de un país, en Asia, en el que los pastores «doman a sus caballos con música», así lo dijo. Al escucharlo sentí una especie de corriente eléctrica en mi corazón. Caballos, música, mis dos pequeños mundos soñados, juntos en el tiempo y en el espacio.

Cortázar es mi padre, le gusta que le llame así. Leandro, su amigo, va en silla de ruedas. Se conocieron en el sanatorio después del accidente, cuando mi padre perdió su pie y estuvo a punto de perder la vida, como mi madre. Ahora Leandro es nuestro amigo, y aunque nunca nos acompaña en nuestras pequeñas excursiones, y menos en nuestros viajes de montaña, parece disfrutar tanto de ellos como nosotros mismos.

Lo oyó en la radio por casualidad. La encendió, buscando una emisora, encontró otra con música. Iba a seguir buscando pero la canción le gustó:

—Nunca había oído algo así. Una voz cavernosa, honda como si saliera de un pozo y ese pozo fuera su cuerpo. Era *rock and roll*, pero la voz sonaba distinta a todo lo que conozco. Así que esperé un momento, y estaban acabando de entrevistar en inglés al cantante. Era asiático, y le preguntaron por la música tradicional de su país, y contestó así: diciendo que allí los pastores domaban a sus caballos con música.

Leandro dijo el nombre del país asiático, pronunció Tuva, entendí Tuba. Por Cuba, por tuba, el instrumento musical, por las dos cosas. Lo busqué en internet, pero no había nada. No es que dudara de Leandro ni de lo que había escuchado, pero lo olvidé. Hasta que Cortázar mencionó el tema, al cabo de unos días, y yo le dije que no había nada de Tuba en internet y él me preguntó: «¿Con be o con uve?».

Debí de poner tal cara que mi padre se rio. Y cuando lo busqué con uve, ahí estaba:

Tuva,

con uve, claro, un país pequeño, de apenas 300.000 habitantes y no más grande que Andalucía. En el centro de Asia, al sur de Siberia y al noroeste de Mongolia. Era parte de la Federación Rusa como antes había sido parte de la Unión Soviética. Devoré todo lo que encontré, supe de su música tradicional, al que llamaban unas veces *jomeid*, otras *kárgara*, y muchas *throat singing*, música de garganta, así, en inglés, porque Tuva parecía llamar mucho la atención a los norteamericanos. Pero salvo que las letras de las canciones se referían muchas veces a los caballos, un poco a la manera del *country* (luna, fogata, caballos y muchachas añoradas) no había nada que hiciera pensar en caballos y pastores vinculados por la música.

Que no lo hubiera me desanimó. Leandro podía haber oído mal, o el cantante tuvano podía haber fantaseado, qué sabía yo. Pero a mi padre no le desanimó, todo lo contrario. Mientras yo navegaba buscando datos de Tuva y rastros de la música y los pastores, él mosconeaba a mi alrededor, con su pie artificial haciendo «tac tac», pese al calcetín grueso con el que suele intentar silenciarlo en casa. Y cuando yo ya empezaba a flojear, fue él quien dijo:

—Nos vamos a Tuva.

Vamos a Tuva. Me volví y le miré. No podía creer que lo dijera en serio. Caballos y música era una maravillosa combinación, a mí me apasionaba la posibilidad de poder viajar al centro de Asia en busca de tales pastores, y posiblemente en el transiberiano, nada menos. Pero los indicios eran tan débiles que su «Nos vamos a Tuva», su seguridad, me produjo una mezcla de sorpresa y pena.

—Pero no hay nada, papá, nada.

A menudo me pregunto si mi relación con él hubiera sido igual si mi madre no hubiera muerto. El dolor nos ha acercado. Mucho. Desde el principio, desde el inicio de nuestra soledad compartida, Cortázar se empeñó en demostrarme que el mundo es grande, y que está al alcance de nuestra voluntad. Con un solo pie y una prótesis, en cuanto se acostumbró a su nuevo pie de acero y madera, me llevó a hacer excursiones primero, pequeñas escaladas después, viajes por fin. Viajar, para él, es leer con los pies, escuchar con el corazón, tocar con los dedos del alma.

Cortázar, sin embargo, nunca me ha hecho confundir las cosas, nunca ha pretendido ser exactamente mi colega, ni mi hermano, ni siquiera mi hermano mayor. Es mi padre, y eso significa que él es el que escribe el reglamento, en el que también hay un enorme capítulo llamado amistad. Compartir. Que yo pueda opinar no quiere decir que yo pueda escribir ninguna regla de nuestra convivencia, sino sólo sugerirla, o incluso proponerla. Lo demás es cosa suya. Sólo así podemos convivir. Pero ni siquiera tanta armonía nos libra de las tormentas. Ocurren, si no a menudo, sí cíclicamente. Sus ensimismamientos, por ejemplo. Aquella tarde es lo que temí: que mi escepticismo le devolviera a sus penosas profundidades de la pérdida, la duda, el error, el paso del tiempo. Cuando ocurrió el accidente, Cortázar tuvo que hacer la elección más dura de su vida, entre mi madre y yo. Su mujer o su hijo. Entonces no recordaba apenas lo que había sucedido en aquel terrible instante, mi mente se negaba a ello; pero siempre he sabido que debió de ser una rápida elección para él, seguramente inconsciente. Aún tendría una segunda oportunidad después de intentar salvar a uno, pero la primera sería la elección instintiva entre la mujer y el hijo; fui yo. Hemos hablado poco de este instante terrible, apenas nada; suficiente, en todo caso, para que yo almacene en mi corazón algo más pesado aún que una deuda. Me eligió a mí, o mejor: al niño que yo era, promesa de vida. Y no hubo segunda oportunidad, el tiempo se esfumó, el tiempo fue cumplido. Nuestra relación, desde entonces, es un pacto de vida, y él trata de convertir ese pacto en una apuesta por el riesgo, por lo extraordinario. Por eso, cada vez que le fallo, aunque sea en el detalle más nimio, me siento culpable.

Esa tarde no quería fallarle, mostrarme ausente o lejano. Cortázar depende de sus planes; sin un plan en el horizonte, sin un horizonte hacia el cual caminar, se desmorona, se disuelve, se vuelve gris. Pero antes de que eso suceda surge, casi siempre, el Cortázar magnífico, disparatado, casi imposible, el de pacto por la vida:

—Mejor —parecía realmente contento por lo que yo había dicho, que no había nada en internet ni en las enciclopedias que confirmara lo que Leandro había o creía haber oído.

Me costaba entenderlo:

—¿Mejor?

—Claro, si fuera una cosa ya muy vista y oída no sería tan interesante.

Sacudí la cabeza con incredulidad, me reí, se rio, chocamos las manos.

Y lo seguimos intentando juntos, ante la pantalla del ordenador, asociando música y canción con doma, adiestramiento y todos los sinónimos posibles, ya siempre en inglés, porque en castellano apenas había alguna referencia a grupos musicales tuvanos y festivales de verano. Nada, ni un solo rastro de lo que buscábamos. Reconozco que lo que a mí me parecía tan dudoso en mi padre tenía el efecto contrario: cada vez estaba más entusiasmado, confiando ciegamente en lo que había oído Leandro en la radio, y hablando ya del viaje como si fuera una realidad, casi una obligación.

—¿Estás seguro? —llegué a preguntarle.

Ni siquiera se dignó contestarme.

Tuva era, a juzgar por las fotos, un país de una belleza restallante, aunque algo caótica: al este, bosques impenetrables, ríos y lagos; en el centro, las estepas, enormes extensiones de hierba parda, flanquedas por pequeñas sierras; en el oeste y el sur, la taiga, un conjunto de montañas pobladas por abetos, y, al parecer, ciervos, osos y lobos.

Todo el territorio está cubierto por la nieve desde octubre hasta mayo, y en primavera comienza a nacer una Tuva distinta, la Tuva del estío, en el que vuelven a la vida millones de mosquitos enormes, descomunales bestias que, a juzgar por lo escrito en internet, preocupaban mucho a los norteamericanos buscadores de sellos.

A medida que yo me iba encendiendo por dentro, la red iba agotando sus materiales sobre Tuva: la religión chamánica, renacida de sus cenizas con la caída de la Unión Soviética, era la causa de media docena de páginas esotéricas al respecto. Y, claro, minerales, ríos y lagos, riqueza forestal... Una rutinaria clase de geografía. Aunque no para Cortázar: pocas veces le he visto tan entusiasmado. Hablaba torrencialmente, señalaba puntos en el mapa, buscaba fotos de caballos, hacía incursiones en páginas sobre la vecina Mongolia...

En días posteriores, la fiebre de Tuva no desapareció, al contrario. Cuando volvía de clase siempre tenía alguna novedad que anunciarme, y yo sentía que todo se iba concretando más y más. Los sueños de mi padre son muchos, pero solo algunos de ellos cristalizan, por selección natural, dejando en la cuneta a los demás. El sueño de Tuva se acercaba poco a poco al terreno de lo posible.

Y, por fin, una fecha. Partiríamos para allá el 15 de julio.

Al oírlo sentí un vuelco en el corazón. Tuva se alejaba de las fotos y las informaciones de páginas de la red, de pronto era un territorio físico, tan cercano como la sierra de Guadarrama, Gredos, las Alpujarras, los picos de Europa, los Pirineos, todo lo que mi padre me había enseñado a conocer con el frío en la piel, con la dureza de las peñas bajo las botas. Y ese paisaje cada vez más cercano contenía sonrisas que iba a devolver, y manos desconocidas que iba a estrechar, panes cuyo trigo se estaba recogiendo ahora y que yo iba a comer, y caballos, y cumbres casi himaláyicas, y una música extraña, surgida de las honduras del ser humano.

Cortázar ya había hecho las reservas.

—¿En el transiberiano? —pregunté.

La palabra, por sí sola, aceleraba el ritmo de mi corazón. El tren de los sueños de todo aspirante a viajero.

Pero no, esa parte del sueño no se iba a cumplir:

—Lo he pensado mucho, me apetece tanto como a ti, pero el transiberiano pasa lejos de Tuva, al norte. La parada más cercana es Irkustk, y eso está todavía muy lejos. Más de mil kilómetros que tendríamos que cubrir combinando autobuses. Perderíamos medio viaje sólo en llegar hasta Kyzyl.

Avión. Un vuelo semanal, desde Moscú. Y las paradojas: no conocemos el mundo, pese a tanto tópico global:

—Está más lejos de Moscú, volando hacia el este, que Moscú de Madrid.

Sonaba bien. No me importaba: en el tren no había caballos, mi sueño. Los caballos nos estaban esperando en las estepas tuvanas.

Quedaba un mes y medio. Cumplí mis dieciocho años de vida. Hice mis últimos exámenes, aprobé. Casi una sorpresa. Cortázar no había puesto condiciones, puede que conozca la palabra chantaje, pero no sabe muy bien lo que es. Sin embargo, yo sentía que se lo debía: hice un esfuerzo descomunal, apenas dormí, y cuando tuve en mis manos la nota de la selectividad la compartí con él como se comparte el pan.

Y cuando ya todo estaba listo, un mediodía me anunció:

—No puedo ir.

Me quedé inmóvil, no sé lo que estaba haciendo, pero sé muy bien que entendí «no podemos ir».

Su madre, mi abuela, estaba mal, eso ya lo sabíamos, y solíamos ir a verla a Teruel, donde vivía con mi tía Irene. Pero con lo que yo no contaba era con que Irene también podía enfermar. Me parecía eterna, más inagotable aún que la abuela, y ni siquiera había pensado que también su salud podía tener quebrantos.

—Me necesitan todo el verano.

Un verano en Teruel. Cerré los ojos, intentando no mostrar mi decepción. Cuando Cortázar hablaba en singular yo oía en plural.

Se debió de dar cuenta:

—Pero tú sí puedes.

Me costó entenderlo. ¿Yo? ¿Solo? Todos mis viajes, con la excepción de los de estudios, habían sido en su compañía.

—Ya has cumplido dieciocho. Ya te puedes enfrentar a cualquier situación.

A veces, Cortázar no necesita grandes frases para explicar las cosas. Ni por longitud ni por grandilocuencia.

No tuve que pensarlo mucho. Y tampoco mi contestación fue muy larga:

—Gracias.

Por dentro, ardía. Literalmente.

Luego, todo fue deprisa, muy deprisa. Visados, pasaporte en regla, tarjeta de crédito, vacunas. Entre tanto, mi mente funcionaba a toda máquina. ¿Sería capaz de arreglármelas solo, realmente? ¿Podría encontrar la pista de los pastores que domaban a sus caballos con música? ¿Dónde? ¿Habría algún riesgo, aparte de algún robo menor, que Cortázar daba casi por sentado? No lo sabía.

Mis amigos estaban asombrados, y el más cercano de ellos, Gato, incluso acarició la idea de acompañarme. Pero ni tenía ya mucho tiempo, ni contaba con el apoyo de sus padres. Le pedí a Cortázar que mediara, que tratara de convencer a los padres de Gato, pero aunque lo intentó, no lo hizo con mucha convicción. Entendí el mensaje: crece. Ni siquiera quiso que llevara teléfono móvil, alegando que no habría mucha cobertura en la taiga y que si la conseguía sería muy cara. En realidad, quería que no me sintiera protegido.

—No me llames si no es necesario, porque mientras no lo hagas sabré que estás bien.

Y lo asumí.

En ese tiempo de veloz espera pasaron más cosas, seguro. Pero no las puedo recordar. Mi primer recuerdo nítido es en la cabina del avión, en Barajas, buscando mi asiento. Dormí, soñé con Asia, una sucesión de imágenes temblorosas de montañas lejanas y grises, cabañas, figuras humanas huidizas, caballos grises. Cuando desperté, faltaba ya menos de una hora para llegar a Moscú. Al pensar en lo que había soñado, me daba cuenta de que Asia era para mí un libro cerrado. Nada de lo que había leído hasta entonces me informaba de lo que iba a sentir, de cómo era Asia de verdad, de cómo era su gente, ni siquiera su cielo.

Después de aterrizar en Moscú, cambié de aeropuerto desplazándome en tren, entre gente indiferente y algunos turistas ruidosos. Traté de no parecer uno de ellos, no lo logré. Sentí excitación, sentí miedo, sentí entusiasmo, sentí angustia. Me sentí parte del río de la humanidad, me sentí solo.

Y allí estaba, en el aeropuerto de Domododova, dedicado exclusivamente a vuelos domésticos de la Federación Rusa, entre miles de personas.

Escribí en mi libreta de notas durante más de dos horas. Ahora releo lo escrito y sonrío. Ingenuidad, adrenalina, incertidumbre, romanticismo. Las muchachas rusas me parecían diosas gélidas bajando y subiendo escaleras mecánicas, mirando los escaparates de las *boutiques* de moda, y yo trataba de descongelar alguno de aquellos pares de ojos sin éxito ninguno.

La cola del embarque de mi avión, sin embargo, no parecía pertenecer ya a Moscú. Un conglomerado de asiáticos taciturnos y de pescadores rusos vestidos con ropa de camuflaje, algún turista norteamericano joven y funcionarios de aspecto gris. Y yo. ¿Qué parecería? A juzgar por algunas miradas de los norteamericanos, podría pasar por uno de ellos, pese a mi deseo de ofrecer la imagen de un viajero al estilo Bruce Chatwin.

Era ya de noche. No llegaríamos a Kyzyl, la capital de Tuva, hasta la mañana siguiente.

Al sentarme en mi asiento junto a un hombre asiático de edad indeterminada, eché de menos a mi padre. Escribí unas notas sobre él en mi cuaderno. Hasta entonces todo en nuestra relación parecía haber venido dado por la vida, por las circunstancias. Pero al despegar, mientras nos alejábamos de Moscú hacia el lejano este, me di cuenta de que no era así. Cortázar me llevaba con un rumbo por la vida, y por más que fuera verdad que su hermana Irene estuviera delicada, yo intuía que mi viaje era un rito de iniciación, su voluntad firme y sin fisuras de abrirme a mí mismo, de dejar mi destino en mis propias manos, de obligarme a dejar de sentir que le debía dos veces la vida. Todas nuestras pequeñas aventuras, incluida la vivida al pie del Pico Caramelo, no eran más que entrenamientos a los que él me había sometido sin hacer notar su pulso. Cerré los ojos, y traté de sentirle a mi lado, en el lugar del asiático inescrutable, que miraba al frente sin mirar nada. Ahí hubiera estado mi padre. ¿Me habría sentido más tranquilo? Seguro. Viajar con Cortázar es siempre emocionante, hace de cada día una sucesión de acontecimientos, imprevistos y nuevos, y siempre había sabido, junto a él, que nada malo me iba a pasar. Y sin embargo, ahora me doy cuenta de que en realidad prefería viajar solo. Precisamente por eso: porque sin él no sabía lo que iba a encontrar, aunque en ese momento tuviera miedo. ¿Caballos domados con música? Escribí: «No sé lo que encontraré. Viajo de las tinieblas hacia una luz desconocida». No sabía cuánto me acercaba a la verdad. La cena interrumpió mis pensamientos. Luego me dormí.

Cuando me desperté, el avión descendía. Hacíamos escala en Barnaoul, la capital de la región rusa de Altái. Me parecía asombroso: iba de camino a Tuva guiado por una voz oída en la radio, al azar, y me detenía en países y ciudades de los que jamás había oído hablar. Según el mapa había incluso dos Altái diferentes: el que iba a pisar en la escala y la República de Altái Montañosa, al oeste de Tuva.

Era la hora del amanecer. Descendíamos, y la estepa se iba poblando: carreteras, pueblos, campos arados, trigo en sazón, una ciudad. Hacia el este, una ancha llanura empezaba a clarear bajo el cielo.

El aeropuerto de Barnaoul era una pista mal asfaltada, un modesto barracón con una barra al fondo, dos pequeñas tiendas de recuerdos, y una terraza casi familiar sobre la zona de aterrizaje. Tomé un café entre codazos, y salí a la terraza, a aspirar el aire de aquella tierra incógnita. Los pescadores rusos fumaban al aire libre y bromeaban, seguramente ya competían entre ellos acerca de sus capturas antes de acercarse siquiera a los ríos o a los lagos. Me dedicaba a observarlos, tratando de hacerme una idea sobre sus vidas y sus sueños, cuando alguien se me acercó y me saludó con una enorme sonrisa.

Era un norteamericano de unos veinticinco años. Me preguntó si era compatriota suyo, directamente. Le dije que no, le aclaré que era español, y estrechamos nuestras manos. Se mostró sorprendido: pocos europeos occidentales viajaban a Tuva. En su afirmación había casi una pregunta sobre la razón de mi viaje. Me escabullí, devolviéndole la pregunta.

Se llamaba Stephen, venía desde Illinois, era su sexto viaje a Tuva, y era un apasionado del *throat singing*, la música de la garganta. Incluso había ganado algún pequeño festival como intérprete extranjero de *jomeid*.

Fue una conversación extraña. Le tenía allí, al alcance de mi mano y de mi pasable inglés, y aparentemente era un experto en aquella música que yo venía buscando. Me parecía demasiado fácil. A mitad de viaje, cuando aún no había pisado siquiera Tuva, podía tener la respuesta. Como los pescadores rusos, podía pescar antes incluso de echar el sedal y el anzuelo al agua. Así que cuando me volvió a preguntar por el objeto de mi viaje, dudé. ¿Qué podía contestar, curiosidad, simple turismo, espíritu viajero?

Caballos, dije. Me miró con una pizca de sorpresa. Y mientras Stephen hablaba de caballos, del Naadam, la carrera que era el centro de la fiesta nacional de Tuva y que se celebraba unas semanas más tarde, sentí que la paz corría por mis venas: no decía nada de la música, que él tan bien conocía, en relación con los caballos. Como escribí más tarde, qué contradictorios eran mis sentimientos: buscaba una relación entre caballos y música, y me tranquilizaba que pareciera no haberla. Pero ¿era así?

El amanecer se derramaba lechoso sobre nuestro avión. Y había en el aire un rastro de luces misteriosas. Los pasajeros salían de la cafetería e iban bajando hacia la puerta de embarque. Stephen y yo emprendimos también la marcha.

Y entonces me atreví:

—¿Has oído algo de pastores que doman a sus caballos con música?

¿Qué hubiera pasado si hubiera contestado que sí, que era una práctica común? Todo habría sido distinto, claro. Hubiera hecho el viaje del mismo modo, habría buscado en los resquicios de la verdad algo nuevo, habría ido a convivir con los pastores y los caballos y hubiera llenado tres cuadernos de notas; hubiera sido un viaje precioso, toda una experiencia. Pero de algún modo yo buscaba lo extraordinario. Y lo encontraba en la negación:

—¿Que doman a sus caballos con música?

Su cara de extrañeza era música celestial para mí. Cortázar bullía en mis venas: ¡mejor!

—No —siguió Stephen, sinceramente desconcertado—. Cantan a sus caballos como los *cowboys* a los suyos, e incluso cuando montan, y a veces el ritmo de la canción marca el paso al caballo, pero domar… No.

Me miraba con todo el positivismo escéptico de los norteamericanos, viendo seguramente en mí a un soñador, un romántico.

Yo recordaba a Leandro. En su silla, mirándome de frente, mientras aseguraba que el cantante había dicho que los pastores domaban a sus caballos con música. Y creía en él. ¡Mejor! Eso es lo que habría exclamado Cortázar. No le dije nada a Stephen, pero en mi corazón abracé a mi padre. Se equivoca, me dije, le dije a Cortázar.

Stephen me habló, mientras subíamos al avión, de una especie de escuela estatal de *jomeid.* Estaba en Kyzyl, y en el hotel me dirían cómo llegar a ella. Sus profesores eran gente amable, deseosa de mostrar su tesoro musical a los extranjeros. Y más a un español, subrayó.

Pronto entendí por qué. Yo era

el primer español en Tuva,

según me dijo, sin un atisbo de sonrisa siquiera, el policía que sellaba los pasaportes y examinaba los visados.

Habíamos llegado al aeropuerto ya de día, poco antes. Desde el cielo había podido ver una enorme extensión de hierba seca, pequeñas colinas, una carretera, y, a poca distancia, la ciudad. Mis pies ansiaban tocar aquella tierra tan remota. A ocho mil kilómetros de Madrid, en línea recta.

No tenía un solo contacto, nada. Cortázar había dudado, pero me había dado a elegir entre reservar el hotel y una orientación del viaje con alguna agencia de viajes local, o hacerlo completamente a mi aire. Opté por moverme sin nada que me atara, sin nada que me permitiera saber lo que iba a pasar antes de que pasara. Sólo con un billete de vuelta.

Cuando el policía me preguntó en qué hotel me iba a hospedar le tuve que decir la verdad: que no lo sabía. No pareció gustarle mucho, pero no había nada que me pudiera obligar a tener el hotel reservado de antemano. De pronto, me miró a los ojos con severidad haciendo que el corazón me diera un salto, temiéndome cualquier cosa. Y dijo:

—Julio Iglesias, Raphael.

Sonrió. Sonreí. Por un momento, pensé que se iba a poner a cantar. Miró a su alrededor, pero no cantó, por suerte. Puso su sello en mi pasaporte y dijo:

—Siguiente.

Fuera había una especie de templete con un banco circular en el que los tuvanos se disponían a esperar un autobús que no se veía por ninguna parte. Me senté entre ellos, excitado y feliz, pero de pronto apareció Stephen con otro norteamericano. Se había dado cuenta de que estaba esperando el autobús y me ofrecía su taxi.

Lo pensé un momento. Deseaba decir que no, viajar con la gente del país hasta Kyzyl, buscar a la aventura una cama donde dormir. Pero la oferta era tentadora, y dije que sí.

La carretera era extraña y solitaria. Postes inclinados bajo el peso de gruesos cables: resto, sin duda, de la dureza de los inviernos. Casas bajas, de muros de madera de chilla, con el tejado prefabricado casi siempre muy deteriorado. Azul, blanco sucio. Camiones potentes y austeros, algún pequeño autobús decorado como si fuera un templo tibetano. Figuras huidizas entre contenedores abandonados y oxidados. Y, luego, la ciudad, con avenidas amplias de corte soviético y suburbios de digestión pesada. Asia confinada en una ciudad. Stephen y su amigo parloteaban de tal manera en la variante «Pato Donald» del inglés que yo no lograba entender apenas nada, salvo cuando se dirigían a mí, ralentizando la pronunciación.

Su hotel era amplio y confortable, situado cerca del río Yenisey, en el barrio residencial de Kyzyl, que estaba repleto de rusos en coches de un cierto lujo. Un hotel evidentemente fuera de mi alcance, sobre todo si me tenía que quedar unos cuantos días en Kyzyl. Ellos tenían una habitación doble para los dos. Sin embargo, Stephen me dio el teléfono de un tuvano amigo suyo que me alquilaría una habitación por muy poco dinero y pude llamar desde la recepción.

Buyan Tsering. Ése era el nombre del amigo. Pasaría a recogerme en pocos minutos. Su voz sonaba extraña y no me daba mucha confianza, pero acepté. Antes de despedirme de Stephen, pensé en lo cómodo que sería quedarme bajo su protección, ir a pequeñas sesiones de *jomeid* con él, conocer a la mucha gente que él ya conocía, dejarme ayudar en la búsqueda de algún rastro. Incluso llegué a fantasear con que le lograba interesar en mi busca, y partíamos hacia la Tuva más profunda tras las huellas de la canción del caballo. ¿Por qué no?

—¿Qué vas a hacer esta noche? —me preguntó cuando nos encontrábamos en la terraza del hotel, delante de unas cervezas tan grandes como botellas de vino.

Miré a mi alrededor. Estábamos rodeados de rusos prepotentes, algunos de ellos militares, otros hombres de negocios. Varios iban acompañados por mujeres rubias, muy maquilladas; rusas también. Los demás, por tuvanas. El sudor de los hombres, demasiado alimentados, destilaba alcohol y sus ojos reflejaban satisfacción y dominio: tierra conquistada.

¿Hacer? La pregunta de Stephen sonaba a camaradas de juerga. Le miré, traté de verle con ojos de camarada, pero no pude. O es que en realidad no quería.

—Me iré con Buyan a su casa, y luego, ya veré.

—Si quieres, salimos a tomar algo por ahí.

No contesté. Deseaba cortar amarras cuanto antes, dejar toda protección.

Buyan tenía todo el aspecto de un joven estudiante, y lo era. Pasaba el invierno en Ulan Bator, la capital de Mongolia, y el verano en Kyzyl, visitando a los amigos y haciendo algún viaje como guía y traductor.

Caminamos juntos, al principio cambiando pequeñas informaciones, luego en silencio, contemplando el Yenisey. El agua venía de algún lugar, y me costaba hacerme a la idea de la inmensidad de Asia mientras contemplaba su sereno discurrir. No me cabía duda de que toda aquella fuerza dormida encontraría, más abajo, desniveles que la convertirían en una manada de salvajes caballos acuáticos. Antes de abandonar su orilla, nos detuvimos junto a un monolito de cemento que se erguía sobre una esfera del mundo pintada en azul mar y marrón tierra: el centro de Asia. Me sentí un privilegiado: según el aduanero, el primer español que estaba allí, en el centro geométrico de Asia. Hice un pequeño boceto en mi cuaderno: la esfera, el afilado gnomon del reloj de Asia apuntando hacia el cielo. Luego dimos con una pequeña casa de la que salían cientos de cuerdas adornadas con pañuelos de colores, azules, blancos y amarillos. Me detuve también un momento ante ella. Buyan me miró, luego la casa, y dijo:

—Chamán.

Yo espiaba los movimientos de Buyan ante el río y la casa del chamán, intentando traducirlos en pensamientos, o tal vez en sentimiento. Para mí, eran un río hermoso, profundo y extenso, y la casa de aquella mezcla de médico y sacerdote de la que me había hablado Cortázar, pero ¿qué eran para Buyan Tsering? Para mí, Tuva era misterio, para Buyan, ¿qué?

Dejamos atrás el río. Las calles del barrio residencial cedieron pronto su lugar a zonas más oscuras. Por ellas deambulaba gente sin mucha prisa, pero con mucho alcohol en las venas. Grupos de soldados con deseos de hacerse notar.

La casa era un bloque de pisos tan feo que parecía un decorado de una obra de teatro proletario. Los cables subían por las paredes, una invasión de serpientes negras y desmadejadas, y las terrazas, minúsculas, se sostenían por algún milagro mostrando sus viguetas sin pudor alguno. Ropa tendida por todas partes, desconchados, suciedad. Sin embargo, desde mi habitación se veía un fragmento gris azulado del Yenisey, el enorme río de caudal sereno. Al otro lado, la estepa. Y una montaña armoniosa, encaramada sobre suaves pendientes, en cuya cumbre relucían piedras blancas formando el nombre de la capital, en caracteres cirílicos.

Me senté en la cama, con el estómago encogido por la excitación y la angustia. Buyan había puesto música occidental en su equipo de sonido, y la casa estaba llena de sensaciones contradictorias. Los muebles querían ser modernos, pero resultaban ingenuos, casi patéticos. Sin embargo, pronto me deshice de ese sentimiento negativo: estaba en Tuva. Imaginé a Cortázar, engrasando su pie de acero y madera, pensando en mí, en la remota España. Estaba en el centro de Asia, solo, lejos de todo, a punto de empezar no sabía qué.

Salí solo a la calle. Empezaba a atardecer, y las calles se habían llenado de grupos de soldados escandalosos y bravucones como los que había visto, aún en pequeños grupos, con Buyan. Llevaban gorra de plato y camisetas de rayas azules horizontales. ¡Marineros en la capital de la estepa! Parecían salidos de las viejas películas soviéticas que suele ver Cortázar, *Acorazado Potemkin*, *Octubre*... Sólo que borrachos, tambaleantes. Entraban y salían de los locales abiertos cada vez con menos estabilidad.

No había mucho que ver, o yo no lo encontraba. Enfilé una pequeña avenida arbolada, pensando que aquel detalle estético podía conducirme a un barrio mejor, cuando de los parterres cercanos surgió uno de los marinos tambaleantes. Traté de evitarle, pero se interpuso en mi camino, mascullando palabras en ruso. Sus rasgos eran orientales, achatados, casi tallados. Estaba solo, y no parecía importarle. Apenas nos separaba medio metro, y si yo intentaba esquivarle por la izquierda él daba una zancada lateral para cortarme el paso, luego hacia la derecha, con el mismo resultado, pero cada vez más cerca.

Pude olerle: vodka, sudor, cuero. La gorra se mantenía en su cabeza en un inquietante equilibrio, y sus ojos negros me miraban con inquietante fijeza. ¿Qué podía hacer? ¿Ése era mi destino, ser atracado por un marinero borracho en mi primera salida, tal vez recibir alguna herida? No había nadie, aunque a lo lejos se oían gritos y cánticos. En un segundo, su mano derecha se dirigió a mi pecho, me agarró de la camisa. Sus dedos casi quemaban mi esternón. Apretó la mano izquierda convirtiéndola en una maza y la balanceó hacia atrás. Ya estaba, me iba a golpear en pleno rostro, y yo no podía hacer nada, ni gritar siquiera. Soy pequeño de estatura, soy débil, y nunca he sabido defenderme ni con los puños ni a patadas.

Pero en vez de golpearme acercó su rostro al mío. Sentía su respiración muy fuerte, apestaba a cebolla y alcohol, y si sus ojos tuvieran electricidad hubieran achicharrado los míos. Los cerré.

Y entonces vi un rostro, una llanura, montañas azuladas. El rostro era el de un muchacho tuvano, con una sonrisa en sus labios, con toda la paz de todo el mundo en su mirada. No podía saber, aún no, que se llamaba

Aydemir

camina desde el campamento, tres yurtas, ough *en tuvano, y tres cercados de madera, hacia la extensa llanura verde. Atardece, llueve con mansedumbre, y un fino arco iris desciende del cielo sobre la estepa. La figura de Aydemir se recorta ante las magníficas montañas. Lleva a la espalda un arco, y en su mano derecha, tres flechas.*

Camina hasta las cercanías del viejo paglásh, *un poste para atar los caballos, y deja el arco en el suelo, junto a sus tres flechas. Se vuelve hacia las lejanas montañas azules, cubiertas de nieve, y une sus manos. Con los pulgares forma una silla en la que se puedan asentar los espíritus. Guarda silencio un minuto largo, con los ojos cerrados, y comienza a cantar. La voz le surge del pecho, profunda y grave, ronca y pedregosa, impropia de su edad, y se modula en sus labios:*

Espíritu del caballo veloz,
Escucha el tableteo de las bridas en el cuello,
Escucha el tintineo del bocado en tus dientes,
Y dame la velocidad de tus cascos,
Dame la rectitud de tu galope,
Oh, caballo veloz entre los veloces caballos,
Oh, caballo de las estepas, cantar, cantar...

La voz deja de tener significado, se desliza unos segundos en un lamento hondo y comienza a vibrar en sus labios y sus dientes, produciendo un silbido de dos tonos, uno dulce y lejano, otro siseante y agudo: un sonido que evoca la brisa en la estepa, cuando arranca música de la hierba alta, en miles de flautas verdes y tiernas.

El silbido se extingue en los labios y los dientes de Aydemir. Silencio. Aydemir separa sus manos y las deja caer junto a los muslos. Parece sonreír siempre, aunque no lo haga. Menudo para sus diecisiete años, pero hermoso y dulce, se mueve con lentitud no calculada.

Silencio, quietud, pausa. Río sinuoso y profundo, el Hemchik erosiona con paciencia la pradera; cerca de él pastan las ovejas en silencio, más lejos las vacas se entregan a la lujuria de la hierba del verano, y mucho más lejos aún los caballos forman una línea oscura que se mueve perezosa sobre la estepa, a los pies de las montañas de tonos violáceos.

Desde el montón de troncos colocados cerca del ough principal, un hombre, Sildísh, ha detenido su faena y mira hacia Aydemir con el hacha a su lado y una sonrisa en los labios. Está lejos de su sobrino, pero la brisa le ha traído el silbido del muchacho, el shygut, el estilo más complejo y bello del jomeid, la música ancestral de los tuvanos.

Aydemir se agacha para recoger el arco del suelo y lo contempla en el extremo de su brazo tenso. Sus ojos repasan la cuidadosa juntura de las lamas. Elige una flecha, acaricia sus plumas de águila joven, ajusta la cuerda del arco en la hendidura del final de la flecha, y la tensa con tanta calma como energía.

El arco cruje delatando su reciente factura. Aydemir puede oler todavía la cola que une las lamas de fresca madera de tejo y el aroma inconfundible de la tripa de oveja con la que ha sido confeccionada la cuerda.

Levanta el arco por encima del paglásh y va descendiendo despacio hasta que la punta de la flecha apunta al centro del poste. Cierra entonces los ojos y sus párpados vibran al mismo ritmo casi invisible que la cuerda del arco, que parece estar viva, como si no hubiera dejado de vivir en el interior de la oveja.

Ha pasado el invierno soñando con el momento en el que probaría su arco en las estepas, lanzando la primera flecha, más rápida que el más rápido de los caballos de las estepas, más rápida que el águila y el azor, más rápida que el viento. La tensión de la cuerda le duele en las yemas de los dedos, pero le gusta tensar las lamas de madera de tejo pegadas con cuidado bajo los consejos de su tío Sildísh, de más gruesa a más fina, escuchar los primeros crujidos de la madera al doblegarse bajo la fuerza de sus brazos.

Abre los ojos y ve el viejo paglásh, a veinte pasos de él. Ya no se atan caballos en este paglásh, abandonado varios veranos atrás, porque el tiempo y la nieve han ablandado su madera. Si la flecha vuela con precisión se clavará en el paglásh y ahí quedará durante todo el verano, y nadie la arrancará: ni los niños, que no podrán, ni los hombres que, por respeto ante el joven que se convierte en hombre, que ha clavado la flecha en el centro exacto del poste, no se atreverán.

Cierra el ojo izquierdo y achica el derecho, hasta que no ve más que el recto paglásh por encima de su dedo pulgar, con la punta de la flecha apuntando a su centro. Sabe que Aneyhaak le contempla desde la torre de vigilancia del kazáa, el cercado de los caballos. Sabe también que la vista de Aneyhaak es tan buena como la suya, porque recuerda el día del verano anterior en el que ella distinguió a lo lejos lo que nadie veía sin prismáticos: una oveja atrapada en el barro de la orilla del río. Aydemir no necesita mirarla para sentir su presencia, para intuir su rostro de luna ni sus pendientes de plata. En su mente, durante el largo y frío invierno, la flecha y el paglásh se han mezclado *con él mismo y con Aneyhaak. «Esta flecha marcará nuestro destino», se dice. Bendice a quien le enseñó y le guio para que él mismo construyera el arco, bendice a su tío Sildísh.*

Ya va a disparar.

—¡Sildísh! ¡Allí, allí!

—¡Shu! ¡Shu!

Aydemir no llega a lanzar su flecha, porque las voces urgentes de Aneyhaak y Sildísh se mezclan con el retumbar de los cascos del caballo y los ladridos de Shippa, *la perra. Baja el arco, mira hacia el campamento.*

Aneyhaak, en lo alto de la torre de madera, grita señalando al horizonte:

—¡Allí, allí! ¡Camión, caballos, camión, caballos!

Sildísh ya galopa en su caballo castaño, azotando sus flancos con la larga fusta de madera.

—¡Shu! ¡Shu!

Tras él corre Shippa, *y detrás de ella los grandes perros tuvanos, negros y dorados, poderosos pero mucho más lentos que la zorruna* Shippa.

Su otro tío, Eizir-Ool, Hombre Águila, monta de un salto en otro de los caballos preparados, y del aal, *el campamento, se eleva un coro de voces.*

—¡Aneyhaak! —grita Aydemir, con una pregunta implícita.

Aneyhaak apenas le mira, porque su vista está clavada en el horizonte.

—¡Un camión junto a la manada! ¡Los caballos galopan sin control! ¡Ladrones!

El corazón le late con fuerza a Aydemir. Uno de aquellos caballos, tal vez uno de los que están robando, es el suyo, su potro bayo, dorado y magnífico, que acaba de cumplir dos años y va a ser domado este mismo verano para competir en la gran carrera del Naadam.

Aydemir arroja el arco al suelo y corre hacia el cercado. Junto a él, con el rostro congestionado por la ira, pasa Eizir-Ool lanzando su caballo al galope.

—¡Shu! ¡Shu!

No hay más caballos dispuestos. Aydemir inicia una carrera hacia la manada, tras el galope del caballo de Eizir-Ool, pero sólo da unos pasos, se detiene, impotente.

Todos los habitantes del campamento han salido de las yurtas y los niños se han encaramado a la torre, mirando en la dirección que señala Aneyhaak.

Saaskia, la abuela, jefa del campamento, jefa de la familia Hunayic, tarda algo más en aparecer. Nunca corre, nunca grita, nunca hace movimientos inútiles. Gobierna desde sus cincuenta y siete años de vida, con el orgullo de ser la más vieja de la familia, de haber visto más que nadie, de haber atravesado la dureza de los años difíciles sin perder la dignidad ni la alegría. Pero en ella, en el rostro de Saaskia, la alegría es de una materia invisible. Bajo su mirada la familia ríe y canta, pero ella se limita a dejar hacer, a entornar los ojos como un perro viejo cerca del fuego. Un pañuelo azul recoge su pelo de ala de cuervo y en su mano empuña un revólver, caído junto a su muslo.

Aydemir se da cuenta, al ver el revólver en la mano inmóvil de Saaskia, de que Eizir-Ool y Sildísh han salido al galope sin llevar un arma. Si llegan a tiempo, antes de que el camión se lleve a los caballos, la echarán en falta.

Mira a su alrededor. No, no hay más caballos en el cercado, están todos en la manada, y nada se puede hacer, salvo esperar y confiar en los espíritus buenos de las estepas.

Eizir-Ool galopa por la ancha pradera, siguiendo a más de doscientos metros a Sildísh, y es imposible que escuche ya ninguna voz del campamento.

Aydemir echa una mirada hacia Saaskia, porque en ausencia de sus tíos él es el hombre de más edad, diecisiete años ya. Suficientes para llevar el revólver... si tuviera un caballo preparado. Pero Saaskia ni siquiera le mira. Tiene los ojos clavados en el horizonte, donde el sol arranca un brillo del camión de los ladrones.

Aydemir se dirige hacia la torre de vigilancia y sube con pasos rápidos y precisos, viendo cómo el horizonte se amplía bajo sus ojos. Aneyhaak respira con agitación a su lado y los niños, Kizí, Puyí, la pequeña Choodhu, parlotean nerviosos, sin acabar de entender lo que sucede. Bajo la torre, el perro guardián, atado, ladra con furia.

Los caballos de Sildísh y Eizir-Ool no han recorrido ni un tercio de la distancia cuando el camión levanta una nube de polvo y comienza a alejarse por el camino, hacia la carretera.

Lo que sea, es ya inevitable. Aydemir, sin embargo, invoca en voz alta a los espíritus para que le concedan el favor de que su potro bayo no haya sido robado.

—Otro, sí —reza—. Para carne, o un caballo rápido, un chuguruk, *uno cualquiera, pero no el mío, no el mío... Mi potro bayo, el regalo de la naturaleza.*

Así lo llama Sildísh, su tío, el que ve los galopes dentro de las pezuñas al nacer el potro. Lo supo en cuanto nació, hace dos primaveras. Volvió de la estepa a Kyzyl-Mazhalyk para decirle a Aydemir que su yegua había tenido entre las primeras flores un potro bayo que llevaba la velocidad y la fuerza en la frente, el aire en los cascos. Una estrella blanca de blanco futuro, la honra de los Hunayic, le aseguró.

«Sildísh, Sildísh —se dice Aydemir—, no viste la desgracia, no viste el robo; ¡galopa sin pausa, Sildísh, llega hasta la manada! Vuelve para decirme como aquel día que mi caballo pasta tranquilo, que los cuatreros han huido al verte galopando como flecha por la pradera, que el águila que te sobrevolaba

les ha hecho comprender que tu sabiduría te llevaría hasta ellos antes de que se hicieran con mi potro bayo... Galopa, ¡shu, shu!, arranca fuego del suelo con los cascos de tu caballo.»

Y del pecho de Aydemir, Acero de Luna, brota el antiguo ronquido de la voz de sus antepasados, el jomeid, la voz de los chamanes, y araña su garganta y limpia su pensamiento, y su canto lleva al caballo de Sildísh hacia su objetivo, como su brazo a la flecha, cantar, cantar...

Sildísh ordena a su caballo que detenga su galope:

—¡Trrrrriiii, trrrrrrrrriii!

A lo lejos, muy lejos todavía, el camión abandona el camino polvoriento y entra en la carretera, en el asfalto.

El caballo se detiene resoplando por los ollares, la cabeza erguida, y obedece a su jinete acercándose al paso hacia la manada, todavía revuelta y agitada. El instinto hace que Sildísh mire hacia atrás. Aunque es la primera vez que vuelve la cabeza, parece saber que Eizir-Ool, Hombre Águila, le ha seguido.

—¡Eizir-Ool, dime si falta algún caballo!

Eizir-Ool detiene al suyo, tranquilizándolo. Se adentra entre la manada. Los caballos trotan, gañen, relinchan y piafan, lejos sus cabezas del pasto, con desconfianza, alejándose de los recién llegados.

Pero los ojos de Eizir-Ool parecen acostumbrados a recontar con velocidad y precisión. Al fin, echando aún una mirada hacia el extremo de la manada, tras llevar unos pasos hacia allí a su caballo, anuncia:

—El bayo.

—¿El de Aydemir?

Eizir-Ool no contesta. El camión ha desaparecido ya, en dirección de Kyzyl-Mazhalyk.

—Se han ido al oeste —asegura Sildísh.

—Pero pueden venir del este —dice Eizir-Ool.

—O de la taigá —replica Sildísh, señalando a las lejanas y abruptas montañas.

Eizir-Ool asiente y piensa en Aydemir.

—Hay que decírselo.

—Y a Saaskia.

Sin necesidad de hablar para ponerse de acuerdo, deciden hacer regresar a la manada hacia las inmediaciones del campamento. Sildísh la rodea al trote por el oeste, y Eizir-Ool por el este. Después, se limitan a trotar en zigzag, haciendo que la manada se mueva. Sólo los tres caballos enteros, los sementales, parecen protestar. Alzan la cabeza, la agitan, y se diría que tratan de convencer a sus grupos de yeguas y potros de que no es aún la hora de regresar. Pero la insistencia de los jinetes les hace ir cediendo poco a poco.

El aal, el campamento, les espera en la falda de la montaña, junto al amplio meandro del río Hemchik. A lo lejos, las blancas yurtas refulgen. A medida que se acercan, Sildísh y Eizir-Ool van distinguiendo al grupo: los niños, Saaskia, alta y maciza, con el pañuelo de color añil destacando sobre su pelo.

Aydemir se adelanta al grupo. Lleva el arco en la mano, y la mano cerrada con fuerza. Mira primero hacia la manada, y la esperanza se va borrando en su rostro. Luego mira de frente a Sildísh, y por último, a Eizir-Ool. Los hombres bajan la cabeza y Aydemir cierra los ojos. De uno de ellos escapa una lágrima. Se vuelve de espaldas y corre hacia la vivienda. La puerta azul del ough se cierra tras él, al tiempo que Saaskia, que ha seguido sus pasos con la mirada, pregunta a los jinetes:

—El bayo de Aydemir... ¿Algún otro?

—No.

Sildísh echa pie a tierra y pasa las riendas por el paglásh. El pequeño Erésh corre hacia el caballo, para atarlo con la cuerda enrollada en la silla.

Nadie habla. Sólo se oye el crepitar de las alas de los saltamontes de las estepas y el silbido dulce y rítmico de las águilas en las alturas. Casi todos, menos Sildísh y Eizir-Ool, miran hacia la lejana carretera, como si esperaran ver volver rezagado al caballo de Aydemir.

Sildísh empieza a andar hacia el ough, *echando una ojeada hacia atrás, sobre su hombro. Todos entienden que deben dejarle solo con Aydemir, incluso Saaskia, la abuela, la jefa del* aal.

Al entrar, Sildísh no distingue apenas nada, deslumbrado aún por el sol. Busca al muchacho a tientas sobre la cama situada a la izquierda, hasta que sus ojos se van acostumbrando a la penumbra y le distingue sentado, con la cabeza hundida en sus rodillas, detrás de la estufa. Posa su mano en la coronilla del muchacho y se sienta a su lado.

El silencio es largo. Fuera se escucha de nuevo el incansable juego de los pequeños con sus palos, imaginarios caballos de madera: «¡Shu! ¡Shu!».

—Aydemir...

El muchacho no contesta. En lugar de hacerlo, sorbe un poco por la nariz.

—Lo buscaremos, te lo prometo —dice Sildísh—. Es un caballo demasiado hermoso para que pase desapercibido en cualquier manada.

—Sí —responde por fin Aydemir, limpiándose los ojos—. Pero lo esconderán bien, disimularán la marca del hierro con otro, lo untarán con grasa teñida, lo entrenarán ellos y lo llevarán al Naadam.

Habla en voz baja, pero con rabia, recalcando cada palabra. Sildísh sonríe sin ganas.

—Eso no puede ser, Aydemir. El Naadam no es una carrera cualquiera, es la carrera a la que acuden todos los tuvanos,

y los ladrones saben que tú estarás allí, y que lo reconocerías aunque lo tiñeran de blanco.

—Entonces lo guardarán un año, o lo venderán a los rusos, o a una familia que no sepa nada y lo pueda elegir para semental...

—Ahora no debes pensar en eso. Iremos por las estepas, mirando, preguntando. Los Hunayic tenemos muchos familiares, y muchos más amigos aún. Y en el peor de los casos, Aydemir, sólo habrás perdido un potro. Tienes otros, y si no, te daré uno de los míos...

Aydemir va a protestar, pero su tío se lo impide:

—Es la verdad, Adyg, la vida de un hombre no acaba en un caballo. Eres joven y fuerte, eres un buen jinete, y vas a ser el mejor cantante de jomeid de todo Barun-Khemchik, de toda Tuva tal vez. Irás a la escuela de Kyzyl y un día cantarás ante miles de personas una canción a tu caballo bayo... con final feliz.

Aydemir sonríe. Por primera vez desde que ha entrado en el ough mira hacia su tío.

Sildísh sonríe también, antes de decir:

—Por cierto, mientras no claves tu flecha en el centro del paglásh, te seguiré llamando Adyg.

Adyg significa «Oso», y Aydemir, «Acero de Luna». No le gusta que abrevien su nombre llamándole Oso, aunque con eso quieran recordar a su padre, que cazó un oso de un flechazo el mismo día que él nació, aunque con eso quieran recordar a su madre, que hizo un abrigo con la piel del oso para el invierno. Pero el Alásh, el espíritu del río, se los llevó a los dos, meses después, cuando intentaban cruzar el río a caballo durante una tormenta, y llamarle así, piensa Aydemir, no les devolverá la vida. No es un oso, y no quiere ese nombre, él es Aydemir Hunayic, hijo de Maader Hunayic, y no recordará más a su padre y a su *madre por llevar ese estúpido nombre. Le llamaron Adyg hasta que cumplió los siete años, pero el mismo día en el que le cortaban el cabello y Saaskia decidía que los caballos y las yeguas de su padre eran suyos, le dieron el nombre de Aydemir, Acero de Luna, y así quiere crecer, duro como el acero, pálido como la luna, haciendo honor a su nombre y a su sangre.*

«Padre, madre —se dice Aydemir—, ¿por qué no estáis ya conmigo? ¿Por qué el espíritu del río os llevó con su crecida? ¿Por qué he sido tan soberbio esta mañana y no he dejado al potro bayo en el cercado para domarlo hoy mismo? Porque he preferido clavar mi flecha en el pagláish, *y que se quedara ahí todo el verano, porque quería demostrar que los niños no podrían desclavarla, porque quería que los hombres mostraran su respeto dejándola clavada en el exacto centro del* pagláish.»

Aquello estaba sucediendo en un lugar no muy distante de donde yo estaba, en

la capital de la estepa,

Kyzyl. ¿Cómo hubiera podido saberlo, y que me iba a atañer tanto? Sólo había sido un destello, al cerrar los ojos. Yo había visto el rostro de Aydemir, sí, y lo hubiera reconocido ya entre mil. Iba a ser mi amigo, iba a vivir con él momentos de una belleza devastadora y otros de peligro y miedo, iba a tener su vida en mis manos, iba a luchar con él por el amor de la misma mujer, pero yo no podía saber nada de eso, ni que en el mismo instante en el que el soldado se disponía a golpearme, Aydemir estaba siendo despojado por los ladrones de su caballo, en el que tenía toda su esperanza, lo mejor de su joven vida.

Mientras él lloraba y rumiaba su amargura, yo temblaba de miedo ante el soldado, sintiendo el olor de la cebolla y el alcohol, con las piernas hormigueando, un peso de una tonelada en cada pierna.

Pero el soldado me miraba de una manera extraña, y su puño se iba relajando. ¿Qué veía, por qué me miraba así, de pronto? Hay cosas tan inexplicables que más vale no intentarlo. Abrió la mano, la posó en mi hombro y esbozó una sonrisa confusa, tal vez avergonzado por lo que había estado a punto de hacer. Por un momento, pensé que en vez de pegarme me iba a besar, pero se limitó a decir algo en ruso, se dio la vuelta y se metió en el parterre del que había salido, entre las sombras.

Eché a andar. Por la primera esquina apareció un grupo de soldados, cantando, cada vez más inestables y amenazantes. Apreté el paso y traté de orientarme para volver al apartamento de Buyan. Cuando llegué al portal, él salía del mismo.

—Ha llamado Stephen, me ha pedido que te llevara al Munzuk, pero ya creía que te habías quedado en algún sitio.

Dudé, pero la perspectiva del portal era lúgubre, y la experiencia con el soldado me había dejado la necesidad de estar junto a alguien, de sentirme un poco protegido.

—¿El Munzuk?

—Es un bar en el que se canta y se bebe.

No estaba muy lejos. Atravesamos una enorme plaza en la que había una estatua de Lenin y dos edificios ciclópeos. Buyan me explicó, mientras caminábamos, la presencia de tantos marinos en las calles de Kyzyl:

—Son infantes de marina, fuerza de choque. Hoy es su fiesta anual, y lo celebran emborrachándose por toda la ciudad.

—¿Y en el Munzuk?

—No les dejarán entrar.

Así era. Una mujer rusa de ojos afilados y dos compatriotas suyos de aspecto preocupante lo impedían. Me miraron sin mucho interés, pero conocían a Buyan. Entendí una de las pocas palabras en ruso que retenía en mi memoria: *jaraschó*, podía querer decir que todo estaba bien, o que yo estaba bien. Sonreí.

El Munzuk era un bar moderno, al gusto occidental, con grandes pantallas planas en las que se podían ver imágenes de las estepas, tuvanos vestidos con sus ropas tradicionales, y escuchar su música, el *jomeid*, con una impura aportación del *rock and roll*. La gente que ocupaba las mesas era una mezcla de rusos, americanos y tuvanos. Los chicos bebían y hablaban en voz baja, las chicas movían sus cabezas al ritmo de la música, como en un ballet ensayado.

Stephen se levantó al vernos y me dio un breve abrazo, como si nos conociéramos desde hacía meses. Estaba con varios tuvanos, de ambos sexos. Pronto la música de las pantallas se extinguió, mientras un cuarteto de músicos ocupaba un pequeñísimo estrado en el que apenas cabían. Tan apenas que el percusionista se puso al lado, medio metro por debajo, con expresión ausente.

La música de Tuva, la música del pecho, cuánto misterio, cuánto eco de épocas perdidas en el río del tiempo. Cerraba los ojos y el corazón me latía con fuerza, porque pronto iba a estar allí, en el origen natural, visceral, de aquellas voces.

Cuando llevaban tres canciones, Stephen se incorporó, respondiendo a la invitación del cantante. La música empezó a sonar de nuevo, y de su garganta surgió una voz que no parecía tener nada que ver con la suya habitual. Casi parecía tuvana, aunque la diferencia fuera todavía un abismo. Después, su voz se transformó también en silbido, en un tono parecido al que había usado antes el cantante del grupo. Ahora, ya sé lo que faltaba esa noche en el Munzuk: espacio. Aire, luz, águilas, montañas, caballos. La libertad del nómada.

Stephen estaba acabando cuando se me aproximó uno de los tuvanos. De edad indefinida y piel casi negra, con un fino bigote y rastros de viruela en el rostro. Buyan le miraba con divertida curiosidad.

Me preguntó, por orden, si cantaba *jomeid*, si coleccionaba sellos, si pescaba. A todo contesté que no. Parecía agotarse el repertorio de posibilidades por las que un europeo podía haber viajado a Tuva.

—No —dije—. Caballos, me interesan los caballos.

El rostro se le iluminó, pero no sonreía.

—Conocí hace una semana a un inglés que viaja hacia el este para estudiar los caballos de las estepas. Un buen tipo. Sabio. Se llama Lomax. Alquiló un Toyota y se fue solo.

Luego se inclinó hacia Buyan y estuvieron hablando un rato, mientras Stephen y los músicos seguían con sus canciones. Desde un rincón, una muchacha tuvana de brazos lánguidos echaba miradas no menos lánguidas a Stephen, y me di cuenta de que él se las devolvía. Aquello no me interesaba demasiado.

Al fin, Buyan se dirigió a mí:

—Dice Kuskun que te interesan los caballos.

Asentí.

—Dice también Kuskun que él sabe dónde están los mejores caballos tuvanos, y que si quieres ir, él te lleva.

No quería comprometerme. Observé a Kuskun intentando adivinar el porqué de su ofrecimiento, mientras que él, sabiéndose examinado, comenzó a hablar de caballos. Al parecer los de allí eran mucho más grandes que los mongoles, y eso le hacía sentir mucho orgullo. A todo el pueblo de Tuva, en especial a sus nómadas. Según él, la vanguardia del ejército de Gengis Khan, al que los contemporáneos llamaban Temujïn, iba montada en caballos tuvanos, que fueron siempre los mejores de toda Asia. La dominación soviética, sin embargo, había envilecido la raza, al mezclarlos con caballos mucho más grandes y pesados.

—Sólo les importaba la cantidad. Kilos, kilos de carne para el ejército.

Cada vez que decía la palabra «rusos» hacía un amago de escupir y miraba a su alrededor, desafiante. Por suerte, o eso me pareció entonces, los rusos que estaban en el Munzuk no escuchaban más que el arroyo de las botellas de vodka en sus vasos. Kuskun sabía dónde se criaban los ejemplares más puros, el arquetipo del caballo tuvano. ¿Cómo decirle que no era eso lo que más me interesaba? Pero al menos era un comienzo.

Luego me estuvo dando una lección de historia, una catarata de nombres de luchadores, de clanes, de tribus, de mártires de todas las épocas. Él decía descender de luchadores del clan de los Kuskun, que habían estado entre los sesenta mártires, de los que oiría hablar a menudo en los días siguientes.

—Y ahora nos dejamos dominar por los rusos como ovejas.

Se rio, con desprecio hacia sí mismo. Bebió. Me miró.

Era un hombre oscuro, a pesar de todo lo que hablaba. En un momento, se levantó la camisa para mostrarme el tatuaje de un enorme caballo levantado de manos que ocupaba toda su espalda. Buyan se rio y dijo:

—Cárcel.

Kuskun también rio:

—No hay pastor que no haya estado en la cárcel, y si hay un pastor que no haya estado, desconfía de él.

Yo, que aún no sabía nada, desconfiaba más bien de él, que sí que había estado. Insistió en llevarme a la estepa, a un lugar en el que se criaban buenos caballos de carreras, los mejores. No me comprometí, y Buyan no decía nada, como si la proposición de Kuskun no fuera con él.

Después de despedirme de Stephen y su amigo americano, y también del sombrío y hablador Kuskun, caminé de vuelta con Buyan hacia su casa.

—¿Dónde están esos caballos de los que hablaba ese Kuskun?

—Cerca de Kyzyl-Mazhalyk, en la estepa.

—¿Hacia el este?

—Sí.

—¿Cómo voy a ese sitio?

—Bus.

De noche me asomé a la ventana. Kuskun estaba debajo de la única farola, fumando. Le reconocí de inmediato. No miraba hacia mi ventana, pero su imagen me inquietó: volvían a mi mente su caballo rampante tatuado con tinta azul, su espalda huesuda y brillante, las huellas de la viruela en sus mejillas. Señales.

Me senté en la cama, hice balance: había conocido gente, tenía un objetivo en el mapa, Kyzyl-Mazhalyk: Mazhalyk «La Roja», según me había dicho Buyan. Ciudades formadas por decreto bajo la dominación soviética, para reformar la sociedad nómada y convertirla en población urbana. Más de la mitad de los tuvanos estaban ya apiñados en Kyzyl, la capital. Anegados en vodka. Necesitaba salir del bosque de hormigón, ir hacia la luz, la naturaleza, la estepa, los caballos y los nómadas. Bus. Iría a la estación, preguntaría.

Mientras empezaba a dormirme trataba de pensar en Cortázar, imaginando lo que estaría haciendo en aquel momento. Seguro de que estaba mirando los mapas, soñando con mi viaje de crecimiento. Pero a mi mente volvía el rostro de Kuskun, y si trataba de alejarlo, veía de nuevo la pequeña casa del chamán del río. Me revolvía en la cama. Por fin, logré concentrar mis recuerdos en otro rostro, el del joven tuvano que había visto en un destello, mientras el marino ruso preparaba su puño para descargarlo en mi rostro. Me tranquilicé, y por fin me quedé dormido.

Aydemir sale del ough *al amanecer. Las montañas azules, hacia el este, empiezan a destacarse en un cielo enlodado. Todo está en silencio, salvo el ladrido lejano de un perro guardián de otro aal. Los caballos están quietos en el corral, y en lo alto de la torre de vigilancia se puede adivinar la silueta de Sayan, el jinete cojo. Ha salido de la cárcel al final del invierno, con la pierna derecha cortada por debajo de la rodilla. Fruto de una pelea a cuchillo. Aydemir no sabe quién le ha adaptado una especie de funda de goma que ahora usa para caminar de un modo tan extraño que cuesta apartar la vista de él, incorporándose casi por completo cuando se apoya en el pie sano y bajando el cuerpo de lado cuando el paso le corresponde al pie cortado. Cada vez que apoya la funda de goma en el suelo, se escucha un sonido de fuelle, como el rezongar de la lechuza. Si aguza el oído ahora no oye el fuelle, pero puede escuchar su respiración pesada. Una noche hizo un disparo, sin que pareciera tener ninguna razón. O quizá sí, quién sabe. Es un jinete fiel a la familia que le da su empleo. Todos se levantaron en el campamento y salieron corriendo, pero no había ni rastro de nadie. Ahora, Aydemir sospecha que vio a alguien: tal vez un espía, uno de los ladrones que había hecho una incursión para estudiar a los caballos.*

Sayan monta muy bien, y sobre el caballo se convierte en un príncipe, no queda nada de su imagen desequilibrada cuando camina sobre su pie impar. Pero es brutal domando a los caballos. Esa ausencia de compasión ensombrece a Aydemir. Ni Sildísh ni Eizir-Ool hacen nada por oponerse a ella, y le dejan ejercerla. Los golpes de Sayan sobre los flancos del caballo le duelen más a Aydemir que al propio caballo. Es el estilo de las estepas, algo fuera de toda discusión. El destino que le aguardaba a su caballo bayo. Ahora que ha sido robado por los cuatreros, puede que ese destino sea peor, y además sin su consuelo. En algún lugar de la estepa, al bayo lo acecha la misma sistemática violencia, la doma por la fuerza bruta. El alma de Aydemir se rebela, pero al fin y al cabo es apenas poco más que un niño, nada puede hacer.

Camina junto a la valla del cercado de los caballos. Las yeguas han hecho un círculo alrededor de un potrillo, el último en nacer, el retrasado de todos los veranos. Ofrecen sus grupas y sus pies a los posibles depredadores. Cuando Aydemir se acerca, desde la valla, una de las yeguas emite un relincho sordo, apenas un resoplido. Quiere decir: tranquilas, le huelo, le veo: es el muchacho de la voz limpia.

¿Echan de menos, ellas también, al potro bayo?

Se apoya en la valla, deja que las lágrimas manen despacio de sus ojos. Quiere darle marcha atrás a las horas, dejar el arco en el ough, *pero ya no es posible. La vida es una cinta que se extiende hacia delante, una estrecha cinta en la que es difícil mantener el equilibrio.*

¿Y Aneyhaak? Duerme en su ough, *Aydemir la imagina bajo la manta, el siseo de la tetera sobre la estufa, el olor de la manteca, sus ojos cerrados. Ella le va a ayudar a digerir la pérdida de su caballo, pero no le puede ayudar a recuperarlo. Ahora piensa en Sildísh. Confía en él, irán juntos a husmear por las estepas, pero ¿hasta dónde? Las tareas del campamento deben seguir, sus brazos y su mente son necesarios, y Saaskia no le dará mucho más que una semana. Para la jefa del* aal, *el bayo no es sino un caballo más. Para Saaskia, el bayo ya no existe, lo ha comido el lobo, se ha fracturado una pata: nada. Si descubriera a los ladrones no vacilaría en descargar su kalashnikov sobre ellos, en meterles cuatro disparos en las barrigas, pero no va a hacer nada extraordinario para encontrarlos, para recuperar al bayo.*

Aydemir suspira. La luna rompe las nubes, hacia el oeste. El corazón le da un pequeño salto. ¿Qué pasa al oeste? ¿Es el bayo, que le llama? Se yergue, trata de auscultar el corazón de la noche, ¿qué, qué? No oye nada. Silencio. Hasta los perros atados al pie del seghí, *la torre de vigilancia, se han callado. No, no es el bayo. Entonces, ¿qué? ¿Qué le llama desde el oeste? ¿O quién?*

Me desperté temprano. La cocina era un caos de cacharros sucios entre los que a duras penas logré encontrar un cazo para hervir agua y una taza que tuve que fregar sin jabón. Mientras bebía sucedáneo de café, caliente y dulzón, cerré los ojos. Cuando los abrí, Buyan estaba frente a mí, mirándome con curiosidad.

Me acompañó a la estación, dispuesto a ayudarme a encontrar el autobús que me llevaría a Mazhalyk. El aire era fresco, y corría con fuerza por las anchas avenidas diseñadas desde Moscú. Me alegraba la perspectiva de alejarme de la ciudad.

No iba a ser tan fácil. No había autobús hasta después del mediodía. Esperaría. Buyan insistió en que volviera con él a su casa, pero preferí quedarme solo. Le prometí que iría a su casa cuando regresara de mi viaje. Iba a decir algo, pero no lo hizo. Me miró, sonrió, apretó las mandíbulas, dijo «bien» varias veces.

Le pagué por el alojamiento y por su tiempo. Me quedé solo en la estación. Respiré a fondo. Desayuné café, huevos y bollos empapados en algo parecido a almíbar, y fumé mi cigarrillo de todos los días, mi pequeño y casi secreto placer.

Saqué mi libreta, tomé notas de lo que había vivido el día anterior, intenté describir a los tuvanos y tuvanas que compartían conmigo la espera. Pero no podía aguantar mucho el deseo de salir a las estepas, y viendo que me quedaban aún largas horas allí me levanté, me alejé un poco de la estación, curioseé en un mercado y fui acercándome a la carretera del este. A través de aquella línea de asfalto se llegaba a Mongolia, nada menos. Los camiones iban y venían con estrépito, dejando a su paso un rastro de humo plomizo y picante.

¿Por qué no?, me dije. Levanté la mano, saqué el pulgar y esperé. Furgonetas, algún coche soviético, bicicletas y dos motos cuyos pilotos iban con el gorro tuvano, una especie de birrete forrado de satén, con borreguillo por dentro, rematado por un capirote puntiagudo, semejante a una torre, que emergía de los pétalos del birrete. ¿Por qué me detengo en la descripción del sorprendente gorro tuvano? Quizás para no preguntarme por cosas que no tienen explicación. Porque un minuto después de pasar los motoristas, se detuvo junto a mí un coche todoterreno de caja descubierta. Al principio no pude ver el rostro de su conductor, pero cuando me acerqué a la ventanilla tuve que reprimir un salto: Kuskun, sonriendo debajo de unas aparatosas gafas de sol.

—¿Vas hacia el este? —me preguntó mientras se inclinaba para abrir la puerta.

Dudé, claro.

—No te voy a cobrar nada, yo voy para allí.

Me vi atrapado, supongo que no quise quedar como un cobarde, y acepté su ofrecimiento.

A menudo me pregunto cuánto dependemos de los cruces de caminos. Si yo no hubiera decidido dejar la estación unas horas, si no hubiera llegado hasta la carretera de Mongolia, si uno de los camiones me hubiera recogido un minuto antes, es difícil pensar que mi viaje hubiera sido el mismo. Eso es cierto, y no hay nada raro en ello: dependemos del azar, y cada cosa que hacemos evita otras muchas que no hacemos; tomamos un camino y despreciamos otros tres, otros mil, y de ese camino emprendido depende el destino, la amistad, el amor, la vida sembrada hacia el futuro más remoto, tal vez la muerte. Sí, pero yo había visto en aquel fogonazo ante el puño del marino ruso el rostro de Aydemır con la misma claridad con la que lo vería unas horas después, en

el *aal* de Saaskia,

y eso no tiene explicación.

Kuskun, como la noche anterior en el Munzuk, hablaba y hablaba. Yo escuchaba y miraba por la ventanilla. La ciudad se fue disolviendo en restos industriales de otra época, villorrios de casa bajas y maltrechas, bosquecillos de abedules. Y, de pronto, la estepa. Inabarcable mar de hierba, colinas al fondo. Todo aquello pasaba casi nueve meses cubierto por la nieve, aunque costara imaginarlo. Llevaba un reloj con altímetro y barómetro, regalo de Cortázar, y aunque podía tener un margen de error, estábamos a algo más de 1.100 metros de altitud. Frío en invierno, dada la situación de Tuva, tan al norte, la última estación antes de Siberia. Pero ahora hacía calor.

Como una explosión telúrica, no llevábamos aún una hora de marcha, una montaña de piedra desnuda se levantó en el horizonte, argéntea y brillante.

—Hairakán.

La montaña sagrada. Aunque el coche avanzaba a buena velocidad, parecía que no nos acercábamos a ella; siempre estaba a la misma distancia, a nuestra derecha y al este. Kuskun parecía reverenciar aquella masa de piedra brillante. Me explicó que en sus cuevas habían vivido durante miles de años chamanes y ascetas, y en la visita del Dalai Lama, unos quince años atrás, había sido el punto de reunión de miles de creyentes. Tuva es, oficialmente, budista, aunque su verdadera fe sea aún más antigua, el chamanismo. Hasta Hairakán había llegado un mar de gente, desde todos los rincones del país, incluso de Mongolia y de la república vecina de Altái Montañosa. Los tuvanos no son budistas tibetanos, o sólo lo son una pequeña minoría y un puñado de monjes, pero tienen en el Dalai a una especie de papa, un padre espiritual que le da una dimensión más universal al chamanismo. Kuskun no era una excepción. Creía en los espíritus del aire, la tierra, el agua y el fuego. En el alma de las cosas, de los árboles, la hierba, los animales y hasta las piedras.

Hicimos una parada en un bosquecillo de abedules en el que había un retrete público de madera de chilla entre los árboles y las flores y un montón de piedras dejadas por los creyentes reclamando buena suerte. Kuskun dijo que aquellos montones de piedras en tuvano se llamaban *obaa*. Depositamos nuestras piedras dando una vuelta de izquierda a derecha alrededor del montón, orinamos en el retrete y nos fuimos.

Poco a poco, el espíritu de la estepa iba entrando en mí. Hairakán iba quedando atrás, y más atrás Kyzyl, la ciudad etílica, y más atrás aún Domododova, y Moscú, y Madrid, y yo mismo. Aspiré el aire tibio, con la ventanilla abierta, y por primera vez vi una manada de caballos. Los miré, no dije nada. Kuskun se dio cuenta, les echó un vistazo rápido, volvió la vista a la carretera y dijo:

—Bah, carne.

Sus palabras me produjeron angustia. El aire que entraba a raudales por la ventanilla ya no llenaba mis pulmones. No había venido tan lejos para saber que también en Tuva las vidas de los animales se reducían a una cifra en la libreta de los tratantes y los matarifes. Cerré los ojos y me aferré al gesto de Kuskun. Había despreciado a aquellos caballos, pero los había mirado antes. Eso me hacía suponer que íbamos hacia otro tipo de caballos.

Se lo pregunté:

—Y esos caballos de los que hablas, cerca de Mazhalyk, ¿no son para carne?

Tardó en contestar, y cuando lo hizo sonreía con gesto tan enigmático como su respuesta:

—El que no sabe distinguir el destino de un caballo no pertenece a la tierra. Vive en ella, pero su vida pasa.

Me miró de reojo. Lo noté. Traté de penetrar en la esencia de lo que había dicho: ¿se refería a mí?, ¿a los pastores nómadas hacia cuyas tierras rodábamos? No tenía manera de saberlo, y tampoco quise o supe preguntarlo.

Paramos a comer algo en un pequeño barracón situado junto a la carretera. Camioneros, hombres silenciosos. Comimos *manchi*, unos raviolis enormes, un poco sosos y aguados, y pollo asado. Ni Kuskun ni yo hablamos mucho, pero él se volvió a referir, en voz baja, al inglés.

—Debe de estar por allí, o tal vez ya se haya ido hacia la *taigá*. Ese hombre pertenece a la tierra, pero antes de encontrar tiene que aprender a ser paciente. Si no, no encontrará nada.

Otra vez. ¿Hablaba en realidad del inglés, o de mí?

—¿Y qué espera encontrar?

Soltó una carcajada que resultaba chocante. Los camioneros se volvieron hacia él, deteniendo el movimiento de sus tenedores, de sus mandíbulas.

—¿Y tú?

—Busco pastores que doman a sus caballos con música.

Me miró con interés, como si buceara un poco más adentro de mí mismo. Masticó, hizo un pequeño montón con los huesecillos del pollo y dijo:

—Nunca he oído hablar de eso.

Acabamos de comer en silencio, bebimos café. El bar tenía una pequeña tienda en la que compré jabón, cerillas y tabaco, unos paquetes de Prima, de mal nombre La Muerte del Pastor, cigarrillos sin filtro, tan fuertes que cortaban la respiración del pastor, del viajero, de cualquiera. Compartimos un par, echando el humo en silencio. Los ojos me lloraban, la garganta picaba. Esperé. Se dio cuenta.

—Los jinetes cantan a sus caballos para que soporten las largas cabalgadas, nada más.

Asentí. Pero no estaba de acuerdo. Si cantaban para que aguantaran las largas cabalgadas, era porque sabían que el caballo les escuchaba. Al pensarlo, el corazón me dio un pequeño vuelco. Mi madre me hablaba, cuando era niño, de aquellos vuelcos. Ella los sentía de vez en cuando, y me decía que yo los heredaría, como sus estornudos matutinos. Tenía razón.

Rodábamos atravesando vastas praderas de hierba alta. De vez en cuando se veían chicos inclinados entre la hierba. ¿Qué hacían? No parecía hierba de un solo tallo, sino plantas de unos cincuenta o sesenta centímetros de altura, con hojas palmadas y ligeras, de un verde desvaído. Una muchacha levantó la cabeza y la mirada; estaba muy cerca de la cuneta. Me vio, nos miramos un instante. Era más hermosa aún que la inmensidad de la estepa. El destello femenino se esfumó. Me volví mirando por el cristal trasero. La muchacha se había vuelto a agachar.

Kuskun miró por el retrovisor y pronunció para mí una palabra enigmática que no entendí. Más tarde la recordaría: *chaspán.*

No dije nada. A lo lejos me pareció ver más chicos entre la hierba, agachados. Pero Kuskun interrumpió mi observación.

—¿Quieres quedarte en Kyzyl-Mazhalyk, o quieres que te lleve a un *aal* de buenos jinetes?

Lo pensé un momento. Si elegía el pueblo iría por mi cuenta, libre por completo. Pero lo del campamento de «buenos jinetes» sonaba muy atractivo.

—¿No molestaré?

—No. Son familia mía. Podrás quedarte cuanto quieras. Dales quinientos rublos por cada día que te quedes. O quince dólares, ellos puede que lo prefieran. Por la comida.

Kuskun me había inquietado en el Munzuk, y también cuando le vi debajo del apartamento de Buyan, iluminado por la farola. Y me costaba creer que fuera una casualidad que hubiera pasado junto a mí con su coche, en la carretera. ¿Era así de simple, me llevaba a un lugar en el que me pudieran robar con tranquilidad?

Pensé en Cortázar. Lo que trataba de saber era qué hubiera hecho él de ser yo. Espié a Kuskun. Conducía en silencio, aunque sus labios se movían un poco. La luz del sol hacía que las huellas de la viruela de sus mejillas destacaran aún más. Pensé en lo que había dicho de los pastores: «El que no sabe distinguir el destino de un caballo no pertenece a la tierra. Vive en ella, pero su vida pasa».

¿Y yo, sabía distinguir la verdad de la mentira, la mano de un amigo de la mano de un canalla?

—Está bien, llévame al campamento.

Unos segundos más tarde, añadí:

—Gracias.

Sonrió. Cerré los ojos, imaginé a Cortázar viendo la escena, asentía mirándome a los ojos: «Bien, Mosquito».

Pequeños poblados, a lo lejos, yurtas blancas, resplandecientes en medio del verde inacabable. Manadas de caballos.

—Ésos, sí —dijo Kuskun, señalándolos con la barbilla.

Sonreí, yo también. Tierra, ahí voy.

Pasamos un pequeño puerto, apenas unas colinas boscosas. A un lado de la carretera había otro *obaa,* otro montón chamánico, rodeado de pañuelos de colores, pero esta vez eran botellas, en lugar de piedras.

Luego descendimos por una larguísima recta, hasta que las montañas empezaron a engullir la carretera. Y, por fin, con un gesto suave, Kuskun abandonó el asfalto para entrar en un camino de tierra, a la derecha. No parecía haber llovido en semanas, y el coche levantaba una espesa polvareda a nuestro paso. Vi una manada, cerca ya de nosotros. Todos los caballos levantaron sus cabezas. Después, un rebaño de vacas y un mar de ovejas, al menos mil, que se extendía a su capricho sobre la hierba. Y a unos cien metros, en un círculo de tierra oscura que destacaba sobre el entorno verde, tres yurtas, en tuvano *ough,* un par de techados de madera, un gran cercado. El *aal.*

Kuskun detuvo el coche cerca del *ough* más grande y que parecía mejor cuidado. Varios perros ladraban, pero yo no los podía ver. Dos niños que jugaban corriendo en círculos se detuvieron y nos miraron, hasta que reconocieron a Kuskun. Sólo entonces se acercaron a su puerta, sin aspavientos, sin decir nada.

—¡Kizí! ¡Puyí!

Llevaban sendos palos. Uno de ellos, el más pequeño, lo llevaba entre las piernas y sostenía un extremo a la altura de su cabeza, mientras que el otro extremo se apoyaba en el suelo. No tuve que hacer mucho esfuerzo para comprender que era «su caballo».

La puerta del *ough,* pintada de un azul vivo y alegre, se abrió y, agachándose para salir, apareció por ella una mujer fuerte y de rostro muy oscuro. El pelo, negro cuervo, lo llevaba recogido con un pañuelo muy ancho, del mismo azul que la puerta, cuyo lazo le caía hasta la espalda. Kuskun dio dos pasos hacia ella y la saludó, muy ceremonioso. Yo había echado pie a tierra y esperaba, junto al coche. La mujer vestía pantalones negros y un vistoso chaleco verde brillante con forro de borrego. Mientras Kuskun le hablaba, me echó una mirada con dos ojos tan cargados de intensidad que casi dolían.

Kuskun hizo un gesto para que me acercara.

—*Moorlaar* —dijo ella.

Y tradujo: «Bienvenido».

—Lo siento, no recuerdo tu nombre —se excusó Kuskun.

No se lo había dicho.

—Marcos Cortázar —dije despacio, tendiendo mi mano hacia la de la mujer.

—Saaskia —dijo Kuskun—. Saaskia Hunayic.

Su mano era vigorosa y seca, tanto como sus ojos. Imposible calcular su edad con exactitud, pero estaba por encima de los cincuenta, desde luego.

Hablaban en tuvano entre ellos, y Kuskun traducía al inglés.

—La abuela quiere saber cuántos días.

—No lo sé —contesté.

Era la verdad. Ella dijo algo hacia mí y supuse, por su gesto, que quería decir que estaba bien. Saaskia me hizo entrar en el *ough* con cortesía. Me quité las botas fuera, imitando a Kuskun, mientras ella sacaba los pies de sus zapatillas de fieltro.

Era la primera vez que penetraba en el corazón de la vida tuvana. Visto desde fuera, su forma redonda invitaba a entrar. Me incliné, pese a mi corta estatura, porque la puerta no medía mucho más de metro y medio, y entré.

En aquel espacio circular, umbroso y confortable, pasaban la mayor parte de su tiempo. No me costó imaginar las largas horas. Incluso en pleno verano, la estufa estaba encendida: en el centro del círculo, con una cómoda superficie plana para poder cocinar sobre ella, negra y absorbente. Su chimenea de hierro se erguía en vertical hasta salir por un marco enrejado de madera en el techo, de forma circular, y al que llaman *dunduk*. Dos camas, una a cada lado de la estufa, muy altas para el reducido espacio del *ough*, casi como tronos apoyados en la pared de lona. Al fondo, una armariada decorada con estampas de caballos y jinetes sobre un fondo rojo sangre, y encima de los armarios objetos de todo tipo, fotografías enmarcadas y un pequeño televisor. Por fin, en un rincón junto a la puerta, una palangana de plástico y útiles de cocina, delante de un armario menos lujoso. El suelo estaba cubierto de alfombras de colores vivos. No había ni mesas ni sillas, y eso era todo.

Saaskia me invitó a sentarme en el suelo, cerca de la estufa, mientras ella y Kuskun hacían lo mismo. La estufa emitía un calor innecesario, pero no me aparté de ella. Ellos hablaban mientras Saaskia quemaba ramas secas de enebro para ahuyentar a los malos espíritus y preparaba el té. Gesticulaba mucho al hablar y parecía enfadada, disgustada con algo. Kuskun aseveraba, cabeceaba, parecía zalamero y de pronto orgulloso. De vez en cuando me miraba, consciente de que yo no entendía nada. No, pero sabía que no hablaban de mí. Deducía que algo había pasado en el *aal*.

Tomé el té en silencio, pero lleno de una gran emoción. Una vez, en los Picos de Europa, Cortázar y yo habíamos bebido un té semejante en la tienda de un alpinista suizo. con mantequilla, leche y sal. El té tibetano. Entonces, el sabor me había sido familiar. Ahora, ante la estufa de Saaskia, aquel sabor volvía a mí, no sólo a mi paladar, sino a lo más profundo de mi alma. Misterios de vida, muerte y vida, el círculo inacabable. No dejé una gota. Saaskia se dio cuenta y esbozó una ligerísima sonrisa en su duro rostro, antes de servirme otra taza humeante. Sí, Kuskun y ella se parecían. Los ojos de los dos eran tan secos que parecían no haber llorado nunca. Podían ser primos, tal vez incluso hermanos, pero no se refirieron a ello, y yo tampoco lo pregunté.

Aspiraba el olor del enebro, miraba a mi alrededor, y la forma circular del *ough* me hacía sentir en paz. ¿Aquella iba a ser mi casa?

Como si hubiera escuchado mi pensamiento, Kuskun intercambió algunas palabras con la abuela y me dijo que el rincón más alejado de la puerta sería mi cama. Estaba cubierto con dos alfombras y parecía confortable. Di las gracias a Saaskia, ella inclinó la cabeza. Siempre elegante, en su austera simplicidad.

De pronto, fuera se oyó el sonido de varios caballos que se acercaban al trote, voces, un grito, el parloteo de los niños. Saaskia y Kuskun se quedaron en silencio, mirándose. La puerta se abrió y entraron dos hombres. Los dos muy delgados, con polainas de cuero por encima de unas botas cortas. Uno, que vestía una ancha parka de camuflaje, tenía el rostro muy pálido, el otro muy oscuro, semejante al de Kuskun, pero sin marcas de viruela y con un descuidado bigote sobre el labio. Ambos se quitaron las botas junto a la puerta, cada uno de ellos apoyado en una jamba, y saludaron a Saaskia, con breves frases, casi escupidas. Ella asintió, sin decir nada y entonces entró, tras ellos, un chico alto y también delgado, un poco más joven que yo.

Llevaba una gorra de visera, y cuando levantó la vista de sus botas y el suelo, no tuve un instante de duda: era el rostro que había visto durante el incidente con el marino ruso de Kyzyl. Cerré los ojos para recordar su imagen y los volví a abrir. Sí, era él. Tuve que contener mi sobresalto, mi emoción, mis deseos de ponerme de pie y verle aún más de cerca. ¿Lo notó? ¿Supo que no era la primera vez que le veía, aunque fuera la primera vez que le veía? ¿Experimentaba él algo semejante? No lo sabía, pero me miraba con intensidad. Aunque, tal vez, sólo porque yo era un extranjero, una auténtica novedad en sus vidas.

Los hombres se llamaban Sildísh y Eizir-Ool, y Kuskun, al presentarlos, me dijo que sus nombres querían decir Estrella y Hombre Águila. Pero yo espiaba a Aydemir. Se sentó en un rincón en silencio, sombrío.

Sildísh hablaba señalando hacia lugares que yo no podía ver, más allá de la redonda pared de lona. ¿Qué había pasado allí fuera? Algo grave, sin duda. Un suceso que requería una conversación sin extraños y entre adultos, porque Saaskia se inclinó para decirle algo a Kuskun; él me miró, le dijo algo largo a Aydemir mientras me señalaba con la barbilla, haciendo que éste se levantara de inmediato, con gesto de contrariedad, pero obedeciendo sin rechistar.

—Aydemir te enseñará el campamento.

Fue la primera vez que oí su nombre: Aydemir.

Si Sildísh significaba Estrella y Eizir-Ool, Hombre Águila, ¿qué quería decir Aydemir?

Me levanté, di las gracias a Saaskia, me calcé las botas sin abrocharlas y salí del *ough*.

La puerta estaba entornada, y al empujarla casi me di de bruces con

un rostro desconocido

es siempre una sorpresa. Aydemir, a pesar de la tristeza que le muerde en el corazón, no puede evitar sonreír por el sobresalto de Aneyhaak cuando ve al extranjero. Ni por su rubor. El chico extranjero también se queda sorprendido. No le extraña: después de todo, sale de hablar con Saaskia. ¿Llegará a ser así Aneyhaak, algún día? O al revés: ¿fue Saaskia alguna vez como Aneyhaak? No lo cree. Un rostro es la suma de todo lo vivido, y Aydemir está decidido a que Aneyhaak tenga una vida hermosa, plena.

Por unos instantes, esas reflexiones alivian el recuerdo de lo sucedido: el robo de su potro bayo. Saaskia le ha dado una orden como jefa del campamento: acompaña al chico extranjero.

—Me llamo Aydemir —dice, en inglés, tendiendo la mano como sabe que hacen siempre los americanos.

Al estrechar su mano le mira por primera vez a los ojos, y al hacerlo se da cuenta de que le mira con intensidad. De pronto, cuando escucha su voz, sabe que el joven extranjero tiene relación con lo que ha sentido horas antes: algo, o alguien, que se acerca desde el oeste:

—Marcos.

—Ella es Aneyhaak.

También estrechan sus manos, los dos con timidez. Ella habla con los niños, mira hacia su ough, *el más modesto del campamento, y hacia el corral de las ovejas: hacia sus obligaciones.*

Enseñarle el aal. *¿Qué? ¿Qué es el campamento para Aydemir? ¿Cómo explicarle al extranjero que es el escenario de casi todos sus sueños de invierno, cuando languidece en la escuela de Kyzyl-Mazhalyk rodeado de nieve, de silencio algodonado? El campamento en Chesdarig, al pie del Bosdag, junto a un dulce meandro del Hemchik, es un pequeño universo en el que conviven hombres y mujeres, jóvenes, niños, caballos y ovejas, bajo el mando sereno y justo de la abuela, la persona de más edad y más sabiduría del* aal. *La casa de Saaskia, un* ough *grande, blanco y limpio, dotado de todo lo necesario para su comodidad y sus familiares más directos; otro* ough, *el de los jinetes, en el que siempre huele a alcohol, cebolla y carne frita,* *en el que se cuentan historias rudas de las estepas, de la cárcel, de las carreras, del cuartel, y en el que los jóvenes suspiran por vivir aventuras semejantes; y por fin, los dos* ough *de los pastores, femeninos y humildes, en los que siempre huele a oveja, en uno de los cuales vive y duerme Aneyhaak…*

¿Cómo enseñarle al extranjero el amor?

¿Y cómo enseñarle el hueco del potro bayo, el anillo dorado de los Hunayic, su pasión tibia y fuerte, la ausencia de su sueño de aire?

Aydemir se vuelve, traga angustia, mira un momento hacia el vacío de la estepa y luego se da cuenta de que el visitante mira con interés a Aneyhaak, y siente peligro en esa mirada.

El rostro de la muchacha me pareció el más hermoso y sorprendente que había visto jamás. Ahora, cuando recuerdo aquel primer golpe de vista, sus ojos frente a mí, muy abiertos, aún me estremezco. Me hizo pensar en el relámpago dulce del rostro de aquella que había entrevisto inclinada entre la hierba, junto a la carretera. O tal vez fueron sus largos pendientes de plata sobre sus hombros, que centellearon un instante obedeciendo a un impulso de su cabeza. Aydemir había aparecido ante mi mente durante el incidente con el marino, ella también, en la figura de la niña entre la hierba. Y ambos tenían algo en común y pensé que tal vez eran hermanos, pero me di cuenta de que no era eso, sino algo más profundo, y ya no tuve dudas. No se parecían, quiero decir que aunque los dos eran tuvanos y tenían rasgos comunes, eran distintos. ¿Qué les hacía diferentes y complementarios? Tal vez que Aydemir miraba hacia delante, y ella miraba hacia dentro. O pasaba su mirada por dentro, para después verterla hacia los demás, hacia lo demás. Hacia Aydemir. Intuí angustia, preocupación, cuando le miró por fin, después de mirarme a mí, mientras se apartaba.

Aydemir no se dirigió a ella. Giró la cabeza hacia la estepa. Su gesto tenía algo de águila, duro y acerado. Aún no sabía que Aydemir significaba Acero de Luna, y de haberlo sabido hubiera visto una relación entre su nombre y su mirada metálica. La volvió hacia mí. Fastidio, sí, pero al mismo tiempo curiosidad. Nadie le había dicho nada de mí, lo tenía que imaginar todo. ¿Qué sería yo para él en ese primer momento? Me había visto con Kuskun, claro, sabía que era él quien me había traído al campamento. ¿A eso se dedicaba Kuskun, o a eso se dedicaba también, a traer al *aal* turistas ingenuos para sacarles algunos rublos?

Nos presentamos. Aydemir, Marcos. Cuando añadió la traducción a su nombre me di cuenta de que eso era ya una rutina cuando hablaba con extranjeros.

—Significa Acero de Luna.

Acero de Luna, nada menos. Había acero en su mirada, sí, pero con un reflejo de tristeza, y su rostro espacioso, de altos pómulos, era como una luna velada.

Sentí una tenue envidia.

—Marcos —dije—, no tiene traducción.

Pensé: un evangelista, un discípulo, un compañero de Cristo, fuera lo que fuera en lo que le acompañara. Ella seguía cerca, pero no con nosotros. Miraba hacia los niños, que corrían en círculo, cabalgando sus palitos, gritando. Les dijo algo, se rio. Aydemir dio un paso hacia ella. Cuando dijo su nombre aprecié muchas cosas en el tono de su voz: fascinación, secreto, sospeché que deseo, o más aún, amor:

—Ella, Aneyhaak.

No lo tradujo. ¿No significaba nada?

La miraba. Un tallo fresco, la parte blanda y jugosa de un junco tal vez; hacía pensar en agua limpia. Llevaba una larga trenza y al oír su nombre la sacudió un poco sobre su espalda; timidez. Sus pendientes de plata volvieron a brillar. Mientras aceptaba mi mano para estrecharla no me miraba a los ojos, y yo deseaba que lo hiciera.

—¿No significa nada tu nombre?

Apretó los músculos de su cara, alrededor de los ojos. Parecía que trataba de entenderme y pidió la ayuda de su amigo con un gesto mudo; ahora sé que me entendía, que su gesto era sólo timidez. Aydemir dijo algo en tuvano, supongo que traduciendo mi pregunta. Y fue ella la que contestó en un inglés lento e inseguro, pero al mismo tiempo musical:

—Sí, Aneyhaak es... un árbol.

—¿Árbol? ¿Significa árbol?

Aydemir sonrió por primera vez.

—No, bueno, sí. No habla inglés muy bien, yo tampoco.

—¡Sí! Mejor que yo.

Bajó la cabeza, un poco avergonzado. Pura timidez, porque ambos hablaban un inglés suficiente, con menos lagunas tal vez que yo.

No sé qué sentía. ¿Que ya eran mis amigos? No, imposible. No les conocía, aunque hubiera entrevisto ya sus rostros antes de verles en la realidad. Eran Tuva, el influjo de la montaña, del río Hemchik, de la hierba y los caballos. Promesa de vida. El aire tibio llenaba mis pulmones. Respiraba. Sentía. Que iban a ser mis amigos, eso sí que ya lo adivinaba. Guardé un prudente silencio, hasta que Aydemir acabó.

—Aneyhaak es un árbol, sí, el árbol de hojas tiernas de las que comen las cabras pequeñas.

Tuve que asimilarlo. Las hojas que comen las cabritas. *Little goats,* en su inglés, tan torpe como el mío. Tal vez sea mejor así, hablar en una lengua que no se domina, elegir las palabras con cuidado, pronunciarlas con ingenuidad, dudando. El árbol que da esas hojas, el árbol que calma el hambre de las cabras pequeñas. Blancura, lana limpia. Creo que fue la primera revelación de la auténtica Tuva que empezaba a descubrir. Mientras caminábamos en silencio por el campamento pensé en los padres de Aneyhaak, poniéndole un nombre tan ligado a la tierra, a la vida, a las cabras y al sabor de las cosas.

Los caballos que habían usado para subir al monte estaban junto a un poste de madera tallada, plantado en el centro del círculo que formaban los *ough,* los corrales y la cocina exterior.

—*Paglásh* —dijo Aydemir señalando el poste.

Acababa en una tosca talla de la cabeza de un caballo, y tenía hendiduras horizontales para atar las riendas de varios caballos. Empezaba mi primera clase de tuvano. *Paglásh,* yo, tú, niño, niña, hombre, mujer, caballo, águila, perro, oveja, cabra, jinete, montura, yurta, campamento, cercado…

Aneyhaak reía cuando me oía tratar de repetir las nuevas palabras, y su risa me parecía deliciosa, de modo que insistía, repetía la palabra buscando de nuevo su risa.

El campamento, el *aal,* formaba un enorme círculo de tierra muy oscura. Hacia la montaña el suelo era de piedras sueltas, hacia la estepa de hierba que disimulaba lo irregular del terreno. Era evidente que todo aquel suelo estaba cubierto por la nieve la mayor parte del año. Paz, paz blanca y soledad.

Sildísh y Eizir-Ool salieron del *ough* de Saaskia, pasaron a nuestro lado y se llevaron con ellos a Aneyhaak hacia el corral de las ovejas. Miré cómo se alejaba, entre los dos jinetes flacos. Vestía ropa vaquera, muy limpia, y su paso levantaba una estela fresca en el aire. Un águila dorada silbó sobre nuestras cabezas:

—*Byrgyt* —dije en voz alta, cerrando mucho la *y*, como una *u* francesa, para probarle a Aydemir que me acordaba de lo que me iba enseñando.

El águila, *byrgyt,* pareció oírme, volvió a silbar.

Aydemir aprobó mi pronunciación:

—¡*Taptyg!* ¡Muy bien!

Fue la primera vez que Aydemir y yo charlamos. Me sorprendió la facilidad con la que fluyó la conversación. Supe que no le gustaba mucho estudiar, pero que lo hacía para poder pasar los meses del verano en paz, con su arco, aprendiendo de los viejos los misterios del *jomeid,* de la música tuvana. Y de su verdadera pasión: los caballos. A cambio le confesé que tampoco me apasionaba el estudio, pero que lo hacía lo mejor que podía, que vivía solo con mi padre, que nos gustaba viajar, que a mí también me fascinaban los caballos aunque no montara muy bien ni hubiera ido nunca a clase de equitación (me miró con extrañeza, o con sorna, al decir «clases de equitación»), y que me interesaba mucho, mucho, el *jomeid.*

—Muchos americanos quieren aprender a cantar con el pecho, *kárgara,* y a silbar, *shygut.*

Se detuvo un momento. Pareció pensar si me podía ofender si seguía. Siguió:

—Pero les falta el alma.

Contesté que yo no quería cantar *jomeid* ni silbar *shygut,* que era negado para la música. Pero no me atreví a decir nada sobre lo que estaba buscando. Como si manejara una copa de cristal muy fino y lo pudiera romper por torpeza o por precipitación. En lugar de eso, dije:

—Además, yo soy español.

Sabía mucho, más de lo que pensaba, más incluso que yo, de nuestros equipos de fútbol, y había visto en televisión algún documental sobre España. También había estudiado en literatura referencias a Don Quijote.

Sildísh regresaba del corral de las ovejas con una en brazos, acompañado por Eizir-Ool y por Aneyhaak.

—*Hoi,* oveja.

—Ovejas, *hoilán.* Pero esta no es oveja, es cordero. *Juragán.*

Aydemir se rio y pareció arrepentirse, como si alguna pena se lo impidiera.

Y el *juragán,* aquel cordero, se convirtió en el pobre e involuntario sujeto de una clase acelerada sobre algo con lo que aprendería a convivir tan deprisa como iba almacenando las palabras tuvanas: la vida y

la muerte

es liviana, un soplo. Eso me dijo Aydemir, Acero de Luna, mientras Eizir-Ool sujetaba la cabeza del cordero, obligándolo a quedarse boca arriba sobre un paño que había extendido en el suelo Aneyhaak. Sildísh agarró con la mano izquierda las patas delanteras del *juragán*, se puso a horcajadas encima de él, sacó un cuchillo e hizo una incisión limpia en la parte izquierda de su pecho, como si bajara una cremallera o abriera un ojal. No sangraba, ni tampoco pareció que aquel corte causara ningún dolor. Mientras, el jinete dejaba el cuchillo en la hierba y acercaba su mano a la incisión, con delicadeza, Aydemir me explicaba que aquella era la técnica de los cuatreros, y que muchos de ellos, y

Sildísh había aprendido a hacerlo en tiempos de necesidad, eran capaces de pasar al galope en medio de un rebaño, dejarse caer casi hasta el suelo sujetándose a la silla con las piernas, coger una oveja o un cordero por las patas al vuelo, subirla hasta la montura, y hacer lo que iba a ver, lo que estaba viendo, con una sola mano.

—El arte del *caigal* —concluyó Aydemir.

Comprendí que el *caigal* era el cuatrero. Almacené la palabra.

Me hubiera parecido mágico si no fuera, al mismo tiempo, terrible. El cordero no parecía ni siquiera alterado; menos que si fueran a quitarle la lana con unas tijeras, cuando lo que iba a quitarle el hombre que introducía la mano por su pecho era la vida. Una vez, hace un par de años, vi una Biblia en la mesa de Cortázar. No era algo habitual, aunque lee todo lo que, como él mismo dice, alimenta el estómago de su alma. Tenía un señalador; abrí el libro, y estaba en el pasaje en el que se narra cómo Abraham estaba dispuesto a sacrificar a su hijo Isaac, cuando Yahvé le dijo que le perdonaba, y que pusiera «un cordero perfecto» en su lugar. Isaac aceptaba el sacrificio sin decir una palabra, pero de no haberse producido el repentino cambio de humor de Yahvé toda la historia bíblica hubiera cambiado. Miré al *juragán*, sobre el paño, sobre la hierba, con algo parecido a compasión. Sacudí la cabeza, ahuyenté las comparaciones, las ideas oscuras que aparecieron aquella tarde en mi mente, las que están dormidas siempre en lo más profundo de mi memoria.

Aydemir me iba diciendo lo que estaba haciendo Sildísh, mientras su mano iba adentrándose en el interior del animal, y luego la muñeca, y por fin gran parte del antebrazo, casi hasta el codo:

—La mete entre las costillas, las separa un poco y llega hasta el corazón. Busca una de las arterias por las que entra la sangre, la aprieta, y espera unos segundos hasta que el corazón, vacío, se detiene.

El cordero hizo un pequeño esfuerzo por soltar sus patas de las manos de Eizir-Ool. Miraba sus ojos, fijos en el cielo, tal vez en el vuelo de un águila. Ésa sería su última visión de un mundo que abandonó con suavidad, sin más.

—Cuanto más rápido lo hace el hombre, mejor hombre —dijo Aydemir, como para sí.

Sildísh era un buen hombre, sin duda; sacó la mano, brillante, y se puso de pie. Todo había transcurrido en breves minutos, tal vez ni tres.

Fue Eizir-Ool el que tomó el relevo, mientras Sildísh iba hacia una palangana para lavar sus manos y su brazo. Introdujo la mano abierta por la misma incisión y comenzó a deslizarla por dentro, como si acariciara al cordero sacrificado: la piel se desprendía de su carne con pasmosa facilidad. Pronto quedó la piel a un lado, lista para curtir, y el animal desnudo y quieto sobre el paño.

Como por ensalmo, varias mujeres se acercaron con taburetes. Saaskia la primera, las demás venían del *ough* de los pastores. La propia Aneyhaak se sentó como preparándose para un ritual. Vi que me miraba un instante, y luego dirigía la vista hacia el *juragán*. Y empezó el ritual: nada del animal sería desaprovechado. Ni siquiera el contenido de su estómago, una mezcla semilíquida de hierba casi digerida, de color marrón, que más tarde devoraron los perros con fruición. Todo, vísceras, carne, cartílagos, iba siendo depositado en palanganas por las mujeres mientras Eizir-Ool y Sildísh encendían dos cigarrillos La Muerte del Pastor.

Hice ademán de alejarme un poco del espectáculo, y Aydemir se me unió. Parecía preocupado, y creí, ingenuo como siempre, que era por mi angustia ante el sacrificio del cordero. Traté de ser comprensivo diciendo que la muerte de un animal era mucho más brutal en mi país, pero Aydemir ni siquiera me contestó. Yo tampoco me atreví a añadir que todo me había parecido limpio, natural, casi hermoso. Aydemir estaba conmigo, pero su mente estaba lejos, y no quise interrumpir el curso de sus pensamientos. No dejaba de mirar, ojos fruncidos, hacia la lejanía de la estepa. El sol empezaba a bajar hacia el oeste y el día se volvía perezoso.

Cerca de allí, más allá del *paglásh*, el terreno descendía y había una pequeña huerta, con una valla de mimbre trenzado y una arcaica bomba de agua a su lado. En su interior crecían todo tipo de verduras. Delante de la huerta, había un montón de troncos apilados, de unos dos metros de largo. Aydemir se sentó en uno de los troncos y yo hice lo mismo, a su lado.

Tardó en hablar. Pero cuando lo hizo, con un ligero rubor en sus mejillas, fue descubriéndome su angustia: la tarde anterior, unos cuatreros habían robado su caballo, un potro «elegido por los espíritus», un veloz potro tuvano que estaba destinado a la gloria, decía, y que él hubiera montado en la carrera más importante de Tuva, el Naadam, a finales del verano.

—Se lo llevaron en un camión.

Rompió una ramita entre sus dedos.

—Pero lo buscaremos.

No sé muy bien por qué confió tanto en mí. Mientras del campamento empezaba a llegar el olor de la leña que anunciaba que el cordero iba a ser el banquete de bienvenida al extranjero, Aydemir me habló de su vida, tan rutinaria y aburrida en invierno, pero tan plena en verano. Ahora, el robo del bayo había roto todo.

—Todo.

Parecía que nos conociéramos desde hacía largo tiempo, y hasta me hizo sentir que algo muy profundo nos unía. Ni siquiera nuestras dificultades con el inglés nos alejaban. Aydemir, Acero de Luna, era algo más joven que yo, pero apenas había diferencia de tamaño. Él era alto para ser asiático, y yo muy bajo para ser europeo: Mosquito, como me suele llamar Cortázar. Su melancolía, sin afectación ni rudeza, me hizo pensar que era un buen momento para desvelar a lo que había ido a Tuva, y para pedirle ayuda.

—¿Y no podrías domar a otro potro?

Aydemir sonrió, divertido por mi ingenuidad.

—Ninguno como él, y si lo hubiera, ya no habría tiempo suficiente.

Hizo una pausa, me miró, valoró mi capacidad de entender lo que iba a decir:

—Cualquier buen caballo tuvano, con sangre de los mejores ancestros, puede ser un caballo veloz. Pero sólo a algunos se lo dicen los espíritus. Cuando nació el bayo, mi tío Sildísh lo supo nada más verle: su corazón fue soplado por el espíritu del viento, justo en el momento en el que vio la luz. Es un caballo destinado a la gloria del viento.

Asimilé sus palabras: destinado a la gloria del viento, soplado en su alumbramiento. Me costaba creer que estuviera allí, en el centro de Asia, codo con codo con un muchacho animista que creía sin fisuras en el espíritu del viento. Todo cobraba relieve, las montañas que se iban oscureciendo, el olor de la leña y la carne asada, los gritos de los niños que jugaban a ser jinetes. El espliego, la valla de mimbre trenzado. La sangre zumbaba en mis venas.

—Oí decir… —empecé a decir, hasta que rectifiqué—. Un amigo oyó decir a un cantante tuvano, en la radio, que aquí los pastores doman a sus caballos con música.

Ni siquiera sabía que estaba yendo mucho más allá, que estaba rozando la esencia de la vida. Aydemir, tampoco.

—¿Con música? No, los caballos se doman con fuerza.

Se rio con franqueza.

—Verás a Sayán domar a un caballo, y sabrás lo que es la fuerza.

—¿Sayán?

—Un jinete, pariente lejano. Es él quien doma a los potros en este *aal*.

—¿Y no hay nada relacionado con lo que escuchó mi amigo, nadie canta a sus caballos para domarlos?

Aydemir reflexionó unos instantes, pero no me dijo nada distinto de lo que ya me había dicho Kuskun:

—Para domarlos, no lo sé, nunca he oído nada así. Yo les canto cuando los monto. Si canto suave van al paso, un paso largo y muy suave. Cuando voy animando el ritmo, pasan al trote, trotan ligeros como la brisa. Para galopar, acelero el ritmo. Muchos jinetes que cantan *jomeid* hacen lo mismo, en el estilo que se llama *ezenguileer.*

Le pregunté si no creía que si era posible darles el ritmo con la canción no lo sería también domarlos. Se encogió de hombros.

—Un caballo sin domar no está para canciones.

Se volvió a reír. Me habló de las letras del *jomeid*, casi siempre relacionadas con la estepa, con los caballos, con la luna, las estrellas, el sol, la hierba, las muchachas, el amor.

—¿Es eso lo que has venido a buscar? —me preguntó de pronto.

Aspiré el aire limpio.

—Sí.

Sacudió la cabeza, pero dijo:

—Creo que no lo encontrarás. Pero preguntaré.

Aneyhaak se acercaba, con paso vacilante. Parecía darle vergüenza llegar hasta el montón de troncos, hasta nosotros.

—Dice Saaskia que vayamos todos.

Pero me miraba a mí. Aydemir se levantó:

—Es una comida de bienvenida.

Aneyhaak se alejó, casi corriendo. Espié a Aydemir. Su mirada la seguía como una ternera a su madre.

Aydemir está sentado en la valla de la cocina grande, a espaldas del ough *de Saaskia. Todos los pobladores del campamento están dentro, alrededor del banquete: un* juragán *joven al que Sildísh y Eizir-Ool han sacrificado, por orden de la abuela. No tiene hambre, y cree que el extranjero, Marcos, tampoco la tiene. Pero cumple con su papel de invitado, le hace los honores a los trozos de hígado recién asado, casi sangrante todavía. Ese hígado procesaba todo el ritmo del intestino del cordero aún no hace ni una hora. La hierba de la pradera está ausente ya de él, de sus dientes, de sus pezuñas. Aydemir se balancea en la valla, echa la cabeza atrás, recibe los últimos rayos del sol con agradecimiento, abre los ojos y ve en el cielo una bandada de grullas: vienen del norte, de Siberia tal vez, vuelan hacia el sur, hacia la taiga. Sus alas producen ondas casi imperceptibles. Cierra los ojos y las siente, caricias de aire, de nada. Y oye sus voces quedas, «turrú, turrú», apenas crujidos de bisagras del tiempo, de las estaciones. Quisiera ser un chamán, convertirse en una grulla más, y sabe que si así fuera, aunque viera al potro bayo en un cercado, seguiría volando, volando, porque también sabe que si fuera chamán, si fuera grulla, no querría nada, estaría vacío de todo deseo.*

Abre los ojos, de par en par. Y los oídos. El invitado ríe por algo que ha dicho Kuskun, los demás ríen también, con la boca llena, la barbilla manchada de grasa, el estómago satisfecho, y en ese instante Aydemir sabe que algo está

a punto de empezar.

Comí demasiado, obligado por la situación. Habían sacrificado el cordero para agasajarme, y aunque tuve que reprimir mi repugnancia ante algunos bocados, logré que no quedaran decepcionados. Me compensaba ver todo aquel trasiego, el febril entusiasmo de la colmena: los jinetes, las pastoras, los rudos y los suaves, los niños y los mayores, los perros y las gallinas alrededor del banquete. Aydemir no participó mucho, se había sentado en la valla de la cocina y parecía ausente, supongo que pensando en su caballo.

Entre los jinetes estaba Sayan, el pariente más o menos lejano del que me había hablado Aydemir, pero que en esencia era un empleado. Me impresionó verle llegar. Si existe gente oscura, su imagen es la de Sayan. Piel casi negra, rostro borroso, como aplastado por una mano violenta, sombrero calado hasta las cejas. Y su pie. Al principio no me di cuenta: caminaba con un brusco vaivén, incorporando y agachando la cabeza y los hombros. Entonces lo vi: le faltaba un pie, como a Cortázar, pero en lugar de prótesis llevaba una funda de goma, acabada en una contera de caucho. Cada vez que apoyaba el extremo en el suelo parecía producir un efecto de ventosa, y el aire lograba escapar con un sonido espantoso, lúgubre, por su pantorrilla. Me miró un instante, creo que con dureza, se sentó a un lado, no dijo una palabra en toda la comida. Tampoco participó de las frecuentes risas. Aquel hombre del pie enfundado en goma y caucho era el domador del *aal*. Comía con brutalidad, no miraba a nadie, sólo el próximo bocado.

Me levanté, le pregunté en voz baja a Aydemir por un retrete; me dijo, sonriendo, «que fuera hacia el río». Lo hice. Al alejarme del campamento junto a la falda de la montaña se levantaban entre las piedras saltamontes enormes y ruidosos, como carracas voladoras, «rac, rac».

Un perro pequeño, un cachorro, vino conmigo. Se llamaba *Sputnik*, y era de color dorado, con un toque canela. Caminaba a mi lado, dando vueltas a mi alrededor como un auténtico *Sputnik*, correteaba persiguiendo los saltamontes, pero cada tres o cuatro pasos me miraba con curiosidad. Subimos una cuesta en cuya cima había una vieja torre de tendido eléctrico, de madera, y me volví para contemplar la planicie. Desde allí veía con claridad todo: el campamento, con figuras que empezaban a dispersarse, a las mujeres, tal vez a la bella Aneyhaak volviendo a sus dominios, y más lejos, el rebaño de ovejas y la manada de caballos, serena y tibia bajo el sol. *Tabum,* manada; *cheterdem,* Aydemir: gracias, Acero de Luna.

Descendí por la otra cara de la cuesta, hacia el río. Un lento brazo de agua que dejaba su huella caprichosa en el gredoso pastel de la estepa, limándolo con paciencia. Bajé hasta la orilla, curioseé entre las piedras, me di cuenta de que allí, en la humedad, crecía con tanta naturalidad como libertad la marihuana, y entonces recordé: era aquella misma clase de hierba la que ocultaba los pies de la muchacha que había visto en la carretera. Le preguntaría a Aydemir.

Me desabroché, me agaché, masqué una ramita de marihuana mientras me vaciaba. *Sputnik* chapoteaba en la orilla. Paz.

Cuando regresaba, vi a Aydemir y a sus tíos sentados en el mismo montón de troncos. Kuskun no estaba. Sildísh me hizo una seña, me acerqué.

—Dice Aydemir que quieres saber si se doma a los caballos con música.

Miré a Aydemir, a Eizir-Ool. No había ironía, ni rastro. Respiré. La barriga aún me dolía un poco, pero me encontraba ligero. ¿Sabía algo Sildísh?

—Sí.

—No sabemos nada de eso. Pero te podemos acompañar para preguntar por ahí.

Aydemir bajó la cabeza, cogió una piedra, la volvió a soltar. Y lo entendí: no era porque creyeran que me podían ayudar, sino porque llevarme de campamento en campamento, preguntando a los pastores, les permitiría echar un vistazo, buscar el rastro del bayo. No dije nada nuevo, pero mostré mi entusiasmo y mi agradecimiento. Aunque no mi excitación.

Pero tendría que esperar. La reunión se disolvió, Sildísh y Eizir-Ool se marcharon a cumplir sus obligaciones, fueran cuales fueran. Aydemir y yo nos quedamos solos, y hablamos de España. Sentía curiosidad, y yo la satisfice en cuanto pude. Pero al hablar de mi país, de nuestra vida, las palabras se me hacían terrosas. No lograba darle color ni calor a algo que yo nunca había apreciado, pero que Acero de Luna parecía envidiar. Me pregunto si no hacíamos lo mismo: yo estaba allí, fascinado por la salvaje soledad de la estepa, en un pequeño poblado semejante a un barco en el océano, rodeado de naturaleza aún viva.

Recordé que Cortázar a menudo dice que casi la mitad del mundo está aún intacta, que aún no es tarde para que la humanidad vuelva a aprender a convivir con el resto de las criaturas vivas, con la vida. ¿Era eso? ¿Veía yo a Aydemir como al buen salvaje? ¿No era eso tan injusto, tan inexacto como la fascinación que él sentía por la lejana y cálida España de sus ensoñaciones invernales?

—Vamos a traer la manada.

Olor a cuero, tibieza del caballo bajo los muslos, el sol cayendo, las montañas más cercanas mostrando las huellas del tiempo, el tiempo mostrando su ciclo incansable.

Los caballos esperaban con las cabezas bajas alrededor del *paglásh.* Como un tótem indio. Un pinzón se había posado en la talla de la cabeza de caballo y levantó el vuelo cuando vio que nos acercábamos.

Mi caballo era menudo y nervioso. Nada más sentir mis manos liberando las riendas del *paglásh* relinchó un poco, me olió con inquietud y alarma. Se daba cuenta de que era extranjero, un ignorante. Al subir en él, mientras Aydemir hacía lo mismo en el suyo, noté en su cuerpo fibroso el vigor del verano, de la hierba abundante y de la excitación por la tibieza del aire. Galopamos, y vi que el caballo me miraba de reojo, girando un poco la cabeza sobre su cuello: noté cómo se relajaba, me aceptaba. Siempre he soñado con caballos. A menudo le pido al caballo, en el sueño, que vuele. Lo hago sin palabras, apretando todos mis músculos y fundiéndolos con los suyos para que de pronto se levante por encima del suelo, y entonces nos elevamos juntos por el aire, un galope de nube. Así fue esa vez, bajando por el camino por el que me había traído Kuskun unas horas antes: no volábamos, claro, pero los guijarros eran plumas y los baches sólido asiento.

Adelantamos a Aneyhaak y a otros niños que se dirigían hacia los rebaños de vacas y ovejas, con la intención de llevarlos también hacia el campamento. Al pasar, en un fogonazo, vi los ojos de la muchacha de los pendientes de plata: los tenía clavados, y fue la primera vez que sentí algo parecido a los celos, en Aydemir.

Éste dirigió su montura hacia el rebaño de ovejas, que se abrió ante nosotros, espantado. Y, de pronto, se dejó caer de lado en la silla, supongo que imitando a los cuatreros; cambió el rumbo de su caballo, extendió el brazo, y cuando creía que iba a coger una de las ovejas pequeñas para subirla a su montura, se limitó a darle un golpe en el flanco y con un impulso elástico volvió a incorporarse, dando un grito gozoso. Me puse a su lado, nos reímos, imité el grito, mezclándolo con el griterío alborozado de los niños.

La manada nos esperaba; nos pusimos al trote y los caballos se resoplaron unos a otros, satisfechos también. Poco a poco, fuimos haciendo que el rebaño volviera hacia el campamento.

Eizir-Ool esperaba entre las dos puertas del gran corral, que estaba dividido en dos, con una larga pértiga en su mano. Mientras la manada se acercaba, se subió de un salto en la valla, y con la pértiga fue deteniendo a algunos caballos para que no entraran por una puerta, sino por la otra. Yo le miraba desde mi montura, y me daba cuenta de que los estaba contando, y de que con un breve golpe de vista sabía cuál debía entrar en uno de los dos cuerpos del corral y cuál no. La maniobra no se prolongó apenas nada. Un hombre es un hombre bueno si hace las cosas deprisa. ¿Cómo había dicho Aydemir? «Cuanto más rápido lo hace el hombre, mejor hombre». Supuse que aquella selección también distinguía a los hombres buenos de los hombres mejores.

—¿Por qué los separa?

Aydemir me miró casi con incredulidad:

—En un cercado, los potros destetados, los castrados y los caballos enteros; en otro, las yeguas con sus potros nacidos esta primavera.

Resultaba asombroso que distinguiera tantas cosas con un simple golpe de vista.

Dentro de los corrales hubo carreras, mordiscos y coces. Pero de aquel aparente caos iba naciendo un orden armónico y silencioso. Eizir-Ool observaba sin mover un músculo. Escuché el sonido del caucho: Sayan llegaba desde su *ough*, se encaramó hasta la valla y se dejó caer entre el barro, clavando en él su pie de goma. Sin una sola vacilación, separó a dos caballos, uno tordo y el otro alazán, y los ató a uno de los travesaños. Sildísh también había aparecido, como por ensalmo, sobre la valla. Los dos hombres observaban el comportamiento de los caballos con gravedad, sin que yo pudiera adivinar qué era lo que aquello les decía. Hice lo mismo: observar. Y vi que cuando Sayan se retiró ya se habían formado grupos, un poco aislados unos de otros. En cada grupo había afinidad, y poco a poco los malos modos iban cediendo, dejando su lugar a un orden natural que yo sólo podía sospechar. Un joven caballo negro, de largas crines, paseaba arriba y abajo, mirando a su alrededor con ojos intensos, acercándose a las yeguas, venteando y entendiendo un lenguaje arcano para mí. Los dos atados relinchaban cuando esos acercamientos eran imperiosos.

Aydemir me susurró, sonriendo:

—Es un *askyr*, el semental más joven, y aún está eligiendo sus yeguas.

Miré a los jinetes, que a su vez vigilaban con expresión crítica al nuevo semental, hasta que éste se quedó en el centro, solo, pero consciente de su atractivo y, tal vez, de su responsabilidad. Bajó un poco el cuello, levantó uno de los cascos traseros, apoyándolo sólo en la punta, y se quedó quieto. Los hombres, satisfechos, con una sonrisa oscura aleteando en sus bocas, bajaron de la valla. El pie de goma de Sayan resoplaba, hasta que alcanzó la torre de vigilancia y trepó por ella con presteza. Pude ver cómo se envolvía en una manta, encendía un cigarrillo y desaparecía a la vista, en la plataforma. Aún pude escuchar algo parecido al chasquido de un arma al ser montada.

Aydemir me había estado observando de cerca.

—Mañana iremos a echar un vistazo por los campamentos más cercanos —me dijo Aydemir.

Usaba unas veces la palabra inglesa, *camp*, y otras la tuvana, *aal*.

Asentí, ocultando mi ansiedad.

Y apareció Aneyhaak. Ligera y fresca, con las solapas de su chaqueta vaquera levantadas, ocultando los pendientes de plata.

Caminamos juntos sin decir apenas nada. Hubo un momento de intenso rubor en las últimas nubes que aún eran alcanzadas por el sol poniente, y casi de golpe se abatió la oscuridad, y el frío, sobre nosotros. De los corrales de vacas, ovejas y caballos, venía un rumor de tranquilidad y satisfacción. Pero por el rostro de Aydemir pasaban negros cuervos de ausencia y dolor.

Cenamos en el *ough* de Saaskia, sentados en el suelo alrededor de la estufa y la mesa auxiliar. Ensalada de tomate y cebolla, muy picante y fresca, queso curado, casi reseco, y un buen vaso de algo que parecía yogur:

—*Hoid pac* —tradujo Aydemir, en voz baja—. Leche fermentada.

Luego untó una rebanada de pan muy gruesa con mantequilla y la depositó en mi plato:

—*Yourt smetana.*

Suave y untosa, a medio camino entre la mantequilla y la nata. Los hombres masticaban en silencio, y una de las mujeres que había estado en la comida, tal vez la madre de Aneyhaak, ayudaba a Saaskia. La estufa extendía su calor. Kuskun había desaparecido, y por lo que había visto, su coche también. Con nosotros estaban Sildísh y Eizir-Ool. Cuando acabaron de comer se retiraron de la estufa para apoyar sus espaldas en una de las camas, se sirvieron sendos vasos de *aragá,* el licor destilado de leche de la tradición tuvana, y encendieron cigarrillos. Ni me ofrecieron a mí, ni yo tampoco quería beber o fumar. Los sencillos sabores de la cena aleteaban contra mi paladar, y quería prolongar esa sensación. Además, tampoco estaba muy seguro de que fuera correcto fumar o beber delante de Saaksia, la jefa. Aydemir me explicó aquella misma tarde que no hay palabra en tuvano que signifique «jefe». Y eso que en cada *aal* hay uno. Pero no por galones, ni por dinero, ni por dominio, sino por familia: el miembro mayor del clan, ése es el jefe, así que la palabra desaparece en beneficio de otra mucho más simple y natural: padre, madre, en algún caso, como el de Saaskia, abuela.

—Muchas jefas —decía Aydemir—, porque los hombres, en Tuva, mueren pronto.

Hizo un gesto extraño: se golpeaba el cuello con el índice, disparándolo desde el pulgar. No lo entendí, y se lo dije.

—Beber —dijo, extrañado.

—¿Beber? —hice nuestro gesto habitual, el pulgar hacia los labios.

Se rio.

—No, eso aquí es fumar…

Pocos gestos asiáticos se corresponden con los occidentales. «Hola», con la mano, sólo es «adiós». Y qué decir de las voces para controlar a los caballos: «só» es *rí*, y «arre» es *shu*.

—¡Al revés!

Nos reímos los dos. Me gustaba oírle hablar, me sentía como un niño naciendo a un mundo desconocido.

Dejamos a los hombres hablando en voz baja y salimos a la noche. Estallaba el cielo en millones de estrellas, sin nada que las velara. No había luna, y el espacio era de una negrura redonda y brillante. *Sputnik* se nos unió, mordisqueando los cordones desatados de mis botas de montaña y ladrando al vacío. Los perros fieros, atados a las columnas de la torre de vigilancia, le respondían con gruñidos sordos.

Nos alejamos del *aal* por el camino, del que apenas se adivinaban los contornos. Aneyhaak dijo algo y Aydemir, después de algunos pasos, empezó a cantar. Era algo parecido a lo que había escuchado en el Munzuk, pero sonaba distinto. La noche negaba cualquier eco, y la voz de Aydemir se fue elevando desde las profundidades de su estómago. La letra era para mí tan opaca como la oscuridad del cielo, pero al igual que en él también brillaban las estrellas en su voz. Apenas podía controlar mi emoción. El rostro de Aneyhaak, de perfil, estaba cerca del mío, y a pesar de la casi total ausencia de luz adiviné una sonrisa en sus labios; llena de paz, y de gracia también. La música que producía Acero de Luna con su pecho me afectaba en zonas aún más profundas de mi ser, arañaba mis tripas. Intenté ser caballo. Puse mi mente en blanco, cerré los ojos con fuerza, escuché al pequeño pastor con el alma del mundo. Y de pronto su voz se volvió silbido, un trino imposible y tan bello que me daban ganas de llorar, lágrimas de animal, lágrimas de ser vivo, lágrimas no mías. Y volé como lo hacía en mis sueños, sobrevolé las colinas dulces, me mojé de estrellas: sin fuerza, sin ningún esfuerzo.

Cuando el último silbido se extinguió, Aydemir lanzó un «¡Shu!» que puso un punto final a su canción, y el principio del silencio. Deduje: si *shu* es «arre», el punto final de una canción del *jomeid* es «arre». Es decir: «Caballo, ya te he cantado, ahora, ¡arre! *Shu*».

Volvimos hacia el campamento sin decir una palabra, pero Aneyhaak respiraba con fuerza. Y yo también. Nunca había sentido algo igual: para mi anhelo de estar junto a ella, tal vez rozar su brazo con el mío, necesitaba a Aydemir igual de cerca de mí, tal vez para ahuyentar la oscura comezón de los celos. Sacudí la cabeza, no sé por qué pensé en Sayan oculto en las sombras de la torre de vigilancia, con su rifle armado, fumando un cigarrillo, oculto en el hueco de la mano, sin mostrar su brasa a los posibles acechadores.

Caminábamos en silencio. Saboreé aquella quietud de las cosas y los sonidos. Mi primera noche en la estepa. Me sentía agradecido por todo. Aneyhaak se despidió y salió corriendo, como si llevara en sus ojos dos linternas. Aydemir y yo fuimos caminando hacia nuestra redonda casa de lona y madera, sin que yo sintiera muchas ganas de concluir aquel primer día en el corazón de la vida tuvana. Nos detuvimos de nuevo en el montón de troncos. Aydemir miró a su alrededor, antes de encender un Prima, escondiéndose un poco. Fumamos los dos en el silencio, hasta que me habló del inglés. Lomax.

—Está por aquí, en alguna parte, pero no lejos. Se quedó sólo dos noches en nuestro *aal,* porque no se entendió bien con Sayan.

Quise saber por qué. El inglés me intrigaba. ¿Qué buscaba él?

—Fue por la doma. Hicieron algo parecido a una apuesta, para ver quién domaba mejor a un potro. Sayan fue el primero en hacerlo, como se hace aquí siempre, atándolo en el suelo para ensillarlo, montarlo, y aguantar arriba sin caer hasta que el potro se agota y acepta al hombre. A Sayan no le gustó la sonrisa de Lomax. No decía nada, pero era evidente que no aprobaba lo que Sayan había hecho con el potro. No habla mucho, el inglés, pero yo estaba con él, en la valla, viendo lo que hacía Sayan, y en un momento murmuró, pero para que yo le oyera, que aquello era «una brutalidad».

Podía imaginarlo. Pero tampoco sabía qué decir. Me apasionan los caballos, pero no sé nada de doma. ¿Era posible que el inglés supiera algo también de la canción para domarlos? Hice un intento:

—¿Y cómo lo hizo él, domó a su potro?

Aydemir se encogió de hombros, y de pronto vi algo parecido a un platillo volante que empezaba a elevarse entre las colinas. Me quedé con el aliento interrumpido, hasta que me di cuenta de que era la luna. Nunca la había visto de ese modo, una semiesfera de oro, una luna inmensa que parecía estar viniendo contra la tierra.

Aydemir, al ver mi asombro, miró también hacia la luna, pero no le hizo mucho caso, y respondió a mi pregunta:

—Sí, pero no lo entendí muy bien. Estuvo con él en un cercado improvisado, redondo, hizo que el caballo galopara solo, en círculos, hasta que se rindió y le permitió montar. Tardó más que Sayan.

Me dio la sensación de que Aydemir no me lo contaba todo. Deseaba encontrar a Lomax, saber más. Aydemir apagó su Muerte del Pastor, y yo hice lo mismo. La luna ya mostraba más de la mitad de su esfera, y la estepa iba cobrando relieve. Parecía que se llenara de una música silenciosa. Un caballo relinchó, enfadado con algo. A la luz de la luna vi cierto movimiento en la torre de vigilancia, un reflejo en algún objeto metálico. Me estremecía pensar en Sayan, en su pie de goma, en Cortázar y el suyo de acero. Nos levantamos y nos fuimos por fin hacia el *ough*.

El interior estaba en sombras, salvo el reloj luminoso de una radio conectada a la batería. Aydemir encendió una linterna pequeña y esperó a que me acomodara dentro de mi saco, en el lugar que me habían asignado Saaskia y Kuskun. Había dos bultos, no muy lejos de mí, cubiertos por una manta cada uno: los jinetes flacos, Sildísh y Eizir-Ool. Lo supe porque al lado de las mantas estaban sus chaquetas.

Aydemir se cubrió con otra manta ligera a los pies de la cama de la abuela, y sin decir una palabra, apagó su linterna. Yo llevaba la mía en la mochila. La busqué, la encendí, saqué mi libreta y me dispuse a escribir todo lo que había vivido. Después de escribir la fecha se me cerraron

los ojos

no le engañaban, las señales estaban claras en el barro, o eso dijo Sildísh al menos. Habíamos llegado a caballo, muy temprano, al lugar en el que se había producido el robo. Eizir-Ool y su primo bajaron con agilidad y se inclinaron sobre el suelo. Aydemir y yo nos quedamos montados. Miraba a Aydemir, y él al horizonte, deslizando la vista a lo lejos.

—Eran tres, ninguno muy pesado —decía Sildísh.

No sé por qué, deduje que eso era malo, que descartaba a alguien tal vez. ¿No podía haberse quedado en el camión?

Luego, llevando los caballos del ramal, se alejaron hacia el camino, para ver por dónde se había ido el camión o la furgoneta. Incluso yo me di cuenta, desde lo alto del caballo: oeste. Podía ser una forma de despistar un poco, pero a pesar de ello atravesamos la carretera en diagonal, en la misma dirección.

Durante algunos minutos cabalgamos en silencio. A nuestro paso levantábamos de la hierba orondas codornices, *torlarar.* Los dos jinetes flacos, con gesto grave, oteaban el amplísimo horizonte, intentando encontrar alguna inspiración. En sus cinturas abultaban las culatas de los dos revólveres que Saaskia les había dado al partir.

Shippa, la perra zorruna y ligera, de mirada inteligente, corría en círculos, emitiendo cortos y agudos ladridos, excitada aún por olores que, sin duda, permanecían en el suelo. Miré hacia atrás. El *aal* quedaba ya lejos, difuminado por la niebla, fantasmal y lujoso en la distancia, como si fuera más bien un campamento beduino. Vi que Eizir-Ool no le quitaba ojo a *Shippa*, como si dependiéramos de su olfato para orientarnos en el mar de hierba.

Poco después, Sildísh detuvo la marcha, levantando apenas una mano.

Miré hacia donde ya dirigían sus ojos los tres. A lo lejos, se veía otro *aal*. Pero ellos miraban otra cosa que yo no distinguía.

—El inglés —dijo Eizir-Ool, incorporándose un poco sobre los estribos.

¡El inglés, Lomax! ¿Iba a conocerle, por fin? Sí, Sildísh y Eizir-Ool pusieron a sus caballos al trote, «shu, shuuu», sorteando pequeños obstáculos de tierra cubiertos de hierba. Era evidente que aquella tierra era torturada por la dureza del invierno, y que la primavera y el verano eran demasiado cortos como para ocultar del todo las cicatrices con hierba. ¡Hierba! La pradera de verbena y pasto de pronto se había convertido en un campo inmenso de marihuana. Detuve el caballo, perplejo. La había visto junto al río, pero aquello era más, mucho más de lo que podía imaginar. Aydemir se dio cuenta, hizo dar la vuelta a su yegua, se acercó a mí, miró la hierba, que se levantaba tres palmos del suelo, y dijo:

—*Chaspán.*

Lo había dicho con una mezcla de malhumor y fastidio. Yo recordaba a la muchacha que estaba inclinada, junto a la carretera, entre aquella misma clase de vegetación: ahora estaba seguro de ello.

Volvimos a ponernos en movimiento. Aydemir miraba a su alrededor, como si esperara encontrar algo que no quería.

—Vi a chicos entre la hierba, esta clase de hierba —le dije.

No añadí nada de la muchacha que me había anunciado con su belleza la de Aneyhaak.

—Mafias rusas —contestó por fin, un poco de mala gana—. Les pagan una miseria por pasarse el día untando sus manos en resina.

Hizo un gesto con las manos, frotándolas una contra otra. Sí, aquel gesto también permanecía en mi memoria.

—Les cuesta media hora formar una costra gruesa de resina en las palmas, van a donde espera alguien con una navaja, las raspa, y después de cinco o seis horas y otros tantos viajes, tienen una pella. *¡Vistra rabote, vistra rabote!* Trabaja deprisa, deprisa... Los rusos les dan 500 rublos por la pella y se van en sus coches de lujo a Kyzyl.

Ahora, no se veía a ningún chico entre la marihuana. El corazón me dio un vuelco lento, conmovido por la belleza y el dolor. Esa vez, y las siguientes que atravesamos estepas de *chaspán,* avivamos el ritmo mientras los tíos de Aydemir empuñaban las pistolas sin exhibirlas demasiado, pero tampoco ocultándolas: no hubiera sido la primera vez que bandidos escondidos entre la alta hierba, o confundidos con los niños, asaltaban a los jinetes despistados y les despojaban de sus caballos y lo que llevaran.

Bandadas de pájaros sin nombre ni alma subían y bajaban en persecución de insectos invisibles. Dejamos atrás el *chaspán.* Aneyhaak, Aydemir, brisa. La niebla iba levantando a medida que nos acercábamos al *aal.* No era muy distinto al de Saaskia, pero no era el mío. Por primera vez sentía que comenzaba a pertenecer a aquella tierra, tan bella y terrible, pura y sucia, barro al fin, distante de todo lo que había vivido hasta entonces en mi cómoda, blanda patria. Aspiré todos los aromas de la vida: el ganado, la leche fermentada, el sudor de los hombres, el hálito de la pradera fértil, eterna y renovada a cada instante.

Junto a uno de los *ough* había un coche nuevo, un todoterreno corto, alto y pizpireto, de fuerte color azul. Primero aparecieron dos hombres, uno viejo y el otro joven, saliendo por la puerta del *ough.* Y Lomax. No podía ser nadie más que él. Llevaba un sombrero de ante oscuro, de ala ancha, y una pluma de águila en la cinta y botas altas y lustrosas. Ropa clara, crujiendo a nuevo todavía, de explorador. Gafas oscuras, pelo rubio. Sonrisa de suficiencia: Lomax.

Sildísh y Eizir-Ool saludaron al viejo y al joven, y después a Lomax, apenas con un movimiento de cabeza. Desmontamos.

Pasamos un par de horas en el *aal* de los Aiás. Luego, supe que Aiás significaba «Buen Tiempo». La familia llevaba ese mote desde siempre, por razones que Aydemir desconocía, pero su nombre real era otro. Los Buen Tiempo eran gente dudosa, y es posible que no tuvieran la conciencia limpia del todo. Robar caballos parecía ser tan natural como destilar leche para hacer licor, y ni siquiera era del todo reprobable en caso de necesidad. Pero hacerlo para enriquecerse, por avaricia (*chaaseié*, me tradujo Aydemir, lo anoté), era peor que un delito. Podía imaginar lo que sentía. Aunque aún no supiera mucho de él, ya iba descubriendo que su vida estaba cosida a la de la estepa. Creía en la vida antigua, en las flechas para matar osos o lobos, en sus canciones regurgitadas desde el alma, en las estrellas en la frente de los caballos, en la rudeza de la piel de los vaqueros y los jinetes, en la pálida y fresca belleza de junco tierno de Aney-haak, de las hojas del árbol con la que calman su hambre las cabras pequeñas... En Tuva. ¿Cómo podía yo sentir tantas cosas por una tierra remota y desconocida? ¿Estaba yo allí, o era todo un sueño forjado por Leandro, el amigo de Cortázar? Pensé en mi padre. ¿Estaría ya en Teruel, ayudando a la abuela y a la tía, su hermana? Sí, habría aprovechado el tiempo. Y estaba seguro de que él también pensaba en mí, me imaginaba lejos, se esforzaba por saber si estaba ya entre pastores, caballos y aquella misteriosa música. Sí, lo estaba.

Y entonces apareció Sarlyk-Ool. Así lo dijo Aydemir, después tradujo: «Hombre-Yak», y aún una segunda vez, tratando de encontrar una palabra aproximada en inglés: *Buffalo*.

—No, yak, sé lo que es —repliqué.

Sarlyk-Ool era un mote, algo muy común en Tuva, donde los nombres pueden ir cambiando a lo largo de la vida, incluso después de la muerte, y en este caso el nombre no podía ser más adecuado a su aspecto y su corpulencia. Se trataba, no tuve ninguna duda, del hombre pesado cuyas pisadas en el camino habían echado en falta los tíos de Aydemir. Una montaña de hombre, macizo, masivo, con el pelo igual de espeso, negro, cayendo en una copiosa cortina sobre sus cejas. Venía de un cercado en el que había un hermoso caballo alazán, reluciente como una castaña en sazón. No había ninguna expresión en su rostro. Levantaba la barbilla y apenas nos miraba, como si nos hubiera estado esperando. Yo hubiera dicho que sí, que nos esperaba, y si así fuera eso querría decir que sabía algo del robo del bayo. ¿Era eso normal? No le dije nada a Aydemir. Ellos sabían mucho más que yo, y era casi ridículo que jugara a detective.

El interior del *ough* de los Aiás no era muy distinto al de Saaskia, aunque en éste los rifles colgaban de un gancho, junto a la puerta. También había un enorme retrato de un guerrero antiguo, sobre la cómoda, y el dibujo estampado en las puertas de la tienda era la imagen imponente de dos caballos peleando, cascos con cascos; me recordaba el tatuaje de la espalda de Kuskun, y esa asociación, sumada a la ostentosa presencia de las armas en el *ough*, me produjo una lejana desazón.

Lomax no entró con nosotros. Mientras me quitaba las botas le vi yéndose con Sarlyk hacia el cercado en el que estaba el alazán. A pesar de mi curiosidad, no tuve más remedio que quedarme con los hombres, el viejo y el joven, y mis anfitriones. Aydemir, tal vez comprendiendo que me sentía un poco incómodo, me acompañó.

Sildísh era hábil con las palabras, un hombre inteligente y algo embaucador. Hablaba mirando de frente al jefe del *aal*, el viejo, del que no pude escuchar nunca el nombre.

—Este joven viene de España.

—«Ispania», *¡charás!*

Intuí que decía que España era bonita, le sonreí. Me tuve que inclinar sobre la estufa para estrechar su mano. El mismo tacto rugoso de todos los hombres de la estepa que ya había conocido, pero mucho más cálido, casi ardiente.

Sildísh le explicó, poniendo toda la convicción de la que era capaz, el objeto de mi viaje. El viejo me miró, ojos penetrantes y un poco capciosos. No hablaba una palabra de inglés, de modo que Sildísh me fue traduciendo lo que decía:

—Los pastores venimos de lejos, llevamos viviendo aquí desde que se creó el mundo, y hemos aguantado todas las invasiones: chinos, turcos, rusos... De todos nos hemos quedado algo, y cuando ellos creían que se llevaban nuestra riqueza, nuestra alma crecía y crecía.

Pensé en los rusos que manipulaban a los chicos en la pradera para llevarse la resina de *chaspán*. No dije nada. El viejo seguía salmodiando, y Sildísh traduciendo:

—Y de toda la sabiduría de nuestros antepasados la más valiosa es la del *kárgara*, la música del pecho. Mi abuelo me dijo cuando era un niño algo que ningún niño puede entender: que es más vieja la música que el pastor, que el hombre mismo. No lo pude entender —sonrió—, pero siempre lo he recordado.

Se quedó en silencio. Desde fuera venía el sonido del galope de unos cascos y relinchos. Estaba seguro de que se trataba del alazán, y de que aquello tenía que ver con el inglés. Pero toda mi atención estaba en lo que decía el jefe del *aal*, traducido por Sildísh. Por primera vez, me di cuenta de que la pronunciación tuvana no era la que yo esperaba cuando soñaba con el viaje, en casa. Pensaba entonces que puesto que Tuva estaba en el corazón de Asia, al norte del Himalaya, y que su religión era parecida a la tibetana, hablarían lanzando las palabras como disparos, al estilo chino, incluso japonés. Pero no era así: su lengua se deslizaba, más bien algo gutural, y si había disparos eran hacia dentro: graves, sinuosos meandros de palabras alargando las vocales y deslizando las consonantes. Más tarde Lomax me explicaría que el tuvano es un derivado del turco, y algo aún más sorprendente: que son más los habitantes de la enorme federación rusa los que hablan alguna lengua derivada del turco que los que hablan ruso. Eso sí, casi todos hablan, además de su dialecto o lengua, la del imperio. Lomax sabía mucho, mucho de los tuvanos. Iba a aprender mucho de él.

—No es el tuvano el que tiene la música —trataba de traducir Sildísh cuando el viejo Aiás ya había acabado—, el que crea la música. Es la música la que tiene al tuvano, la que lo crea.

No había nada más. ¿Por qué? Si la música creaba al hombre, quisiera decir aquello lo que quisiera decir, ¿no creaba también al caballo? Y si lo creaba, si creaba todas las cosas, ¿no lo podía domar, también? Recordé el viejo dicho: la música amansa a las fieras; como todos los viejos aforismos, aquella expresión tenía su raíz en la vida remota del hombre sobre la Tierra.

Miré hacia Aydemir. Sus mejillas se habían encendido un poco y parecía que en cualquier momento se fuera a poner a cantar a dúo con Aiás. Acero de Luna y Buen Tiempo cantando desde el instante de la creación del mundo. No lo hicieron; mi amigo contemplaba al viejo jefe del *aal* con respeto y fascinación, pero en un silencio absoluto, casi reverencial. Si en algún rincón de su corazón Aydemir pensaba que el viejo tenía algo que ver con el robo del bayo, o que sabía algo del mismo, en ese momento lo había olvidado.

Sildísh iba a insistir, era evidente. El jefe había hablado en abstracto, pero no le había dicho nada de la supuesta canción de doma, ni nada que indicara que había entendido la pregunta. El jinete flaco se acarició el bigote, abrió la boca, pero sus hombros desistieron: me miró. Se había acabado. ¿Qué podía deducir yo? Mi mente se esforzaba. Tal vez Aiás, el viejo, había querido decir algo mucho más simple: no lo sé, pero no importa que lo sepa. O lo contrario: lo sé, pero ya no le importa a nadie.

Mientras tanto, el jefe de los Aiás se había vuelto hacia la puerta, y parecía ver con los oídos lo que estaba pasando fuera, en el corral, entre su hijo, el inglés y el caballo alazán.

—El inglés nos dijo que estuvo con vosotros, y con Kuskun.

—Sí —dijo Eizir-Ool.

Un monosílabo que encerraba muchas cosas.

—¿De verdad sabe de caballos?

—Sí —volvió a contestar Eizir-Ool, Hombre Águila.

Bajó la cabeza, se llevó la taza a los labios, sorbió con estruendo. Aiás le dedicaba una expresión tan cerrada que para mí resultaba indescifrable. Arrugas profundas, una manada de caballos podría esconderse en ellas. Cuando supe, más tarde, que tenía la edad de mi padre, poco más de cincuenta años, comprendí mejor la dureza de aquella tierra. El verano no era más que un destello de bonanza. Ancianos de cincuenta años, hígados destrozados por el mal vodka ruso, piel reseca por el frío y la oscuridad de los larguísimos inviernos.

—Me gustaría ver qué hace el inglés con el potro —dijo Aiás, me tradujo Aydemir por lo bajo.

Había una lejana chispa de ironía en los ojos del viejo.

Nos levantamos y salimos, siguiéndole. Caminaba encorvado y con las piernas arqueadas, moviendo las caderas con vaivenes mecánicos: los andares de un viejo jinete cansado que, sin embargo, me recordaron a los soldados y vaqueros de plástico de mi infancia, cuando los hacía caminar sobre el brazo del sofá o sobre la alfombra.

Lomax estaba dentro del cercado, quieto, en el centro. El caballo casi se apretaba contra la valla, y en otro lado, acodado, estaba Sarlyk. El inglés nos vio llegar, y se acercó a Sarlyk con zancadas lentas y, me pareció, presuntuosas. Extraña mezcla, la de Lomax; una mezcla que resultaba fascinante y cargante, a partes iguales, como las dos caras distintas de una misma moneda. Le dijo algo, y el tuvano asintió. Vino hacia nosotros.

—Es mejor que nos quedemos lejos.

Hablaba en un inglés tosco y esforzado, dedicado a mí. Parecía que trazaba una línea en el suelo que no podíamos traspasar. Y allí nos quedamos, observando.

Lomax volvió hasta el centro del círculo con una cuerda de unos dos metros en la mano. La agitó en el aire y lanzó el extremo hacia el alazán, que se puso en movimiento, al trote. El inglés, imperturbable, siguió con el cuerpo al caballo, girando sobre sus talones, manteniendo siempre la misma distancia con él y mirándolo de frente. Entonces levantó la voz un poco, y el potro cambió el paso, del trote al galope. Daba vueltas, siempre pegado a la valla de madera, poco menos que espantado, agitando sus largas crines y con los ojos muy abiertos y mostrando el blanco, alarmados. Por fin, después de dos o tres minutos, Lomax caminó hacia él, cortándole el paso y levantando la cuerda en el aire, hasta que el alazán se detuvo y trató de huir, cambiando el sentido de la marcha. Ahora galopaba en el sentido de las agujas del reloj. Lomax no aflojaba; había vuelto al centro, y cuando se veían síntomas de cansancio en el caballo, volvía a lanzar el extremo de la cuerda hacia él.

Sildísh le preguntó a Sarlyk, en voz baja:

—¿Es un entero?

—Sí —dijo Sarlyk, sin añadir nada.

—¿Domado?

Sarlyk agitó el flequillo, en una vigorosa negación.

Sildísh miró a Eizir-Ool. Su primo sonrió, como si supiera lo que iba a suceder, y yo me acerqué a Aydemir para preguntarle en un susurro:

—¿Qué hace?

—Intenta domarlo.

¿Domarlo? A mí me parecía que lo estaba asustando, nada más. Creo que Sarlyk pensaba lo mismo, y murmuraba algo ininteligible a su padre. Incliné la cabeza hacia Aydemir, esperando que me tradujera sin que se lo tuviera que pedir.

—Creen que es una pérdida de tiempo.

Sonreía. Me di cuenta: habían visto a Lomax hacer lo mismo antes, sin duda en su mismo *aal*, y sabían muy bien que no, que no era ninguna pérdida de tiempo.

Entonces empezaron a suceder cosas que no tenían demasiada explicación, al menos para mí.

Aydemir siente la cercanía de su nuevo amigo, el chico español. Por un momento piensa que si es extranjero tiene que saber lo que va a suceder, pero Marcos le habla y se da cuenta de que no es así. Saborea el instante, mira hacia un grupo de niños que tampoco pierden detalle de lo que está ocurriendo en el cercado circular: están en lo alto del séghi, *la torre de vigilancia, desde la que deben de ver todo con mucha más precisión que desde donde están ellos. El sol ya está alto y entibia el aire, el olor del* miot, *la verbena olorosa, se va haciendo más y más intenso.*

Como sucedió en el aal *de los Hunayic, el alazán está empezando a aflojar la marcha: no puede huir del inglés, se da cuenta de que aunque ha galopado ya varios kilómetros sigue a la misma distancia que al principio: unos seis o siete metros. Entonces, por fin, baja la cabeza, roza el suelo. El inglés se lo había explicado unos días antes, después de hacerlo en su* aal: *cuando baja la cabeza, y todos los caballos lo hacen igual al darse cuenta de que no pueden escapar del hombre que está en el centro, está diciendo en su lenguaje: «Mira, soy un herbívoro, sólo quiero eso, bajar la cabeza y pastar; por favor, déjame». Los espíritus de la pradera y de los caballos están cerca, Aydemir lo presiente. Y dicen que está bien, que es bueno que el hombre y el caballo hablen, aunque sea de manera tan rudimentaria. El alazán está ya rendido al hombre, pero el hombre aún no está conforme, quiere más, ha venido a por más.*

Vuelve a cambiarlo de mano, ahora en sentido contrario al reloj. Un niño ríe en lo alto del séghi, *alguien invisible le manda callar. Las gallinas deambulan, sorprendidas por tanta quietud, y ningún perro ladra: algo está pasando, captan la atención de todos los humanos, no se atreven a intervenir.*

El alazán ha cambiado de dirección, está sudando, angustiado, desconcertado por la inutilidad de su galope de escape. Está acostumbrado a los gritos y los golpes de Sarlyk, de los demás hombres que hasta ahora ha conocido, ha olido, ha odiado. Pero este hombre es distinto. Huele distinto, se mueve distinto. Es un hombre misterio, una presencia tranquila, relajada, pero también implacable. Quiere suplicarle que le deje en paz, que le devuelva al pasto, a los olores maravillosos y dulces de las yeguas, a la vida de los potros recién nacidos, al consuelo dulce del agua en el arroyo, a la voz de las águilas y los cuervos, a la vida. Pero no sabe cómo pedírselo. El hombre del sombrero agita la cuerda: dímelo, pídemelo, le está exigiendo al potro.

Y el potro obedece, y Aydemir experimenta un escalofrío, y se acerca a su amigo español y le susurra:

—Ahora, ahora.

Y sí, es ahora: el caballo abre los labios, chasca la lengua.

—Mira, mira su boca —le dice Aydemir a Marcos.

El español se agacha un poco, mira la boca del potro.

—¿Qué hace? —pregunta.

—Le enseña los dientes —susurra Aydemir, feliz, satisfecho.

Se ha olvidado del bayo, de su dolor, está excitado, contemplando de nuevo el milagro. Añade:

—Le enseña los dientes para que vea que son dientes de herbívoro, que no son dientes de cazador, de lobo, de hombre.

Aydemir vibra, y en su vibración descubre el origen de la música: quisiera cantar, pero no lo hace, al menos en voz alta; cantaría a un pequeño dios rubio, que habla con los caballos, inmóvil en el medio del cercado, poderoso, sin decir nada, descansado, casi indolente. Es la hora. Es el momento, sí. Se lo dice a Marcos:

—Ahora.

El inglés deja caer la cuerda en el suelo.

—Ya no mira de frente al caballo. ¿Ves? —le susurra Aydemir a Marcos—. Hasta ahora el inglés le ha estado mirando siempre de frente, con los dos ojos: como miran todos los cazadores, para poder calcular la distancia, el alcance de sus garras. Ahora le mira como un caballo, como un herbívoro, de lado, con un solo ojo. Y el caballo se confía, espera, está deseando que el mensaje que el hombre le está lanzando no sea un engaño. Y, ya verás —añade algo en tuvano, se da cuenta, traduce de inmediato—: Ya es suyo, ya es suyo.

Todo se detiene. El alazán, también. Suda, resopla. Mira al hombre que huele distinto, que espera en el centro del círculo, que baja la cabeza, como si él también quisiera pastar. Y se acerca con paso cauteloso, pero tranquilo.

Huele el rostro del inglés, que no se mueve. Nadie lo hace, ni el viejo Aiás, ni sus tíos Sildísh y Eizir-Ool, ni los perros, ni los niños, ni las gallinas siquiera: nadie, ni Sarlyk, que en su interior es seguro que reza a los espíritus para que el caballo muerda, cocee al inglés, que se levante de manos y lo aplaste. No, no lo puede aceptar. Sarlyk, el luchador de hurésh, *la lucha tuvana, el hombre fuerte, que todo lo fía a la brutalidad del músculo, no puede aceptar lo que está viendo: que el caballo indómito acerca su cabeza al rostro del inglés, que se rinde, que le coloca su boca en el hombro, ¡que le acaricia con las enhiestas cerdas de sus belfos, que respira feliz!*

Entonces Lomax, el inglés mago, el chamán rubio, apoya su cabeza en el cuello del alazán, y sus manos blancas lo acarician, y el tremendo semental se convierte en un potrillo amoroso, devuelve las caricias, deja que el inglés pase agachado por debajo de su tripa una, dos, tres veces. Y echa a andar, y el potro le sigue, como un perrito, sólo le falta mordisquear los cordones de sus botas, como hace Sputnik *con los de Marcos, el español que tampoco parece creer lo que está viendo.*

Y el inglés abre la cancela del cercado, y en los hombres del aal se produce un movimiento de alarma, pero Sildísh levanta la mano: tranquilos, les está diciendo con el gesto. Y Lomax sale del cercado, casi majestuoso, y el alazán le sigue, relajado, el cuello estirado y las orejas lacias, sin miedo, lleno de confianza y de algo que parece amor, y los dos trazan círculos sin separarse un palmo, se alejan del corral en permanente contacto, vuelven hacia él, y los niños aplauden en la torre de vigilancia, y el inglés dice algo en voz alta que deshace toda la tensión, y los dos vuelven al cercado, atraviesan la cancela abierta, se acercan a la valla, Lomax toma una manta, se la da a oler al caballo, se la pone en el lomo, le vuelve a acariciar, hunde su rostro en su cuello, se le escucha desde aquí:

—Buen chico, ¿sí?, ¿sí? Bueno, muy bueno, buen chico.

Y ahora es la silla tuvana, y los estribos suenan metálicos, pero el caballo no se asusta, y los espíritus sonríen desde las nubes que vienen del este, y el sol se alegra, y la hierba canta, y Aydemir querría gritar de gozo, y Marcos le toca el brazo, y sonríe mientras el inglés cincha, y ahora, oh espíritus, oh mis antepasados, el inglés sube al caballo, le palmea el cuello, y se dirigen hacia el exterior, y vuelven a atravesar la cancela, ahora uno solo, hombre y caballo, caballo y hombre, y con el cuerpo, sin voz, el inglés le pide un trote al caballo, y el viejo Aiás dice:

—Hasta lo imposible es posible.

Los niños gritaban desde lo alto de la torre, señalaban al horizonte. Lomax y el caballo se alejaban, y todos nosotros les seguimos, intentando ver si pasaba algo que desmintiera lo que acabábamos de contemplar. Los hombres hablaban en tuvano, y Sarlyk no parecía muy satisfecho. Supe luego que era un luchador, un campeón de *hurésh,* la lucha de los mongoles y los tuvanos, y le volví a ver en Kyzyl, en la gran fiesta del Naadam, donde iba a competir para llevarse el triunfo con el que muchos jóvenes tuvanos, altayanos, buriatos y mongoles soñaban. Pero aquella mañana, en su *aal,* ni él fue inmune al milagro, o casi, que había presenciado.

—Da igual, hombre —me dijo ya por la tarde Lomax—. Al pobre caballo lo volverán a atar con cuerdas, no se fiarán de lo que han visto, y el caballo tampoco, creerá que ha sido un sueño y volverá a odiar a los jinetes, y si puede les abrirá la cabeza.

Hablaba entre dientes, con una sonrisa de superioridad en sus labios que resultaba irritante, a pesar de la razón que había en lo que decía.

Volvíamos hacia nuestro *aal* después de haber pasado el día recorriendo los campamentos, en busca yo de mis noticias, y ellos de algún rastro del bayo. Pero no lo había. O no lo habíamos encontrado. El viejo Aiás, ablandado por el espectáculo de Lomax, había dicho que sabía que el potro había sido robado, pero que no tenía ninguna información que dar. No sé si era verdad, y dudo mucho de que Aydemir y sus tíos le creyeran, pero no podían hacer mucho más. Al menos había aceptado que el robo se había producido, y había prometido con solemnidad, pero no sé si con sinceridad, que si se enteraba de algo mandaría a alguien para comunicarlo.

Ahora hacíamos una pausa, en medio de la estepa, antes de despedirnos. El sol ya caía, y Eizir-Ool preparaba un té sobre un lecho de ramitas secas. Estábamos en una pequeña vaguada, rodeada de espinos de flor amarilla y de verbena olorosa, *miot.* No lejos, una manada pacía con calma, ceremoniosa, moviéndose por la pradera para aprovechar la última hora de pasto. Lomax iba a seguir recorriendo otros campamentos, tratando de encontrar algo nuevo.

—Éste es un país maravilloso. Aquí los caballos no están en libertad, pero los tuvanos dejan que se organicen ellos como quieran. En libertad, al ser todos los machos enteros, la cosa es distinta. Se forman grupos cada vez más pequeños y se separan. Pero en la estepa, en esta forma de casi libertad, con muchos caballos castrados y sólo unos pocos enteros, la forma de organizarse me resulta muy interesante.

No sé cómo hablar de Lomax, aún no lo sé. Todavía me resultaba imposible decidir si me gustaba estar con él o no. Las dos caras de la moneda luchaban sin pausa: encantador, engreído. Era atractivo, y era obvio que los tuvanos le miraban con algo más que respeto, con admiración. Yo era invisible para ellos: un muchacho español, casi insignificante, que venía preguntando cosas raras de las que nunca habían oído hablar. Pero el inglés sabía de caballos tanto como los tuvanos o más, y hacía cosas con ellos que parecían magia, cosa de chamanes: meterse en un cercado con un potro sin domar, no tocarlo, no gritarle, no atarlo con cuerdas, y salir del cercado montado en él, como si fuera el más dócil y viejo de los caballos de la manada. Imposible y posible al mismo tiempo. Y su aspecto, claro. A mí me podía parecer un poco ridículo, con sus polainas de cuero, su ropa de explorador, su sombrero de ante y la pluma engarzada en la cinta, pero para ellos era alguien poderoso e inescrutable; sin duda, a causa del complejo tuvano, del que tanto me hablaría Aydemir en las noches de luna y caza de la taiga: complejo de invadido. Tuva es el centro de Asia, y por eso ha sido siempre tierra de invasión, despensa de carne, caudal de hombres duros y resistentes para los ejércitos. Lomax, ¿qué era para ellos? ¿Una avanzadilla de una nueva invasión? Veían a muchos norteamericanos, pero no les afectaban en sus vidas, salvo en que traían dólares. Posiblemente yo era para los tuvanos un poco como los yanquis: una presencia ingenua, exenta de peligro, unos cuantos cientos de dólares, o de rublos, o de euros. Nada, al lado de los rusos dominadores, prepotentes, mafiosos rubios y ebrios que se llevaban a las muchachas más bellas y corrompían a los niños obligándoles a frotar las manos en la resina del cannabis que crecía libre en las estepas.

Lomax quería seguir investigando en las manadas, buscando datos sobre la organización social, sobre la psicología del caballo. Para mí todo lo que hacía era un misterio excitante. Miraba a la estepa y lo imaginaba rodando con su coche, durmiendo a la luz de la luna, sentado en el suelo entre caballos, con su libreta abierta. La estepa, ese mar: horizonte y montañas como islas.

El té ya estaba preparado, y Eizir-Ool y Sildísh charlaban con más animación de la habitual, a veces con vehemencia. No sé lo que decían, porque hablaban en su lengua. Me estremecí, pensando en Cortázar, lanzándole uno de mis mensajes telepáticos: «Eh, papá, aquí estoy con Hombre Águila y Estrella, en la pradera, con mi amigo Acero de Luna y un hechicero rubio que doma a los caballos sin moverse, sonriendo; ¿no vienes?».

Aydemir miró hacia Sildísh con intensidad. Tanta, que su tío bajó la cabeza antes de hablar hacia el inglés:

—Alguien robó un potro de nuestra manada. Un bayo, entero, sin domar. Era de Aydemir.

Lomax no mostró ninguna extrañeza. Al contrario, su habitual sonrisa podía querer decir que le parecía algo normal entre salvajes. ¿Pensaba así? En parte, creo que sí. Pero al mismo tiempo admiraba, y hasta casi envidiaba, aquella vida natural, tan diferente a la impersonal vida europea.

—Miraré por ahí.

Sildísh asintió, en silencio. Sí, Lomax podía ir de *aal* en *aal*, nadie podría sospechar que fuera buscando nada.

De pronto, como si supiera que mi presencia allí no se debía al potro bayo, me espetó, levantando la barbilla:

—¿Y tú?

Lomax me miraba. Con las manos enlazadas por delante de sus rodillas. Respiré con lentitud, demorando mi respuesta. Dudaba ya de mí mismo, de las informaciones de Leandro y la fe ciega de Cortázar, pero todo lo que había dicho el viejo Aiás de la música me susurraba por dentro: «Sigue, sigue, estás cerca».

Se lo conté. El inglés me escuchó en silencio, sin que la sonrisa presuntuosa desapareciera de su rostro. Tenía que esforzarme para no mirarle, para poder seguir hablando. No le dije nada del origen de mi pequeña investigación, me resultaba difícil confesar que todo se debía a lo que había oído un amigo de mi padre en la radio, en España. No podía detenerme a decirle todo lo que me unía a Cortázar, además de la sangre. Volvió el profeta Abraham a mi mente, pero lo rechacé:

—No parece que nadie sepa nada del tema, pero sé que hay tuvanos que aseguran que los pastores doman a los caballos cantando.

Me volví hacia Aydemir. Me escuchaba, pero vigilaba las reacciones de Lomax.

—*Jomeid* —dije.

Lomax asintió, pero era obvio que dudaba.

—Es bonito —dijo por fin—. Pero no creo que vayas a encontrar nada así. Desde luego, no doman sus caballos con música. Los atan, los inmovilizan. El más ágil y duro se sube encima, y luego lo sueltan, el caballo salta y galopa hasta que se agota. Así varios días, hasta que el caballo se rinde del todo. Si logra tirar al jinete, la doma dura más, el caballo se envalentona. Pero al final cede. Como en el oeste americano, los rodeos, todo eso, ya sabes. Eso es lo que les dice el tiempo, la tradición. No les habla de canciones, de *jomeid*. Fuerza, nada más. Cuerdas, poder.

Sí, lo de siempre. ¿Me causaba amargura? No lo sé. Afirmé con la cabeza; la iba a dejar caer entre mis hombros, pero la levanté.

—Seguiré.

Cortázar me sonreía orgulloso en la distancia infinita, allá, al sur del sur.

Lomax se rio, sin disimulo y sin malicia. Estábamos acabando el té.

—Haces bien. Yo también sigo.

Miraba hacia el horizonte, cada vez más turbio. El horizonte, y él.

Cuando nos despedíamos, Lomax estrechó mi mano. Era suave, no parecía la mano de un domador, de un hombre de aire libre. ¿Era una profesión su relación con los caballos, o una afición? ¿Trabajaba en una oficina, con una corbata, y en verano se iba a lugares donde hubiera caballos para llevar a cabo sus investigaciones? ¿Cuál es la invisible cuerda que une al hombre y al caballo?

—Preguntaré por ahí.

Lo dijo en voz alta, mirándonos a todos. No gastaba muchas palabras, de modo que supongo que lo dijo por mí, pero también por el bayo.

Cabalgamos con las sombras persiguiéndonos. Aydemir cantó, los caballos flotaban, el mío también. Pensaba en Aneyhaak, cuando nos acercábamos al monte Bosdag, a cuyo pie nos esperaba, como todos.

Ya nada se movía en el campamento. Era de noche y los perros de la torre de vigilancia ladraban, invisibles. Cerca del *pagläsh,* mientras atábamos a los caballos y les quitábamos las monturas, apareció Saaskia. No necesitaron muchas palabras, ni Sildísh ni Eizir-Ool, para contarle las novedades. Me pareció entender el nombre de Aiás, pero la jefa permanecía impasible. Del *ough* nos llegaba un olor a comida que hizo que mis tripas rugieran. Estaba molido por las horas a caballo, y no sabía si satisfecho o desmoralizado. Demasiada prisa.

Cenamos sin hablar apenas, con hambre de lobo. Los niños, Puyí y Kizí, me miraban en silencio, de vez en cuando, y sin demasiado interés. Pero cuando oyeron el nombre del inglés prestaron toda la atención que pudieron. Era curioso: si hablaban en tuvano, yo intentaba entender, si lo hacían en inglés, entonces era el turno de los niños, apretando el entrecejo para tratar de captar algo. Luego Aydemir y yo salimos a darnos un baño de estrellas y luna, en una especie de paseo espacial sobre la hierba plateada, y como si lo tuviera calculado vimos a Aneyhaak que venía desde el *ough* de los pastores, un poco encogida por el fresco, con una manta pequeña sobre sus hombros. Desde lejos, sus pendientes de plata centelleaban. Aydemir se esforzó en no usar el tuvano para contarle lo que habíamos hecho durante el día, por deferencia hacia mí. Ella se soltaba más y más hablando y entendiendo el inglés, pero aún así se hacía repetir algunas cosas.

Por primera vez, pude preguntarle. Aneyhaak soñaba con estudiar astrofísica, nada menos. Un tuvano había llegado a ser «casi» astronauta después de estudiar en Moscú, y su hazaña impulsaba el viento solar en las velas plateadas de la pequeña pastora. Su meta era la Ciudad de las Estrellas, el lugar en el que Rusia acaricia el sueño de conquistar la galaxia.

—Para eso —dije con sincera admiración, sin una gota de suficiencia— tendrás que estudiar mucho.

Asintió. Clavó la mirada en la negrura, más allá de las estrellas con las que soñaba.

—Sí.

Lo decía poniendo todo el peso de su breve cuerpo en la sílaba: *Yes*.

Pasaba los inviernos en Kyzyl-Mazhalyk. Su madre era costurera y en verano se hacía cargo del ganado de Saaskia. Su padre había muerto cuando ella tenía ocho años. Calculé: hacía seis, siete años. En su vida no abundaba el dinero, pero sí la fuerza de la hierba, de la estepa que... Me estremezco al recordar sus palabras:

—Si llegaras a un planeta lejano y vieras que su superficie era como Tuva en invierno, no podrías soñar siquiera con que la vida pudiera surgir en primavera. Pero surge.

Los grillos le daban la razón, en el huerto, con su música de amor entre lechugas y cebollas rojas.

Lo dijo como pudo, eligiendo bien las palabras, con cuidado. Aneyhaak hablaba así, y no me refiero al idioma, sino a su capacidad para hablar con metáforas, levantando olas de pequeñas poesías. Sus inviernos eran estudio y esfuerzo. Ayudaba a su madre en el cuidado de sus hermanos pequeños, y a veces en la costura, cuando los pedidos podían con ella. ¿Cuál era su madre? Me avergonzaba no saberlo. Sin duda, una de las mujeres arrugadas y discretas que habían compartido la comida de bienvenida, el sacrificio del cordero.

A medida que hablaba me sentía más y más cercano a ella, pero también a Aydemir. Acero de Luna y Árbol de Hojas Tiernas. Y, de pronto, yo, apareciendo en sus vidas. ¿Cómo me veían? Supongo que aún me consideraban como una aparición vertiginosa que desaparecería de la misma forma, sin dejar huella. Pese a ello, les hablé de mí. Y de mis estudios, confesando mi indolencia. Y de mi país, de la blandura que provocaba en muchos la abundancia excesiva. Me sentía bien con Aneyhaak y Aydemir, en armonía, y cuando me di cuenta les estaba hablando de Cortázar, de su pie cortado, de la muerte de mi madre. ¿Qué nos une a unos y a otros, qué nos separa? Allí estábamos los tres, arrullados por los grillos, en medio de la estepa, sobre el montón de troncos. Encendí un Prima, sereno, emocionado por el rescoldo que espabilaba en mi corazón. La muerte, eso era lo que nos unía. No dijo cómo, aún no, pero Aydemir había perdido a sus padres, a los dos, mucho antes, cuando aún no hablaba. Yo, a mi madre; Aneyhaak, a su padre. La muerte, sí, pero sobre todo la vida, o la fusión de ambas cosas. Y, como prueba, allí estábamos, extrañamente cercanos y unidos. De haber obedecido a mis impulsos, a mi ternura, les hubiera abrazado a los dos.

Cuando me acosté tardé en dormirme. Estuve escribiendo a la luz de la linterna. Saaskia roncaba tanto que Eizir-Ool susurró algo y Sildísh se rio, acabando con un «Aaaaaah» que quería decir muchas, tantas cosas: la vida en sí misma, sin adjetivos. Puse en mi libreta: «Aneyhaak volará por el cosmos». Antes, en los troncos, me había dicho que *Sputnik*, el nombre del cachorro, la palabra que yo creía que quería decir nave espacial, significaba en realidad «camarada», «colega». Así que escribí: «Árbol Joven, Acero de Luna, Marcos: *Sputniks*». No pude escribir más, me quedé dormido.

Soñé amargo: mi padre se inclinaba sobre mi pecho, miraba al cielo, lloraba, abría mi pecho con una navaja y buscaba con sus dedos la arteria de mi corazón, hasta que todo desaparecía a mi alrededor, poco a poco. La muerte, sin más, sin adjetivos.

Por la mañana vimos cómo Sayan domaba un potro. Comeríamos pronto y saldríamos al mediodía, para seguir buscando, esta vez cruzando el río y yendo un poco hacia el sur, donde había otros *aal*. Lo había anunciado Sildísh, sin mucho entusiasmo.

Antes de la doma salí con Aneyhaak a llevar las ovejas y vacas hacia el pasto. Dejé que Aydemir y sus tíos condujeran la manada de caballos hacia el norte, hacia el mismo lugar en el que se había producido el robo del bayo. Yo estaba impresionado por un pequeño detalle; o no tan pequeño: más de un metro de Kalashnikov. Al amanecer me había despertado antes que nadie, cuando apenas alboreaba. Vi la luz grisácea por el redondo *dunduk* del techo. La última estrella se difuminó, y yo me levanté para salir y orinar. Me acompañó *Sputnik*, orinó encima de lo que yo había orinado, y me miró con orgullo de macho. Me reí, sin voz. Al volver al *ough* me cubrí con la manta, me puse cómodo, me sentí en plenitud y anoté cosas del día anterior en mi cuaderno flexible. Y, de pronto, cuando uno de los niños asomó la cabeza entre las mantas, rozó a Saaskia, ella se despertó y los vi salir a los dos de la cama. No se daba cuenta de que la estaba viendo, y de debajo de la manta sacó el Kalashnikov. Negro y oscuro, como Sayan, pero a la vez metálico y frío. O no, tal vez tibio por el cuerpo de la abuela y el aliento de los niños. ¿Por qué dormía con un arma tan poderosa en la cama? ¿Qué había que yo no supiera? Lo escondió detrás de la cama, se levantó.

Le pregunté a Aydemir por el Kalashnikov. La confianza iba creciendo entre nosotros, no recibió la pregunta con recelo.

—Nunca se sabe lo que se mueve en la estepa. O lo que esconde. Éste es nuestro lugar; aquí acampamos desde hace muchos años, pero no es aquí donde vivimos la mayor parte del año. Cuando se llega, quién sabe qué ha pasado durante el invierno. El robo del bayo es mal síntoma, nunca había pasado en el *aal* de los Hunayic.

Una sombra pasó por sus ojos al decir la última frase. Hablaba lentamente, mientras nos lavábamos en el caño del agua, junto al pequeño huerto, con *Sputnik* jugueteando con las pequeñas criaturas de la hierba. Yo bombeaba, él se lavaba; luego, al revés.

—Pero ¿qué puede pasar?

Lo pensó un momento, luego dijo:

—Que molestemos.

Me estremecí. Por un momento, un desastre pasó por mi mente: una matanza, los cadáveres en el suelo, los *ough* quemados, ovejas ensangrentadas, los caballos relinchando furiosos en el cercado, alguien colgando de uno de los travesaños de la torre de vigilancia, con un disparo en la frente. Aspiré. Me sequé frotando con fuerza la toalla contra mi piel. No dije nada.

Aydemir se fue con sus tíos, yo con Aneyhaak. Necesitaba el aire fresco, y sobre todo necesitaba estar cerca de ella, con urgencia. La estremecedora visión de la muerte y la violencia, aunque fuera el simple fruto de mi mente, de mi temor occidental, ansiaba un poco de sangre fluyendo en mi corazón. Aydemir me miró un momento, desde el caballo, cuando dije que ayudaría a Aneyhaak en sus tareas. Sonrió. Me bendijo. Confiaba en mí, yo en él también, pero me estaba enamorando de la misma muchacha que él, y sabía que eso era peligroso. Me prometí a mí mismo que no aprovecharía mi condición de occidental, mi presencia exótica, el nombre lejano y soleado de España, el poder de mi cartera repleta de dinero europeo. No se lo prometí a él, pero no hacía falta: confiaba en mí. Yo, en mí, no tanto.

Aneyhaak y las demás mujeres abrían la cancela de las ovejas cuando llegué. Un amasijo de lana blanca se apelotonaba contra la puerta, unas subían por encima de otras, los corderitos buscaban a sus madres, una ola de balidos y quejas, la voz de las mujeres. Olía a estiércol ligero y a barro. El río de lana comenzó a fluir y las comadres se alejaron, al ver que yo estaba dispuesto a echar una mano. Había, un poco más allá, cubos con leche fresca. Se los llevaron, se fueron hacia sus casas.

Aneyhaak relucía. La había visto de lejos, volviendo del huerto con la toalla en el hombro. Ahora me llegaba el aroma del jabón. Ovejas y cabras, u ovejas cabra, no lo sé muy bien: *hoilán*. Cientos, más de mil. Dejaban un reguero de tierra negra a su paso, abrían un surco en la hierba. Pasamos junto al *pagläsh* viejo, en el que aún se veían los impactos de las flechas de Aydemir. Luego, al llegar a la hierba alta, las ovejas, o lo que fueran, se fueron separando unas de otras, formando pequeños grupos. Aneyhaak y yo nos sentamos en una piedra. En el suelo, ante nosotros, había un menudo casco de potro, entero, apergaminado. Le pregunté a Aneyhaak por qué estaba allí.

Se encogió de hombros, se rio. Entendí: vida y muerte en el *aal,* por qué te importa. No repliqué. *Sputnik* se encargó de despejar mis dudas. Cogía el pequeño casco con sus dientes, lo tiraba al aire, me lo ponía a los pies. Vencí mi repugnancia, lo lancé lejos para que fuera a por él.

Hablamos de España. Ella quería saber tanto de España como yo de Tuva. Pero yo estaba en su país, gozando de su vida, y ella no me tenía más que a mí para satisfacer su curiosidad. Puse en juego todo lo poco que sabía de los grupos y cantantes que ella conocía, de los canales de música de televisión. Le fascinaban. Yo me preguntaba si ella quería ser española, occidental. No lo entendía, pero lo aceptaba. Su belleza era tan natural como la de las lejanas montañas azules, pero aspiraba a una belleza artificial. No la culpaba, no la podía culpar. Y entonces me atreví a preguntarle por Aydemir. Se conocían desde niños, habían pasado todos los veranos de su vida en el *aal* de Saaskia, habían dormido juntos en la cama de la abuela Saaskia, supuse que también en compañía del Kalashnikov.

—¿Eres su novia?

Se rio, tímida y confusa, no dijo nada.

Me arrepentí de haber hecho una pregunta tan burda, tan tópica, y quise desviar su atención, hacer que la olvidara:

—¿Crees que encontrará a su bayo?

Al escuchar mi pregunta sufrió una transformación, como si una mariposa negra saliera de un capullo azul pálido. Me miró, desvió los ojos, primero hacia el cielo, después hacia la estepa, tal vez hacia la lejana manada y a los dos puntos en movimiento que debían de ser los tíos, Sildísh y Eizir-Ool. Entonces dijo, con voz mucho más grave de lo que era habitual:

—Si no lo encuentra, Aydemir se perderá...

Le costaba elegir las palabras, se adivinaba detrás de ellas el mecanismo poco engrasado aún de la traducción.

—... en sus recuerdos.

Y después, muy despacio, vacilando a veces, me fue contando que el padre de Aydemir era Maader Hunayic, el mejor jinete de la comarca, tal vez el mejor de Tuva. Una vez hubo una inundación en pleno verano. El río creció, se llevó las yurtas, se llevó el ganado pequeño, las vacas se ahogaron. Y los caballos se dispersaron. Maader Hunayic iba a ganar la carrera del Naadam aquel año, todos lo sabían, decía Aneyhaak, los espíritus lo sabían, el chamán de Kyzyl-Mazhalyk lo anunciaba. Pero lo iba a ganar con un potro que tenía el color del sol, el más puro descendiente de los caballos tuvanos que hicieron de Subidai el mejor general de Gengis Khan. Y ese potro desapareció. Toda la manada estaba más allá del Yenisey, el río grande, pero el potro de Maader no estaba. Corrieron rumores de que, aprovechando la dispersión, había sido robado por una familia de cuatreros que se solía refugiar en los bosques de la taiga, y Maader se fue en su busca. Su mujer era muy valiente, y quiso ir con él. Al decirlo, Aneyhaak apretó los puños. Porque al cruzar el río Ak, se produjo otra crecida y el agua se los llevó a los dos. Aydemir era su hijo, pero apenas sabía hablar todavía.

—Ha crecido —dijo Aneyhaak— con la pena de no recordar siquiera a sus padres. Se los llevó el río, y ahora Aydemir ve en el robo de su potro la repetición, el ciclo de la vida.

Me di cuenta de por qué había pasado una sombra por la mirada de Aydemir cuando me contaba que algo así no había pasado nunca en el *aal* de los Hunayic. No había sido capaz de decir la verdad, porque era revivirlo todo. No había sido igual, esta vez se lo habían robado delante de los ojos, en pleno día, pero para su corazón, el robo era el mismo.

Aneyhaak me miraba. Estaba llorando. Todo lo que me estaba contando salía de lo más hondo de su corazón, el dolor de Acero de Luna era el dolor de Árbol Joven de Hojas Tiernas; era su mejor manera de contestar a mis preguntas. No, no era su novia, era su mujer, era su madre, era la mujer. Iría a las estrellas, se haría astrofísica, pero nunca dejaría de lado a Aydemir, aunque él se convirtiera en un simple jinete de la estepa, aunque fuera a la cárcel y se tatuara la espalda: cruzaría con él todos los ríos de la vida, incluso el de la muerte. Recuerdo ese instante como uno de los más confusos de mi vida. Nunca había sentido nada tan puro, tan fuerte. Como un río en crecida. Cerré los ojos con fuerza. Tenía que alejarme de Aneyhaak. ¿Me iría, dejaría atrás tanto amor, aquél sería nada más que un viaje, unos aviones, unos billetes, tal vez un hallazgo en la estepa y, por fin, nada más que un recuerdo? Cuando los abrí, una sombra peregrina recorría la pradera. Busqué en el cielo la nube que la provocaba. Creo que esperaba que no hubiera nube, pero la había. Y aves grandes, flotando. Águilas, tal vez espíritus.

—Le ayudaré —logré decir, con voz queda, intentando creer en lo que decía.

Aneyhaak me oyó, me creyó, y entonces tendió la mano y la apoyó en la mía. Las yemas de sus dedos, gotas de rocío. Un antiguo general, Subidai, galopaba desde la noche de los tiempos, con todo el orgullo de dar a Gengis Khan los mejores caballos de su tierra, los ancestros del bayo de Aydemir.

Sputnik roía mi bota. Yo me reí, Aneyhaak también. Ahora tenía un secreto: sabía algo de Aydemir que él no podía sospechar que yo supiera. Pensé que tenía que pedirle a ella que se lo dijera. Pero aún no. Era mi pequeño tesoro.

Acabábamos de comer cuando se escuchó un coche, el ladrido de los perros, el motor apagándose, el freno de mano. Todos nos quedamos un momento en silencio, esperando. Luego entró el pequeño Kizí corriendo, todavía con su palo-caballo en la mano. Gritaba en tuvano, muy excitado, pero me pareció entender en un momento la palabra

Anglis.

—¿Lomax? —le pregunté en voz baja a Aydemir.

Asintió con una sonrisa, esperando.

Se escuchaban sus pasos, lentos y seguros, acercándose a la puerta del *ough*.

Luego apareció su rostro, con su eterna sonrisa, tan desconcertante como siempre. Sildish se levantó para estrechar su mano y él saludó, con frialdad, a Saaskia.

Tomó el té sin decir nada, y yo suponía que era lo correcto, aceptar primero la hospitalidad, y después decir lo que tuviera que decir. Porque no me cabía duda de que así era: tenía algo que decir, y no era acerca de música y caballos. Y si hubiera pensado en venir a visitarnos, apenas doce horas después de habernos separado, nos lo habría dicho el día anterior. Aydemir parecía hacer las mismas conjeturas. Lo notaba en el achicamiento de los ojos con el que observaba a Lomax cuando estaba seguro de que él no podía verle.

—Creo que he visto al bayo.

Se produjo un silencio intenso en el *ough*. Miré hacia Aydemir, que había adelantado la cabeza sobre los hombros, expectante.

Nadie decía nada, así que Lomax siguió:

—En la manada de los... A unas cinco millas al noreste de donde nos despedimos ayer.

No escribiré el nombre de la familia, me limitaré a llamarles como les denominé en mi imaginación cuando les conocí, y en mis notas: los Dalton. Cuatreros.

Sildísh y Eizir-Ool se miraron entre sí. Sabían muy bien a quién se refería el inglés, dónde estaba su *aal,* y dónde solía pastar su manada. Saaskia no movió un músculo. Manipulaba la tetera, como si no fuera con ella.

—Cerca de Artéxec —dijo Sildísh.

—Ajá. Estaba observando una manada a lo lejos, y vi algo raro. Me llamó la atención, porque a pesar de que era un entero no parecía tener yeguas aún, y andaba muy nervioso, de un lado para otro. Ni siquiera con la ayuda de los prismáticos lo veía bien, pero era bayo. Estoy casi seguro de que era el vuestro.

Miró a Aydemir, y yo también. Su respiración se había acelerado y los nudillos de sus manos blanqueaban, mientras mantenía agarradas las manos por encima de sus rodillas.

—Me he quedado observando, escondido, desde los cortados de Artéxec. Pero pronto he visto que se acercaban jinetes, y aunque mi coche estaba a la vista, he querido creer que supondrían que era un simple turista, mirando las pinturas rupestres del barranco. Me he quedado por allí, esperando, pero ha pasado algo extraño. Uno de los jinetes se ha ido, y ha vuelto antes de que pasara una hora.

Se han llevado a toda la manada hacia el campamento, con prisas. No me he querido acercar, he preferido venir a deciros lo que he visto.

Saaskia, Sildísh y Eizir-Ool volvieron a hablar en tuvano entre ellos. El más vehemente era Eizir-Ool, parecía fuera de sí. Sildísh mantenía la calma y Saaskia seguía tan hierática como siempre. Aydemir esperaba. No podía intervenir, ni por edad ni por rango, aunque el potro fuera suyo.

Lomax aclaró que no podía asegurar nada, que era lo que había visto, sumado a lo que había supuesto.

—He subido a lo más alto de Artéxec, y he seguido a la manada con los prismáticos, para ver adónde los llevaban. Ya sabéis adónde. Han metido a la manada en el cercado.

Miró su reloj, y Sildísh preguntó cuánto hacía que habían metido a los caballos en el corral.

—Dos horas, un poco más.

Sildísh se acercó a Saaskia, y susurró algo en su oído. Saaskia le escuchó con atención, pero sin mover un músculo. Al final asintió con un leve movimiento. Sildísh y Eizir-Ool se pusieron de pie, y la jefa volvió a darles los revólveres, otra vez la antigua ceremonia. Se los metieron en la cintura, y salieron del *ough*. Aydemir les siguió, pero Lomax no se movió. Adivinábamos por los sonidos que nos llegaban de fuera que estaban preparando el coche.

Saaskia no hablaba inglés, así que Lomax intercambió algunas frases en ruso con ella. Luego se quedó en silencio un rato, se levantó, se despidió con respeto y ceremonia de Saaskia, salió del *ough*. Yo también.

Como supuse, Lomax se fue por su lado, y nosotros nos metimos en el coche, Aydemir y yo detrás, sus tíos delante. Coche, es mucho decir: un viejo jeep soviético, un

UAZ 469 del 73, de color verde oscuro, lleno de remiendos. Pero funcionaba.

Por cómo se preocupó Sildísh de que yo fuera también con ellos era obvio que querían seguir representando la comedia: llevaban al turista español a hacer preguntas tontas sobre caballos y música. Era la mejor excusa para ir al *aal* de los Dalton.

Volvimos hasta la carretera asfaltada, rodamos por ella unos cuantos kilómetros, y al llegar a unas colinas nos desviamos por un camino de tierra. Se acababa pronto, y seguimos ya por la hierba. *Chaspán,* marihuana. Vi chicos a lo lejos: resineros. Mis tres compañeros miraban hacia todos lados, a través de las ventanillas.

—Hay que tener cuidado —me dijo Aydemir en voz baja, para que sus tíos no lo oyeran—. Las mafias rusas del *chaspán* andan por aquí, y no les gusta que nadie meta las narices.

Unos cientos de metros más allá, vimos un coche enorme, un todoterreno azul cobalto, semiescondido detrás de un peñasco, pero nada se movió. Nos alejábamos hacia una zona más abrupta.

—Artéxec —dijo Aydemir, esta vez en voz alta—. Hay pinturas de nuestros antepasados: animales, hombres. Pero las mejores se las llevaron los rusos, hace muchos años. Piedras enteras, con sus pinturas.

Invadidos. Expoliados. Me vino a la mente el general tuvano, Subidai, del que me había hablado de pasada Aneyhaak. ¿General de Gengis Khan? ¿No eran los mongoles invasores, Gengis Khan también? ¿Por qué no parecían rebelarse nunca ante tanta invasión? Me dije: porque siempre fueron pocos, porque Tuva es pequeña y está rodeada de fronteras hostiles, porque es fácil de invadir por el norte y por el sur para un ejército numeroso, y porque ha sido siempre una despensa de carne, muy apetitosa para ese mismo ejército; por simple supervivencia.

Sildísh se volvió hacia mí.

—Vamos a preguntar por el *jomeid* y la doma.

Asentí.

—Nada de lo del bayo.

He hablado poco de Sildísh. Estrella. Parecía tenerla. Le imagino ahora, en pleno invierno, encerrado entre cuatro paredes. El clima, si es duro, es cruel para todos, pero más aún para un nómada. Sildísh tenía toda la serena sabiduría del hombre sin casa fija, leyendo constantemente en las letras de la tierra y el cielo, interpretando, aprendiendo. Nunca se impuso, nunca dio una orden en voz alta. Esa autoridad se le suponía. En los momentos de calma, me explicaba con paciencia y orgullo todo lo que sabía de plantas medicinales, de tipos de terreno, de caballos. Él y Lomax se entendían bien, y les gustaba hablar entre ellos de lo que cada uno sabía: el inglés de los caballos en la naturaleza, más por lo que había leído que por lo que había visto, porque apenas quedan caballos salvajes en el planeta; el tuvano de lo que había observado en su ganado, criado en una relativa libertad en verano, pero estabulado o cercado en invierno. Yo, siempre que podía, escuchaba sus conversaciones sin decir una palabra, anotándolo todo en mi cuaderno o en mi memoria. Estaba casado, desde hacía menos de un año, pero su mujer trabajaba en el Ayuntamiento de Kyzyl-Mazhalyk, y aún no tenían hijos. Cuando una vez me atreví a preguntarle si no iba a ver a su mujer, me dijo, riendo, que tenían todo el invierno para verse.

Sabía muy bien cuál era mi papel, lo oportuno que resultaba para ellos. Era una excusa perfecta para aparecer en el *aal* de los Dalton. Estaba en un llano, rodeado por una enorme pradera que se había llenado de grullas. Terreno demasiado húmedo, al parecer. Es decir: un *aal* aislado de los demás, por el que pasaban pocos viajeros. Sildísh ralentizó la marcha, entendí la palabra *kasá*, «cercado». Allí estaban, un centenar de caballos en movimiento, muy agitados. Aydemir se incorporó un poco en su asiento, mirando a través de la ventanilla con ansiedad. Buscaba la cabeza del bayo entre los caballos, sin duda. Pero Eizir-Ool, sin necesidad de forzar la vista ni de incorporarse, ya había hecho un barrido completo. Negó con la cabeza. Aydemir se echó atrás, en el siento, aunque su rostro no decía nada. Sildísh movió la cabeza: lo esperaba.

—Se lo han llevado ya. ¿Nos vamos? —Eizir-Ool parecía irritado.

—Ahora, ya no —contestó Sildísh.

Era evidente que no le apetecía nada visitar a los cuatreros, fingir cortesía, y que sabía que no iban a sacar ninguna información, pero ya no podíamos retroceder. Detuvo el coche.

Los Dalton eran cuatro, todos muy jóvenes y malcarados. Pero por alguna razón resultaban graciosos; fue en ese momento cuando les bauticé, con divertida malicia, como «los Dalton». No me costó mucho darme cuenta de que eran gente marginal, carne de presidio, antes o después, o antes y después. Uno de ellos, el de expresión más inteligente, era el jefe. Se llamaba Öpej, y al parecer era de origen mongol, hijo de un primer matrimonio de su madre. Nada más llegar nosotros, salió del *ough* en el que estaba, con el revólver al cinto, exhibido con ostentación, camiseta de marino ruso de rayas azules, sin mangas, y el pantalón tan alto que casi le llegaba a los sobacos. Los otros tres eran sus medio hermanos, a cual con más pillería en sus rasgos, vestidos con ropa occidental de imitación: Polo, Ralph «Laurent», pero en un estado de conservación y limpieza lamentables. Nada que ver con mis anfitriones, los Hunayic, mucho más austeros, limpios y cuidadosos.

Öpej nos hizo pasar al interior y nos obsequiaron con un té con harina y leche, tan espeso que casi se necesitaba tenedor y cuchillo. En las cómodas del fondo del *ough* había tres televisores, uno de ellos enorme, y un buen equipo de sonido.

Reían por todo, pero era evidente que se trataba de una farsa: nosotros sabíamos, o sospechábamos, que ellos eran los autores del robo del bayo, y ellos sabían, o sospechaban, que nosotros lo sabíamos.

Así, la conversación conmigo era puro teatro. Sildísh se encargó de decirle a Öpej lo que yo estaba buscando, este fingió que sabía de qué se trataba, me trató de halagar, como si yo fuera muy sabio... Y ordenó entonces al chico más pequeño que preparara un potro «para cantarle». Lo entendí, y entre todas las emociones que sentía, destacaba ésa: la de ir entendiendo, poco a poco, algo de tuvano.

—*Kárgara.*

Kárgara es, en sí, el arte de cantar con el pecho o con el estómago. A menudo los norteamericanos, y no pocos tuvanos, llaman así al *jomeid*. Es algo confuso, porque el *jomeid* incluye varios estilos, entre los que está también el *kárgara.*

El pequeño de los Dalton era macizo y de expresión obtusa. Se cubría la cabeza con una gorra de béisbol, de medio lado, en un equilibrio casi ridículo, y mantenía la boca siempre abierta. Pero cantaba muy bien, según comprobamos después, y como reconoció el propio Aydemir. Dotes naturales, sin duda. Cuando salimos estaba dentro del corral, intentando aislar a un potro pío, con grandes manchas blancas. No era muy grande y su expresión recordaba a la del mismo muchacho, un parecido que resultaba cómico.

Nos quedamos al otro lado del vallado, apoyados en el poste más alto. El joven Dalton logró que el potro se quedara en un rincón, y muy despacio lo tomó del cuello y le puso un cabezal de cuerda. En ese momento, Aydemir miró a Sildísh y Sildísh a Eizir-Ool. Los demás hermanos Dalton, incluido Öpej, se dieron cuenta de lo significativo de las miradas que cruzaban mis amigos. Yo, de nada. Todos parecían saber que había algo que yo no acertaba a entender.

Öpej ordenó a su hermano pequeño que cantara al caballo:

—*¡Kárgara! ¡Kárgara!*

Y el chico cantó. Antes había oído su voz, y parecía imposible que fuera la misma. Empezó con un ronquido suave y grave, en un solo tono, hasta que poco a poco fue modulando. No parecía hacer ningún esfuerzo para producir aquella voz rauca, y me fijé en que el potro tensaba las orejas y también le prestaba atención.

¡Allí estaba! ¡Lo había encontrado! Un chico simple y tosco, casi sin duda un poco, o mucho, delincuente, cantando al caballo, y el caballo amansándose. ¿Era así, tan simple? Me daban ganas de gritarle a Aydemir, de decirle que era eso lo que buscaba, que lo habíamos encontrado. Me volví hacia él, y supongo que había tal expresión de felicidad en mi cara, como si hubiera encontrado un tesoro, que soltó una carcajada. Me miraba a mí, miraba al chico. Yo no entendía nada.

Aydemir se alejó un poco, para poder hablar sin que le escuchara ninguno de los Dalton. Ahora, sonrío mientras escribo. ¡Qué ingenuo!

—Mira.

No sabía lo que señalaba. La cabeza del caballo, su morro tal vez. No veía nada, no sabía qué me quería decir. El chico hizo algo parecido a lo que había hecho Lomax en el *aal* de los Aiás: se acercó con el caballo al vallado, sin dejar de cantarle, y cogiendo una manta se la pasó por el lomo. Miré a Öpej. Sonreía, y miraba de reojo hacia Sildísh y Eizir-Ool, y después a mí. Pero no era una sonrisa de satisfacción, era otra cosa. Algo que yo no lograba identificar. Le di con el codo a Aydemir y le pregunté, con un gesto discreto, qué tenía que mirar. Entonces se llevó un dedo a un lado de la boca y la abrió. Con la cabeza me indicó que era la boca del potro la que tenía que mirar. Y por fin lo vi. A cada lado de sus labios había una costra. No sé mucho de caballos, pero era evidente que no era un potro sin domar: había llevado bocado en repetidas ocasiones, hasta hacerse callo, o casi. A mí podían haberme engañado, desde luego, y de hecho lo hubieran conseguido de no estar con los Hunayic, pero a ellos no. ¿Por qué, entonces, la comedia? Se lo pregunté más tarde a Aydemir, y él tampoco acertó a darme una explicación. ¿Esperaban que les diera dinero por la exhibición? Desde luego, no se lo di.

El chico de la gorra, de un salto, montó al caballo pío. Pero ya nadie le hacía caso. Cuando se dio cuenta dejó de hacer *kárgara* y soltó una risotada que sonó como una auténtica burla. Öpej me dio la mano, muy ceremonioso, como si me hubiera desvelado el mayor de sus secretos.

Al marcharnos, ya en el viejo jeep, Eizir-Ool señaló hacia el camino, cerca de la cancela del corral de los caballos: se veían las huellas, frescas todavía, nítidas, de un camión.

—Ha llegado después de que entraran los caballos —dijo Aydemir—. Se lo han llevado.

«Dónde, mi bayo.» Aydemir no mira el camino, no mira el lejano grupo de caballos, ni tampoco a Marcos, al que cada vez siente más cerca. Mira a Tuva, su tierra. Un día, en la escuela de Kyzyl-Mazhalyk, estudiaba el mapamundi y le parecía asombroso haber ido a nacer en un rincón tan pequeño, apenas una moneda de cobre en el mapa de Asia, un grano de polvo en la esfera del mundo. Por azar, pero es su porción de tierra, su patria. Se siente bien en compañía de sus tíos, Sildísh y Eizir-Ool. Ninguno ha estado en la cárcel nunca, a pesar de que las leyes rusas son una complicada red en la que se cae antes o después, un traje demasiado estrecho para los tuvanos.

Le gusta la presencia de Marcos en el aal, *que cabalgue con ellos, que les acompañe en todo. Ha aprendido a decir su nombre, Marcos, y cuando lo pronuncia siente que se abren caminos infinitos en la hierba. Aydemir también sorteará las redes del alcohol, la pelea, el robo, el dinero fácil del* chaspán, *evitará la cárcel y la disolución de su hígado en vodka, y crecerá a lomos de un caballo de viento, encontrará su bayo, no sabe aún dónde, pero lo encontrará. Y si no lo encontrara, lo buscaría en la estrella de la frente de un potro recién nacido. La investigación de Marcos le inquieta, ya no la juzga tan ingenua como al principio, siente que une sus raíces con su propia busca. Aydemir practica a menudo el* ezenguileer, *el estilo musical de los antiguos nómadas que, solos en la inmensidad de la estepa, cantaban al caballo para darle el ritmo del trote mongol, evitando el cansancio, llegando más y más lejos. El verano pasado, cuando Aneyhaak fue a visitar a sus parientes de la* taigá, *se quedó sin mucho que hacer en el campamento, y aprovechaba para ensillar un caballo y se alejaba en cualquier dirección, al azar, dejando que el caballo eligiera el camino. Entonces era como uno de los jinetes antiguos, nómadas y solitarios, buscando la vida por la llanura, y en esos momentos de soledad magnífica cantaba al caballo, y la música no era sólo viento, sino también vibración, desde su garganta y su estómago hasta el lomo del caballo, a través de sus piernas. ¿No tendrá razón el valiente viajero español? El* ezenguileer *también era practicado por los antiguos caravaneros, para que sus monturas soportaran la dureza extrema de los hielos del este, antes de adentrarse en la áspera estepa de los mongoles, más de sesenta días para llegar hasta Pekín, y regresar cargados de seda, el hilo de la belleza. Tal vez sí, tal vez Marcos tiene razón y en algún oscuro panteón del pasado duerme un estilo del que Aydemir no ha oído hablar nunca, para domar al potro. Ha oído hablar también de hombres, mitad músicos mitad chamanes, que en la alta taiga usan el* jomeid *para hacer que una yegua acepte al potrillo huérfano, para hacer que la hembra de yak dé leche cuando el miedo al lobo le seca las ubres.*

Antes, en el aal *indigno de Öpej y sus hermanos, ha visto con asco la comedia del muchacho fingiendo lo que no era. Le repugna esa Tuva corrompida y fea; ese chico tiene su edad, pero parece que ya tiene todos los años de los hombres oscuros, de los detritus de los presidios. Aydemir no se conforma, se rebela, y galopar con su potro y llegar el primero a la meta en el Naadam no es su deseo personal, no es una apetencia de éxito, sino un deseo de Tuva frente a su propia confusión; le repugna que en la escuela le hayan dicho que Tuva es la república de la federación con el mayor índice de criminalidad, el doble que en la misma blanca, roja, poderosa Rusia, y que el robo y el crimen, el asesinato y la violación hayan enterrado en lodo la compa-*

sión, la generosidad, la paciencia, la diligencia, la concentración, la sabiduría, todo lo que los monjes enseñaban y que quedó roto entre los cascotes de los monasterios derruidos. Aydemir recita el mantra de la compasión mientras el jeep ruge por los caminos de hierba, «Om mani padme hum», *una y otra vez.*

«Dónde mi bayo, dónde mi potro limpio de estrella en la frente. Ayúdame, Marcos, y yo te ayudaré.»

Sildísh y Eizir-Ool hablaron en voz baja durante el corto viaje de vuelta al *aal*. Cuando llegamos se fueron a conversar con Saaskia. Una mirada bastó para que Aydemir se abstuviera de entrar en el *ough*. Nos quedamos fuera, encontramos pronto a Aneyhaak, limpiando con una pala los enormes depósitos de excrementos de ovejas y cabras en los corrales. Ayudamos, reímos, sudamos, jugamos con *Sputnik*, subimos al monte Bosdag para admirar la dulce curva del río Hemchik, la lejana cercanía de las montañas azules. Aydemir llenaba sus pulmones de aire, miraba hacia ellas, y decía: «Tíbet». Y luego recitaba su mantra, *«Om mani padme hum»*. Ya lo había hecho en el jeep de Sildísh, un murmullo casi inaudible, que yo interpreté, y me equivocaba, como una plegaria, como una petición al cielo para que le devolviera su potro.

Sildísh nos esperaba, con el motor del coche en marcha. Le dijo algo a Aydemir, yo entendí «Aiás». Se iban al *aal* de los Buen Tiempo. Por la economía y la rapidez de sus movimientos adiviné que tenían un plan.

El jeep arrancó, y nosotros tres nos quedamos un momento viendo cómo se alejaba. Puede que Aydemir dudara un instante, vi cómo me miraba, cómo miraba también a Aneyhaak, pero por fin decidió contarme lo que sabía. Nada de lo que habían visto en el campamento de los

Dalton había caído en saco roto. Sus tíos habían sacado sus propias conclusiones: habían robado el potro, sin duda alguna. Lo habían mezclado con la manada porque se sentían seguros, o porque ya tenían un plan, o tal vez esperaban a alguien, era probable que a un comprador. Pero Lomax lo había descubierto desde Artéxec antes de que ellos pudieran llevárselo. Más tarde, en el campamento, Sildísh y Eizir-Ool habían advertido que faltaba uno de los Dalton que había sido conductor de camión en la ruta de Ulan-Bator. Las huellas de ruedas que Eizir-Ool había visto delante del cercado eran las de su camioneta, no le cabía ninguna duda. El resto era fácil de deducir: se habían llevado al bayo en la camioneta, y puesto que se sentían vigilados, seguro que su destino estaba lejos.

Sildísh y Eizir-Ool sabían por Sayan, el oscuro pariente cojo empleado en el *aal* de Saaskia, que los Dalton tenían familia en la taiga. Pero no conocían el lugar exacto. La taiga es grande, intrincada, y los escondites muchos. Ir así, sin más, era buscar una aguja en el pajar. Por eso se habían ido solos. Tenían razones para pensar que el viejo Aiás, el jefe del *aal* en el que Lomax había hecho su demostración, sabía mucho más de lo que había dicho, y le iban a visitar. Le llevaban regalos a cambio de una palabra: un río, un pico, una cueva. Nada más.

—¿Lo conseguirán?

Aydemir dudó un instante, bajó un poco la cabeza, balanceándola.

—Si no lo preguntan directamente, sí.

No lo entendía. Se lo dije.

—El viejo no tiene la conciencia muy limpia, podría haber sido él. Y entre los *caigal,* los cuatreros, también hay códigos de honor. Pero si lo preguntan sin preguntarlo, si sólo quieren saber algo como dónde puede estar tal o cual jinete, aunque Aiás se imagine el resto, si nadie puede decir que ha traicionado a nadie, aceptará los regalos y dirá un nombre. No hace falta más.

Aneyhaak le había escuchado con mucha atención, y al final dejó que se dibujara una mueca de contrariedad en su rostro.

El corazón me latía con fuerza. Todo lo que nos había contado Aydemir señalaba hacia un lugar:

la taiga.

Ellos dicen *taigá*, cargando toda la fuerza en la última sílaba, en la *a*. *Taigá*. Con suerte, Sildísh y Eizir-Ool seguirían usando la excusa de mi busca para llevarme con ellos. Aneyhaak también parecía haber llegado a la misma conclusión que yo. Vi en su perfil más que contrariedad: ausencia, melancolía, tristeza. Intuía que Aydemir y yo nos iríamos con los tíos, y que ella se quedaría allí, ordeñando cabras, sacando a pastar al ganado, recogiendo su mierda a paladas. El verano parecía perder todo sentido para ella. Yo no podía hacer nada, pero confieso que en ese momento era egoísta: ir a la taiga me excitaba, aunque allí no pudiera seguir buscando a los pastores que domaban sus caballos cantando. O tal vez sí, no lo podía saber.

Paseamos con *Sputnik* y *Shippa*, bajamos hasta la orilla del río, me enseñaron más palabras, aprendí alguna pequeña frase en tuvano.

Aydemir sacó de su bolsillo, por primera vez, un birimbao, un arpa de boca, de metal bruñido: *jomúsh*.

—La guitarra de los pastores. *Jomúsh*.

Estábamos sentados enfrente del manso curso del agua, con el reflejo de los montes más lejanos llegando a nuestros pies. Y cuando Aydemir empezó a hacer sonar el *jomúsh* entre sus dientes, hasta el río pareció detenerse. La vibración rítmica golpeaba detrás de mis oídos, mucho más allá. El sonido cimbreaba, y lo que al principio parecía una simple repetición empezó a cobrar sentido, a llenarse de melodía, de significados ocultos. Los perros estaban echados a nuestros pies, agotados y mojados, satisfechos por la compañía humana. Y Aneyhaak, Árbol Joven, sacó de las hojas tiernas de su garganta blanca un silbido casi sobrenatural. ¿Cómo describir su sonido? Ya había escuchado el *shygut* varias veces, pero siempre en boca de hombres, o en la de Aydemir. La voz rauca parecía brotar hasta los labios y transmutaba en silbo. Pero ahora, desde los labios y los dientes de Aneyhaak, era algo distinto, limpio y sutil, más parecido a un violín que a un silbido humano. Se deshilachaba en hebras distintas y fluidas, diferentes capas de sonido que parecían separarse en tonos alejados y volvían a confluir en uno solo, ondulando, disolviéndose en el aire: humo de música.

Acabó. Sonreía. Aydemir siguió pulsando su arpa de boca unos cuantos compases, acariciando con la yema de su dedo índice la lengüeta, hasta que la última nota vibró, extinguiéndose poco a poco en el mismo aire que había exhalado el *shygut* de Aneyhaak. Me quedé en silencio, supongo que con la boca abierta, con los ojos húmedos. Aplaudían por mí los abedules, los juncos, las piedras, las nubes, el majestuoso azor y el humilde saltamontes.

Aydemir limpió su *jomúsh* de saliva contra la manga de su chaqueta, lo miró un momento, y me lo tendió. En su lado más ancho tenía grabado un sol en medio de un trébol:

la marca del humilde luthier. No pesaba nada, nada. Me parecía mentira que de allí hubiera manado una música tan hermosa. Pero no era de allí, sino de los dientes, de los huesos de Aydemir, como el silbido había salido de los labios y la lengua de Aneyhaak.

Lo intenté, la lámina de acero golpeó en uno de mis dientes con un decepcionante chasquido sordo —y doloroso—. Me reí, se rieron, nos reímos. *Sputnik* y *Shippa* reanudaron sus juegos, chapoteando en la orilla. Con paciencia, Aydemir consiguió que empezara a extraer algunas vibraciones del *jomúsh,* cada vez un poco mejor. Y cuando creí que ya lograba hacerlo sonar medio bien, con cierto ritmo, Aydemir se levantó, seleccionó una horquilla en un arbusto cercano y la cortó con una navaja pequeña. Lo peló, lo acercó a sus dientes, y con aquel sencillo *jomúsh* de madera, me acompañó, sacando del suyo de palo sonidos mucho más hermosos y rítmicos que yo del mío de acero. Cuando acabó, también me lo dio. Aquí los tengo, testigos de la lejana belleza.

Mientras volvíamos hacia el campamento, subiendo la cuesta, entreví una mirada cargada de amor entre Aneyhaak y Aydemir. Me estremecí, envidié a Aydemir, sonreí y miré para otro lado. El día acababa.

Sildísh y Eizir-Ool regresaron cuando ya era de noche. Nada más verles entrar en el *ough* —yo jugaba con Puyí y Kizí, empeñados ambos en tirarme de las orejas y la nariz—, supe que habían obtenido su palabra clave: el nombre de un monte, río, cueva, qué más daba.

Luego, mientras cenábamos *manchi,* los enormes ravioli, los tíos y Saaskia departieron con tanta solemnidad como gravedad. No me costaba intuir, por los gestos secos y negativos de la abuela, que no le gustaba nada que nos fuéramos a la taiga. De vez en cuando captaba entre sus palabras los nombres de Sayan, de Aydemir y de Eizir-Ool. Comía en silencio, sin mirarles, para que no pareciera que trataba de entender. Pero lo hacía. Entendí que hablaban también de mí: *spanski,* algo así. Tendría que esperar a quedarme a solas con Aydemir para que me informara. No dudaba de que lo haría. Era más que simple camaradería lo había crecido ya entre nosotros.

Todo parecía acordado. Saaskia le dijo algo a mi amigo, y él se levantó sin mirar atrás, se calzó, y salió del *ough.* Los perros ladraron. Hubo un largo silencio. ¿Qué esperábamos, qué había ido a buscar Aydemir? Pronto tuve la respuesta: a la madre de Aneyhaak. Entró en el *ough* inclinada, hacia Saaskia. Llevaba el pelo cubierto por un pañuelo de faena, no muy limpio, y todas las marcas del tiempo y los inviernos grabados en su piel. No sonreía, parecía temerosa. No se sentó. Saaskia habló con ella sin moverse, sin ofrecerle comida ni té, y de vez en cuando se sacaba una hebra de entre los dientes, con la uña del pulgar. No entendía nada de lo que decían, salvo *taigá,* y, de pronto, Aneyhaak. Los tíos miraron hacia Aydemir y hacia mí, Eizir-Ool asintió. Todos giraron la cabeza hacia la mujer. Sus ojillos estaban un poco apagados, en el fondo de sus cuencas, pero dijo sí:

—*Iyeé.*

Sildísh y Eizir-Ool parecieron respirar con alivio. Saaskia le dijo algo más a la madre de Aneyhaak, y ella retrocedió hacia la puerta con una leve inclinación. No me gustó aquella actitud servil, y creo que a Aydemir tampoco. O tal vez me equivoque, no lo sé. Tal vez aceptaba que las cosas son así, por tradición. Pero en su expresión advertí que lo acordado sí que le gustaba. Bajaba la mirada, y había un ligero rubor en sus mejillas pálidas.

No tenía más remedio que suponer: habían mencionado a Aneyhaak, habían hecho venir a su madre, ella había dicho que sí, *iyeé*, Aydemir disimulaba su alegría. Todo aquello sólo podía suponer que Aneyhaak venía con nosotros, si todo lo demás no había sido imaginación mía.

Sildísh interrumpió mis cavilaciones, y las confirmó:

—Escucha, Aneyhaak va a ver a sus parientes a la *taigá*. La vamos a llevar, y estaremos allí unos días.

Esperó un momento. No dije nada. A veces soy capaz de ocultar mis sentimientos. Sildísh cambió una mirada con Aydemir, pero éste desvió la suya. Me hizo sentir bien: era una forma de solidaridad con mi postura. Creo que, además, no estaba de acuerdo con la manera un poco sibilina que había elegido su tío para «invitarme» a ir con ellos.

—Allí, en la *taigá*, tal vez puedas averiguar algo sobre caballos y música.

No creía mucho en lo que decía. Volvió a esperar. ¿A qué, a que yo me pusiera a dar saltos de alegría? Los hubiera dado, pero me daba perfecta cuenta de que intentaba que fuera yo quien sugiriera ir con ellos. No lo hice. No por mí, sino porque intuía que Aydemir prefería que fuera su tío Sildísh quien lo dijera. Al final, cedió:

—¿Quieres venir? No conocerás de verdad Tuva si no conoces la *taigá*.

Entonces, sí, dije que sí, y le di las gracias.

Saldríamos al día siguiente.

Ya fuera nos volvimos a encontrar con Aneyhaak. Venía radiante de felicidad, aunque su manera de ser no le dejara demostrarlo en exceso. Se había puesto un chaleco de seda azul forrado de lana, encima de un jersey de cuello alto.

Estaba más hermosa aún, y su sonrisa era contagiosa. Era evidente que el verano anterior, en el que habían estado mucho tiempo separados, había dejado una huella amarga y que ahora la perspectiva había cambiado por completo para ellos. Y para mí.

Aydemir me dijo que la separación había sido dura y larga, porque Aneyhaak había tenido que trabajar más de un mes en el *aal* de los Mungúsh, sus tíos paternos. El viaje estaba planeado como una simple visita, pero al llegar allá se encontró con que su tía estaba enferma, y una de sus primas se había tenido que quedar en la capital, para ir al hospital a ver a la abuela, operada. Faltaba mano de obra femenina con las ovejas, las cabras y la cocina. La taiga, alejada por completo de cualquier ciudad o pueblo, y por tanto de tiendas, exigía más tiempo y esfuerzo que la estepa.

—*Taigá*, vida antigua —dijo Aneyhaak en su rudimentario inglés.

Lo que el verano anterior debió de ser una condena, ahora, compartido con Aydemir, le parecía un regalo de los espíritus.

Caminamos bajo la luna, más crecida y alta que la noche anterior. De reojo, vi que los dos rozaban sus manos, y que de vez en cuando enlazaban sus dedos. Respiré con profundidad. La taiga era una incógnita que se iba llenando de color, poco a poco, en mi mente. Yo también enlazaba mis dedos con el futuro.

Salimos muy temprano en el viejo jeep soviético de Sildísh. Él conducía, Aneyhaak iba a su lado, y detrás, Aydemir y yo. En el pequeño espacio del maletero, mi mochila y algunas bolsas con provisiones y otras cosas que escaseaban en la taiga, tabaco por ejemplo, y la poca ropa que podían necesitar. Nadie había hablado del tiempo del que disponíamos, pero sospechaba que la abuela, Saaskia, había puesto un límite. Prescindir de Aydemir en el *aal* no era grave, pero la falta de Aneyhaak en el trabajo con las cabras y ovejas y, sobre todo, de la sabiduría de Sildísh acerca de los caballos era un verdadero problema. Si en ese tiempo, el que fuera, no habíamos encontrado y recuperado al potro de Aydemir, tendríamos que volver. No me atreví a preguntarle a Sildísh si creía que lo conseguiríamos, ni tampoco de cuántos días disponíamos. Y, mucho menos, si de verdad creía que íbamos a ver a alguien que me pudiera orientar en la busca de la relación entre caballos y música, la doma de caballos con *jomeid.*

La carretera asfaltada, la principal de Tuva, y de hecho una de las pocas asfaltadas de la República, nos llevaba hacia el sureste, cada vez más sinuosa. El jeep, el viejo UAZ 469, pensado para rodar fuera no ya de carreteras, sino incluso de caminos, iba muy despacio. El tráfico, en su mayoría, era de camiones que venían de Mongolia, pero también se veían algunas furgonetas cargadas hasta los topes y motos, muchas con sidecar. Casi todos rodaban en dirección a Kyzyl, y Aydemir me dijo que algunas familias iban ya hacia la capital, en cuyos alrededores se celebraba la fiesta nacional, el Naadam. Montarían sus *ough,* recibirían y visitarían a parientes. La vida social de muchos tuvanos, el acontecimiento del año, era el Naadam. Al decir esta última palabra su rostro se ensombreció: las carreras. Él no participaría ya en ellas, porque aun en el caso de que encontráramos al bayo, no habría tiempo suficiente para su doma y entrenamiento.

¿Prisa? Al parecer no mucha. Una hora después de emprender la marcha dejamos la carretera, hacia la izquierda: haríamos las últimas compras y después visitaríamos un *gompa,* un monasterio budista, para que nuestro viaje fuera propicio. Pronto llegamos a una pequeña población. Todas las casas eran de madera de chilla, de una planta, con techos de fibra prensada, muchos con desperfectos causados por el peso de la nieve. Bicicletas, niños jugando por las calles. Nos detuvimos en un pequeño comercio y compramos algunas cosas que llevaríamos para nuestro uso, y otras como regalo: jabón, tanto en pastillas como en paquetes de detergente, latas de conserva, harina, azúcar, balas de revólver y de rifle, papel higiénico, pilas, más tabaco, cerillas, botas de montar para mí y un par de muñecas de plástico para las niñas del *aal* de los Mungúsh. Le pedí a Sildísh que me dejara pagar todo, no sólo mis botas de cuero. Si el objeto inocente de nuestro viaje era hacer averiguaciones sobre la música y los caballos, tenía sentido. Sildísh se dio cuenta de que le había atrapado en su propia trampa, sonrió, y después de discutir un rato, aceptó. No era mucho dinero, al cambio.

Cuando ya salíamos vi un chaquetón de cuero gris en una de las perchas. Dudaba de si estaba a la venta, pero Aydemir se dio cuenta de que me gustaba y me dijo que sí, que se vendía. Preguntó el precio por mí, lo probé. Me quedaba un poco grande, pero Aneyhaak dijo, con rotundidad:

—*Taigá,* gran frío.

Lo compré por 1.600 rublos, aunque temía que pareciera que hacía ostentación de dinero. Sin embargo, Aneyhaak estaba orgullosa de mi compra, y repetía, mientras lo probaba y estiraba los brazos para comprobar el largo de las mangas, que estaba muy guapo con él. Hubiera querido que Cortázar pudiera ver a su «Mosquito» dentro del chaquetón, casi imponente, mucho más grande que el que había salido de España, según la imagen que me devolvía el descascarillado espejo de la tienda. Le hubiera sentado mucho mejor a Lomax, pensé.

El monasterio

estaba en las afueras del pueblo, aislado, austero y limpio. Paredes blancas decoradas con grandes cenefas amarillas, flores moradas en parterres. En los viejos tiempos había monasterios en todas partes, pero el rodillo soviético acabó con ellos, y ahora apenas quedaban veinte en toda Tuva, y con muy pocos monjes, no más de cuarenta. En aquel sólo había dos, y ambos eran muy jóvenes. Provenían de Mongolia, y eran el consuelo de muchos tuvanos, asustados por el materialismo y la delincuencia que asolaba el país.

Al entrar en el *gompa* me estremecí. El olor de las velas hechas con manteca de yak, el runrún monocorde de alguien recitando un mantra, el sonido de plata de una campanilla de oraciones de los monjes, la quietud de los fieles. Todo aquello golpeaba en algún lugar de mi memoria más remota, y me devolvía el rumor de mis lecturas sobre el Tíbet, arrancando desde el ingenuo y puro Tercer Ojo de Lobsang Rampa. Nos recibió uno de los lamas, Tupten Choiling, con majestad y sencillez a partes iguales, y unas gotas de afectación. Le gustó saber que venía de España, me miró con una larga y cortés exclamación de admiración, y en las frases que intercambiaba con Sildísh distinguí el nombre de Osel, el *rimpoché* granadino, la reencarnación del gran lama Yeshe. Sildísh me tradujo, mientras Tupten Choiling me escrutaba. Había algo femenino en su mirada, pero decidí que no era nadie para interpretar las maneras de un lama, y le sonreí con franqueza. Había leído mucho acerca de Tenzin Osel Rimpoché, pero no, no le conocía. Sentí decepcionarle.

Tupten nos invitó a asistir al oficio. En una especie de sacristía escribió nuestros nombres, con bolígrafo, en *katas* azules, pañuelos de oraciones. Luego nos acompañó hasta la sala ceremonial y se dirigió hacia una mesa baja llena de abalorios, detrás de la cual se sentó, en el suelo, con las piernas cruzadas en la posición del loto. Colgó nuestras *katas* del borde del pequeño altar y golpeó la campana con habilidad y delicadeza.

Nos sentamos en un banco trasero y dejamos el resto a los habituales del pueblo, mujeres muy devotas en su mayoría, pero también algunos niños que pronto olvidaron la curiosidad con la que me miraban al principio. Ahora, la curiosidad era mía. El lama comenzó por preparar una especie de té. En sus manos aparecieron hojas de papel apaisado y comenzó a recitar mantras mientras el agua rompía a hervir. Luego encendió una lámpara y rompió a cantar.

Y todo sufrió una mutación. Ya no estaba aislado, ya no era un visitante, ni mucho menos un turista. Cerré los ojos acunado por la canción sagrada del lama, sin apenas melodía, un murmullo hondo y monocorde. Me dejé llevar. Mi mente se elevaba, como un águila, y me vi pequeño, casi diminuto, junto al avión, en el aeropuerto de Kyzyl. Fogonazos, rostros, ojos que me observaban desde la sombra, a medida que me internaba en las calles de una ciudad que era Kyzyl, pero que no era Kyzyl. Flotaba en las aguas mansas del río Yenisey, ofreciendo mi rostro al cielo, sin sentir el frío del agua, el marinero ruso acercaba su rostro al mío pero no había amenaza en sus ojos sino compasión, y me besaba en las dos mejillas y Aydemir me tomaba de la mano, estiraba mi brazo y hacía que mi mano se posara en el regazo de Aneyhaak y sus pendientes tintineaban, y la voz del lama Tupten parecía salir de los labios de la muchacha mientras ordeñaba las ovejas y la luna iluminaba un lobo que acechaba a la manada y el pequeño Dalton hacía *kárgara* en mi oído y Aneyhaak enlazaba sus dedos frescos con los míos ardientes y yo estaba atado a un *pagláśh* cuya punta era un pequeño buda dorado y de pronto las riendas desaparecían y la pradera me llamaba y ya no era más Marcos, Mosquito, mi madre no había muerto, nadie había muerto, no existía la muerte sino sólo la vida, la vida, porque yo era caballo, era Tuva, Tuva corría por mis venas, todas las ancianas y los niños, todos los potros, las yeguas y los sementales, todas las risas y las sonrisas, y Tupten Choiling sacaba de sus tripas mi propia voz, el mantra de la compasión, *om mani padme hum, om mani padme hum...* Y vi retazos de ayer y de mañana, me vi junto a una enorme hoguera, y un viejo me hablaba y cada palabra era un martillazo en mi pecho, y con mi esternón hacía una horquilla y se la llevaba a los dientes y seguía hablando mientras hacía *jomúsh* con ella, y a nuestro alrededor inmensos abetos y alerces susurraban su mantra de la tierra húmeda, su oración de la compasión hacia las ardillas y los renos, y también hacia los lobos, y el viejo señalaba con la horquilla de mi esternón una senda por la que caminaban juntos un caballo y un muchacho, los dos resplandecían y al final de la senda la luna les miraba, y el muchacho cantaba y el caballo asentía, agitaba sus crines, *om mani padme hum, om mani padme hum...*

Abrí los ojos despacio. Y los oídos. Tupten deslizaba los ojos de plumas de pavo real por encima del altarcillo y después hacia nosotros. Me parecía mentira que ni Aneyhaak ni Aydemir se hubieran dado cuenta de que yo había estado fuera de mi cuerpo, de mi nuevo y crujiente chaquetón de cuero. Sólo un niño me miraba, me escrutaba. Estaba una fila delante de nosotros, con su madre, y su vista parecía saber, haber penetrado en mis pensamientos. Sonrió, yo también.

Me había quedado helado, a pesar del chaquetón, los labios me temblaban. El lama Tupten tocó el tamboril, y otra vez la campana de hierro y cobre con el *dorje*, sin ritmo, matando el ritmo, impidiendo que aquello se convirtiera en un espectáculo. Luego abrió un enorme libro de mantras, dio tres palmadas, leyó en voz alta y monocorde, y las ancianas también murmuraban, las cabezas bajas, hasta que la lectura se convirtió de nuevo en música, ascendente y pura. El lado femenino y sensual del lama se complacía en la fluctuación acuática de la música, mientras se tocaba con el bonete tibetano, arrojaba gotas de agua sobre el altar y ofrecía a los fieles el tazón de té y lo derramaba sobre otro tazón más grande, decorado con finura.

Entonces una mujer se levantó, dio dos pasos hacia el altar y se arrodilló, con las manos unidas y los pulgares estirados, ofrecidos como asiento al Buda. El lama fue acelerando poco a poco el ritmo del mantra cantado, hizo redoblar el *dorje* contra la campanilla, preparó incienso en un recipiente, lo prendió con una cerilla de lenta y chisporroteante combustión, dio una palmada, otra, mientras susurraba, y los presentes se levantaron y se acercaron al altar y se fueron pasando las *katas,* los pañuelos azules y amarillos, incluidos los nuestros, de unas manos a otras. Mis tres acompañantes también se levantaron; me quedé quieto, absorto.

Cuando todo hubo acabado, los asistentes se acercaron al lama en silencio, se despidieron.

Esperamos un momento, y cuando se quedó casi solo nos levantamos. Fue él quien vino, con nuestros *katas* en las manos. Me pasó el mío por el cuello, me tomó un momento de los hombros. Era alto, más alto de lo que me había parecido al principio. Su cráneo rapado tenía visos azules, y sus ojos resultaban enigmáticos. ¿Había percibido mi viaje hacia las regiones interiores, como el niño de la fila delantera? Tal vez.

Nos despedimos estrechando las cuatro manos, mientras que Sildísh, Aydemir y Aneyhaak se limitaron a insinuar una reverencia, inclinando la cabeza con un golpe seco de cuello.

Fuera, los fieles se dispersaban. Nos montamos en el UAZ 469, repleto de bolsas y provisiones, nos acomodamos, nos fuimos. Sildísh había anudado su *kata* azul al soporte del espejo retrovisor. El pueblo quedó atrás, volvimos a la carretera asfaltada. Las ventanillas estaban abiertas y el aire, a medida que ascendíamos hacia el sur, se hacía más delgado. Consulté mi altímetro: era evidente que subíamos, directos hacia la taiga. Pronto, en efecto, la carretera se empinó y se curvó. Había que tener cuidado con los enormes camiones provenientes de Mongolia que, a menudo, trazaban las curvas por el centro de la carretera, invadiendo nuestro carril.

Y, de pronto, al sobrepasar un bosquecillo de abedules temblones, mi vista se encontró con desnudas, afiladas, agrestes y puras. Otra Tuva, sí: la Tuva montañosa y desprovista de artificiosidad. Miré a Aneyhaak, espiando su reacción. Sonreía, bajaba la barbilla. ¿Qué nos esperaba allí? Antes de tomar un camino de tierra que bajaba hacia el valle, nos detuvimos junto a un montón de piedras de oración, un *obaa* enorme, cuajado de banderas de todos los colores prendidas de cuerdas muy tensas. Estaba en el borde de un precipicio, y al otro lado las montañas esperaban, con paciencia de siglos. La cara que dejaban ver estaba desnuda, piedra blanca y silenciosa, pero en la sierra de su perfil asomaban pequeñas manchas oscuras que poco a poco fui identificando: árboles; de modo que al otro lado estaban los bosques, el bosque primigenio, la tierra virgen.

El *obaa* era una parada obligada, al parecer, para implorar a los espíritus una buena travesía. Del río. No había ningún puente, nunca lo había habido.

Bajamos hacia el valle por lo que parecía un camino, y entonces entendí, mucho mejor que en la estepa, la utilidad de un vehículo como el jeep, el UAZ 469: los baches eran tan profundos que, a pesar de la lentitud, la marcha se parecía más a la navegación con olas de cinco metros que a la conducción, pero las ballestas respondían como se esperaba de ellas, tan soviéticas y, aunque con siniestros crujidos, el coche aguantaba.

En un recodo del camino había una mujer. Parecía esperarnos, y por un momento creí que era la madre de Aneyhaak; sólo se parecía a ella. Aneyhaak, sin embargo, no parecía pensar lo mismo, no le prestó ni dos segundos de su atención. Nada más ver nuestro jeep la mujer se agachó para coger la bolsa de rafia que tenía delante. No, no nos esperaba a nosotros, pero en aquella parte del mundo no cabía ninguna duda de que cualquier vehículo recogería y ayudaría a cualquier persona que estuviera en la carretera.

Ni siquiera sé cómo pudo incrustarse detrás, entre Aydemir y yo, pero lo hizo. Era muy delgada y no podría decir su edad. Sus huesos, pegados a los míos, tenían algo de pájaro. Dijo dos o tres cosas nada más sentarse, a las que Sildísh respondió con monosílabos, y se quedó en silencio. Bajábamos por un camino tan empinado que hubiera sido peligroso hasta para las cabras. Pero el jeep, aunque rechinaba, se mantenía bien. Aneyhaak señaló a un pico doble, sacando la mano por la ventanilla:

—*Chylaan Syrtyy.*

—«La Almohada de la Serpiente» —tradujo Aydemir para mí.

Estaba tan atento a todo como yo. Luego supe, mientras esperábamos junto al río, que nunca había estado en la taiga, y al decirlo se transparentaba toda su emoción; como siempre, en el rubor de sus mejillas y en la cuidadosa atención de sus ojos.

Al fin, el camino se hizo menos vertical y entramos en la espesa vegetación que anunciaba la presencia del agua. El jeep trazó una curva, y detrás de los árboles apareció el río Alásh. Su visión salvaje me llegó al mismo tiempo que su estruendo, imponiéndose por primera vez por encima del ruido del motor. ¿Teníamos que atravesar aquella enorme y desbocada cantidad de agua? En algunas zonas había cantos rodados que rizaban la corriente y la llenaban de espuma, pero en otras el color del agua se hacía oscuro y amenazante. Nos detuvimos en una pequeña pradera y Sildísh se dispuso, sin perder ni un minuto, a impermeabilizar toda la parte eléctrica del jeep y los ejes de las ruedas. Mientras Aydemir le ayudaba, me fui a dar un paseo por la orilla con Aneyhaak. Poco a poco, eligiendo las palabras con precaución, me dijo que no nos podíamos fiar demasiado del buen tiempo. Podía estar calmado allí, pero el Alásh descendía desde la profundidad de la taiga, donde nadie podía saber si se estaba produciendo alguna tormenta. Y si eso sucedía, en unos segundos el caudal podía subir... Me enseñó su mano abierta, para indicar la altura de un palmo. ¿Eso era todo? No tardaría en saber que aquella diferencia, casi insignificante, podía convertirse en algo muy grave. Y eso en aquel relativo remanso del Alásh, casi el único vadeable en coche, porque más arriba el cauce se estrechaba, y la crecida, en los mismos cortos segundos, podía ser... Esta vez se puso la palma de la mano encima de la cabeza.

Aydemir nos avisó con un grito: el jeep estaba listo. Cuando llegamos, vimos en la otra orilla un camión corto pintado de azul, con la plataforma repleta de gente. En aquel momento, iniciaba el vadeo del río, viniendo hacia nosotros. Al principio, parecía rodar sobre una fina lámi na de agua, pero cuando se internó en las aguas más oscuras las ruedas casi desaparecieron. Y, de pronto, el motor se detuvo con un sonido fofo. Gritos en la cabina, juramentos, movimiento en la plataforma. A nadie de los nuestros le parecía grave. El acompañante del conductor bajaba de la cabina del camión sin pensarlo dos veces, y se metía en el río con el agua llegándole por la cintura, sosteniendo en alto una manivela. El morro del camión hacía de proa, y a sus lados se levantaba la espuma. Creo que la manivela tenía que entrar en el motor justo a la altura del agua, o tal vez por debajo. Después de dos intentos fallidos entre espuma, el motor se puso en marcha, el hombre de la manivela se encaramó chorreando al morro del camión, y éste reemprendió la marcha. Se hundió un poco más, el tubo de escape tosió, y cuando creía que se había calado de nuevo emergió, el motor volvió a sonar redondo y poco después llegó a la zona de nuestra orilla en la que el agua se deslizaba sobre cantos rodados.

Al pasar cerca de nosotros, vi el rostro de la gente aferrada a la barandilla de la plataforma del camión. Por completo indiferentes ante el incidente, sospecho que por rutinario. Sildísh saludó hacia la plataforma, y la mujer hizo un comentario. Los dos se rieron, Aneyhaak también. Todos estaban muy tranquilos, y yo me esforcé por parecerlo. Aunque no lo estaba.

Sildísh había estudiado bien el río aprovechando lo que acabábamos de ver, y no lo intentó por el mismo lugar en el que casi había naufragado el camión. Arrancó y, muy despacio, inició el descenso hacia la corriente. El camino se internaba en el agua, pero nada más llegar a ella giró hacia la derecha, remontando el río por los cantos rodados, levantando dos pequeñas olas a los lados del jeep. Unos cien metros más allá, hizo girar el volante con dos movimientos secos y precisos y enfiló la parte central del río. En menos de dos segundos el nivel subió hasta las portezuelas. Aneyhaak llevaba la cabeza fuera de la ventanilla, mirando hacia el agua, y le iba indicando algo a Sildísh, que no se alteraba lo más mínimo, conduciendo con la misma actitud serena que en la carretera asfaltada, casi aburrido. Sin embargo, el agua entraba en el coche, al principio mansa y después a chorros. Aydemir chapoteó un poco en ella, se rio y me pareció notar en su risa que estaba un poco nervioso. Yo no podía olvidar que sus padres habían muerto ahogados en una violenta crecida. ¿Él lo podía olvidar? No lo sé, es posible que tampoco, pero parecía aceptar la voracidad de la naturaleza como precio por todo lo bello que también ofrecía a cambio, y a quien quisiera tomarlo.

El motor carraspeó; cuando parecía que se iba a calar en la zona más peligrosa, en la que nos deslizábamos un poco de lado, el jeep emergió, justo en la mitad del río, de nuevo sobre un lecho de cantos rodados secos. Sildísh decidió hacer una parada para revisar el motor. Aún teníamos un segundo brazo de aguas profundas que cruzar, y ni siquiera me atrevía a preguntar si sería más peligroso que el primero.

Sildísh abrió el motor, se inclinó sobre él y, al cabo de un minuto, lo volvió a cerrar. Yo más bien miraba lo que nos esperaba al otro lado del Alásh. Una puerta verde, distinta a todo lo que había visto en el norte, en las estepas. Ansiaba que las ruedas del jeep pisaran aquel terreno.

No tardamos en hacerlo. Esta vez el motor aguantó sin un mal sonido, y con la respiración contenida vi cómo salíamos del río y entrábamos, por fin, en la taiga. A mi lado suspiró

Aneyhaak

respira hondo, aspira el aire de la taigá *sabiendo que por primera vez va a estar con Aydemir en aquella tierra salvaje, fértil y dulce. No le ve, porque está justo detrás de ella, pero le percibe, casi se siente abrazada por él. El verano anterior, en la soledad de la* taigá*, sufrió la ausencia de Aydemir. Subía a la colina desde la que se veía todo el valle dorado, cerca de los yaks, y enviaba su respiración a las grullas para que la llevaran lejos, hasta la estepa, rogándoles que derramaran su aliento* *húmedo sobre la cabeza de su amado. Luego volvía al* aal *para trabajar, sin apenas descanso, poniendo su fuerza y su dedicación al servicio de la vida del campamento, para que nada se detuviera. Y por las noches, en las largas veladas, aguantaba las miradas oscuras y densas de los hombres y el vaho del alcohol, y la furia. Una noche, cuando salió al río para lavar un cacharro, se le abalanzó encima uno de aquellos hombres; le conocía, era uno de los hermanos del* aal *más cercano, y su olor era el de la digestión pesada, el del vodka fluyendo por el esófago, el de los calzones húmedos. Pudo gritar pero no lo hizo. Pensó en Aydemir, se quedó quieta, como un árbol, como un esqueleto tal vez, y oía los gruñidos lúbricos, y resistía con el silencio, apretaba los dientes, los muslos, los labios también. Por un momento, imaginó a su tío Artjom saliendo a caballo con el rifle montado, persiguiendo por el lecho del río al hombre sucio, inmovilizándole sobre las piedras, quitándole los pestilentes y mojados pantalones, atándole las manos y los pies, como a un potro, y castrándole, levantando la blanca porción entre sus dedos, y no gritó. Esperó, apretó los ojos con la imagen de la navaja dentro. Y como por ensalmo, el hombre aflojó sus repugnantes presiones, se levantó, tal vez en su mente animal vio la misma imagen, la navaja de Artjom, el despojo de sus testículos entre los dedos, supo del castigo que le esperaba, y farfulló palabras incomprensibles, y se fue corriendo hacia la colina: pasos quedos, sobre la hierba, y un chapoteo, y luego un lobo aullando desde el bosque, desde las peñas, y el rumor inquieto del ganado, y luego nada. Volvió, alisó su ropa, rehizo el peinado, comprobó que no había perdido los pendientes, respiró con profundidad y entró en el* ough *y su tía miró hacia ella, y Artjom también, antes de decir: «Les das miedo hasta a los lobos»; y los demás hombres rieron.*

Ahora Aydemir está con ella. Y también el muchacho español. Es más pequeño y frágil que los chicos americanos que aparecen en verano por la estepa, es también más hermoso. Y no puede saber que ella piensa en él, que le gusta su manera de comportarse, sin arrogancia, y que le gusta también su piel pálida, y el brillo hondo de sus ojos negros, y la ligera ondulación de su pelo corto, y sus manos pequeñas pero fuertes, y el rumor de sus pisadas, y el fresco runrún de su voz. Y lo que busca: caballos domados con música. Aneyhaak no ha dicho nada, pero sabe que Marcos no está lejos de la verdad, ella conoció a un chamán sin edad, quien junto a una hoguera sagrada, una noche, cantó un estilo de jomeid desconocido por todos, un estilo lúgubre y secreto que hizo que los hombres se removieran en la hierba, y cuando acabó su música habían bajado del bosque los caballos perdidos y rodeaban la hoguera; sus ojos brillaban y estaban tan tranquilos que los hombres sólo tuvieron que levantarse en silencio y llevarles hasta el cercado. Tal vez es eso lo que busca Marcos. Su fuerza se suma a la de Aydemir, y cuando pasean los tres juntos bajo las estrellas, Aneyhaak vibra, se estremece, y es capaz de hablarles de sus sueños de astronauta, de la Ciudad de las Estrellas, de las estrellas sin ciudad. Quiere estar con ellos dos en la taigá, llevarles a los picos y a los ríos, a coger bayas y flores, a cabalgar, a comer piñones y arándanos, a respirar el aire inagotable de la montaña, a pasear junto al río en el atardecer, a jugar con los niños, a soñar con mañana y aceptar el día regalado por el espíritu del tiempo. Aneyhaak ama porque vive, y vive porque ama. Acepta, da gracias.

La taigá abre sus brazos de abetos y ciervos. Ella se vuelve, mira un momento a los dos muchachos a los que su corazón ama, la mujer que han recogido en el camino lee en sus ojos, le dirige una sonrisa que nadie más advertiría, suspira, cierra los ojos, y Aneyhaak mira de nuevo hacia delante, hacia los bosques que les esperan a los tres, cuajados de misterios y señales, y quisiera romper a cantar. Pero no lo hace. Canta por dentro.

Mi primer día en la taiga. Nada más pasar el río Alásh bajamos para volver a acondicionar el jeep al camino, quitando los impermeabilizadores y haciendo algunos cambios en los ejes. Aún no veía nada, rodeados de arbustos y alisos como estábamos. Pero en cuanto arrancamos me di cuenta de que aquélla era otra tierra, aunque tuviera el mismo apellido: campos de menta en flor, suaves praderas de hierba dorada que ascendían hacia los bosque de abetos y alerces. Muy pronto encontramos un *aal*, todavía en las inmediaciones del río. Era el destino de la mujer, que se bajó del jeep sin decir una sola palabra. Me di cuenta de que miraba un instante hacia Aneyhaak, y después a Aydemir, y por fin, a mí. Recuperó su bolsa de rafia y se encaminó hacia los *ough*, de los que salió un grupo de niños, algunos sin pantalones, y dos perros. Parecían contentos de volver a verla, y los niños se abrazaron a sus rodillas, pero ella no se detenía; caminaba, imperturbable.

Más adelante, el camino se volvió a estrechar, a medida que iniciaba de nuevo la ascensión.

—Ésa es la casa de Mungúsh para el invierno.

Seguí la dirección del dedo de Aneyhaak. Una casa de tablones gruesos, de tejado de madera maciza y sólida. A su lado, un cercado grande, y lo que parecían establos cubiertos, alpendres y graneros, mostrando aún las cicatrices del invierno. Pero nada hacía pensar en aquel momento en nieve o hielo: al contrario, todo era una epifanía de la vida. Dejamos atrás la casa de invierno, nos dirigimos hacia la alta taiga, hacia el *aal* de verano, el último de los tres lugares en los que montaban sus yurtas a medida que el estío avanzaba y se acercaba al otoño.

El UAZ 469 gemía y roncaba, y tan pronto empinaba el morro hacia el cielo como caía en el abismo. No sé cuánto tardamos, más de una hora, desde luego. Nos internábamos más y más en los bosques, atravesábamos riachuelos y torrenteras, veíamos a lo lejos grupos de caballos, algún *ough* aislado, pero cada vez que yo pensaba que habíamos llegado, aún quedaba más. Y más. Qué perturbadora emoción, estar desapareciendo del mapa, entrar en aquella geografía de la naturaleza virgen, alejado de todo, en el centro de todo. Ni por un momento me sentí perdido, o en peligro, o solo. Abría tanto los ojos que me dolía la belleza, y me sentía como el más auténtico de los tuvanos, y deseaba no estar llegando, sino estar volviendo, ser parte de aquella taiga, a veces oscura, a veces luminosa.

Y allí estaba.

—Mungúsh.

Habíamos tomado un sendero de caballerías a la izquierda, asfixiado por árboles, y de pronto, el bosque de abetos se hendió por la mitad y se abrió la fruta del valle en sazón, las colinas de oro descendiendo en dulces curvas hasta el río, el mar de ganado pespunteando las laderas, el humo acogedor,

el *aal* de los Mungúsh

era el seno de una familia inacabable, bulliciosa, reidora. Hombres jóvenes, un anciano que se sostenía encorvado sobre un bastón, mujeres y varios niños con gorros de lana y pompón, que me miraban asombrados. Su jefe no era el más viejo. Artjom. Cuadrado, con un sombrero oscuro de ala baja, bigote caído, de manos grandes y fuertes, casi desproporcionadas, como las pinzas de un cangrejo; chaquetón de cuadros, pantalón de chándal, botas de montar. Era el jefe, pero no por edad, como suele ser la norma aceptada por todos en Tuva, sino por autoridad. Para guardar las apariencias, su madre, su tía y el anciano del bastón, tío abuelo, vivían en dos *ough* que estaban algo alejados, río arriba, a algo más de un kilómetro del *aal* principal.

Mientras Aneyhaak saludaba a las mujeres y a los niños con gran alborozo, Sildísh hizo un rápido aparte con el jefe; Aydemir se mantenía cerca de ambos, pero sin intervenir en la conversación. Yo me había quedado solo, y era el objeto de las miradas de todos los demás. Los hijos de Artjom, Oske, Danzyrin y Omak, me miraban también, pero no perdían de vista del todo a su padre y a Sildísh, trataban de escuchar lo que decían. Yo opté por ir hasta el jeep y sacar mi mochila. Aneyhaak se dio cuenta y vino hacia mí, acompañada por una mujer de rostro alegre y ropa muy occidental y rodeada por los niños.

—Yo soy Hotsagatsu, ¿quién eres tú? —me soltó la mujer, en un inseguro inglés.

Se lo dije, contestó algo en su lengua, y esperó con orgullo a que Aneyhaak tradujera:

—Ella dice que te diga que es la mujer de Artjom Mungúsh.

Y luego añadió para mí:

—Es muy buena.

Lo parecía.

Artjom dio por terminada la conversación con Sildísh y vino hasta nosotros, para invitarme a entrar en su *ough*. Estaba situado en la parte más alta del terreno, con dos abetos enormes detrás, y era, sin duda, el más grande y sólido que había visto hasta el momento. Los otros, en los que se distribuía el resto de la familia, eran mucho más modestos.

Al entrar en su *ough*, sentí todo el orgullo de Artjom Mungúsh. Todo allí dentro revelaba su deseo de demostrar que su vida era plena: fotos y pinturas enmarcadas en plata, alfombras más ricas que de costumbre, un enorme televisor. De la pared colgaba un arsenal: rifles antiguos de un solo disparo, rifles de repetición, verdaderas antigüedades y armas modernas, escopetas y un arcaico trabuco, dos Kalashnikov de diferentes épocas. La vista se perdía entre tanto acero negro y madera oscura. Al fin y al cabo, casi toda la carne que se consumía en la taiga durante el verano era carne de caza, para no mermar los rebaños. Y de eso se ocupaba Artjom con sus hijos, cada dos o tres noches. Su misa, su comunión de sangre y carne.

Dejé mi mochila donde me indicó Hotsagatsu, casi en el mismo lugar que me había ofrecido Saaskia en su *ough*. El lugar más alejado de la puerta, y por tanto el más caliente, y también el menos expuesto a la sorpresa de una visita nocturna, de animal, persona o espíritu.

Aneyhaak nos enseñó el lugar. La taiga es desmedida, grandiosa, pero al mismo tiempo íntima. Un valle para nosotros solos, el agua limpia llorada por las cumbres vírgenes, la generosa pradera del color del oro viejo, la leña inagotable, la vida bullendo alrededor, la flexible vigilia de los abetos centenarios, la sutil reverencia del brezo.

Subimos por una ladera, hasta un *paglásh* grande y majestuoso. Había sido trabajado por un hacha precisa y certera, sin un golpe de más ni uno de menos, rematado con una austera cabeza de caballo que miraba, firme y decidida, hacia el este. Llegaban los yaks, despacio, sin malgastar un paso, un bocado de hierba nutricia, pero arrimándose a la seguridad del cercado, intuyendo ya la caída de la tarde.

—*Sarlyk* —dijo Aneyhaak, señalándolos con su mano derecha, sonriendo.

Yaks. Negros, blancos, negros y blancos, rojizos. Monstruos pacientes y pacíficos, inopinados y casi deformes con su abigarrado abrigo derramándose en flecos hasta rozar la hierba, su cornamenta adelantada y amenazante; serios, taciturnos y confiados. Pronto los tuvimos encima, nos rodearon, ignorándonos por completo. El rumor de sus mandíbulas.

—Artjom otra vez cría *sarlyk.*

Aydemir me lo explicó con brevedad. Los yaks eran parte de la tradición más antigua de la taiga tuvana, pero la dominación soviética había acabado con ellos. No hay carne que se aprecie más en Moscú, y la carne de yak de Tuva había sido tan buscada que por los años cuarenta ya no quedaba ninguno. Ahora, con la caída de la URSS y la formación de la Federación Rusa, con la constitución de la República de Tuva, su carne no era menos buscada, y lo difícil era conservar rebaños con suficiente capacidad reproductiva. Éste era uno de los primeros rebaños, una esperanza de cierta vuelta al pasado.

—En los viejos tiempos, duros tiempos, los rusos usaban aviones para vigilar la taiga, hasta los lugares más escondidos. Si veían un rebaño, de yaks o caballos, a los dos días venía una unidad en jeeps y se los llevaban todos.

Así que Artjom era un ganadero de la vida, casi un poeta con botas y rifle; pensé en Hemingway, le imaginé sentado a nuestro lado, sorbiendo su pipa y dejando que el sol entibiara su ancho rostro, amigo de Artjom, ambos cazando en los bosques profundos y solitarios.

Desde la ladera del *paglásh,* vimos cómo los hijos de Artjom y algún hombre más, los jinetes del *aal,* salían a caballo, remontando el río por la ladera opuesta a la nuestra. Al principio al trote, rodeados de perros, pero pronto lanzaron a sus monturas al galope. Hasta nosotros llegaban sus gritos:

—*¡Shu! ¡Shu!*

Y los aullidos excitados, casi histéricos, de los perros.

Era, al tiempo que un trabajo, una carrera, puede que la misma de todas las tardes. Artjom estaba plantado cerca del corral, las piernas abiertas, observando la carrera de sus hijos. No podía verle el rostro, pero su figura exhalaba un aire inequívoco de masculina satisfacción.

Media hora después, comenzó a aparecer el resto del ganado. Si en la estepa me habían parecido muchas cabezas, a veces un mar de lana y cuernos, ahora era imposible no contener la respiración. A lo lejos, por detrás del ganado, los jinetes y los perros cubrían la parte trasera de los rebaños de ovejas, cabras y vacas. Por los flancos, los caballos de la manada galopaban, bajaban, chapoteaban en el río, cambiaban de ladera, volvían a subir. Se oían las voces de los hombres, los ladridos taladrantes, una risa infantil desde el campamento.

Los yaks ya se dirigían a su corral sin necesidad de que nadie se lo indicara. Miraban hacia atrás, con aparente desprecio. No necesitaban órdenes, ni perros. El orden nocturno, la seguridad del cercado, la lejanía del lobo, el ciclo del día.

Algunos potros jóvenes se resistían a entrar en su vallado, y los jinetes tuvieron que trabajar de firme rodeándolos, empujándolos, y siempre había alguno que rompía la malla y trataba de internarse en el bosque. Los perros llegaban a morderles las patas; uno salió rodando y se escuchó su gemido y una risa y el perro se desenroscó, volvió a la carga.

Por fin, el último potro entró relinchando en el cercado, agitando su cabeza, coceando a las sombras, molesto con los perros. Artjom cerró la cancela, mientras el viejo los contaba apuntando hacia ellos con el bastón. Los jinetes desmontaron, ataron a sus caballos y subieron al vallado y se dieron empujones. Satisfechos.

Bajamos despacio. Aneyhaak me enseñaba tuvano, Aydemir corregía mi pronunciación: yo, *men;* tú, *send;* él *ol;* nosotros, *bis;* vosotros *ler;* ellos, *oolar*...

—¡Otra vez!

Karam kistin chani-la-dir. My smiling lovely girl... Algo iba aprendiendo, sí.

El olor de la leña. El motor del generador empezó a tabletear. Atravesamos el río por las piedras, Aneyhaak se mojó un pie, se rio. Plata. Una bombilla, colgada sobre la puerta azul del *ough* de Artjom, esparció una luz, vacilante al principio, intensa después. Noche. Frío penetrante.

Y la cena fue un tumulto. No me daba cuenta, pero mi presencia era un acontecimiento, todos querían ver de cerca al *spanski,* escuchar su voz, saber de primera mano a qué había venido, oírme decir aguantando la risa que creía que en Tuva domaban a los caballos cantando. Hasta ver el dinero español, más aún: olerlo. Artjom cogió una moneda de un euro y un billete de diez, y los olió uno a uno, con toda su concentración. ¿Qué llegaría a captar de nuestra vida a través del olfato?

Imposible decir cuántos éramos: toda la población del *aal,* además de las abuelas, a quienes fueron a buscar a sus casas. Hombres, mujeres, niños, ancianas, en torno a la estufa que crepitaba y tragaba el aire a bocanadas. Se agradecía su calor. Habían sacrificado un cordero, y puesto a hervir su carne en una gran olla. Uno de los hijos de Artjom, creo que Omak, escogía pedazos de hígado y riñón y los metía en la brasa en el extremo de un largo tenedor, abriendo la portezuela.

Aydemir traducía mis elogios, mi felicidad por estar con ellos en la taiga, mi agradecimiento por su hospitalidad, y Artjom asentía a todo, orgulloso y satisfecho. Aquello estaba lleno de sentido: cuatro generaciones en torno al fuego, al cordero, a la semilla de la vida; y, por si todo eso fuera poco, un invitado, el mayor honor del nómada, la bendición de su casa abierta y libre.

Cuando la carne estuvo bien cocida, todos nos acercamos un poco más a la estufa, y nuestras manos, sin mucho orden, fueron vaciando la fuente. Uno de los niños, Idamchap, escogía los mejores trozos, me los daba en la mano abierta, se reía, al final se decidió y puso uno en mis labios.

Aydemir me dijo que era costumbre llevar algo de carne a los *aal* cercanos, pero que ahora no los había. Artjom reinaba en su valle, y había que cabalgar una hora para llegar a encontrar a algún vecino. No se iban a enterar, tampoco. Todos reímos.

Hotsagatsu quemó enebro, *artysh,* dentro de la estufa, dejó que saliera el humo, a medio camino entre lo ritual y lo profiláctico. El aroma de las ramas del enebro. Nos reclinamos sobre los cojines, suspirando por la satisfacción de la panza llena, fumamos, bebimos un vaso pequeño del destilado de leche, el *aragá:* olía a leche todavía, sabía a fuego. Uno de los jinetes no tardó en estar borracho, y Artjom le ordenó que se marchara. El hombre, oscuro y nublado, se levantó vacilante, y sus ojos echaban chispas, pero obedeció. Silencio. La puerta se cerró, hubo risas. Todos meneaban sus cabezas. Aydemir me explicó en voz baja que Artjom aceptaba el consumo de *aragá,* pero no el de vodka. Repliqué que el jinete sólo había bebido el destilado de la leche, pero Aydemir hizo un gesto que significaba: ¿y antes?

Y cuando estábamos así, conversando en voz ya más baja, con todo lo que había que hacer en el día ya cumplido, el hijo mediano de Artjom se levantó y puso en marcha la televisión. Se veía mal, rayas de colores forzados distorsionando la imagen de una patinadora, luego de dos payasos; aún se escuchaba peor, pero la luz temblona ejerció su poder hipnótico, y se fue haciendo el silencio. Los niños en primera fila, las mujeres interrumpiendo la recogida de las fuentes, los hombres arrebujándose debajo de las mantas.

Yo no entendía nada de lo que decían desde la televisión, pero no me atrevía a interrumpir el embotamiento alienado de los demás. Disimulando, comencé a escrutar sus rostros. Excepto mis compañeros de viaje, la mayoría eran desconocidos unas horas antes. La luz parpadeante iluminaba sus facciones paralizadas, átonas, casi amorfas. Los niños se habían dormido, uno sobre el pecho de uno de los jinetes, Idamchap en el regazo de la abuela, los dos con las mejillas arreboladas. El rocío caía sobre la lona, y no me costaba imaginarla desde fuera, una burbuja de vida suspendida, vieja y nueva al mismo tiempo. Desde dentro, aquella invasión de luces lejanas, aquella linterna nada mágica, me producía un sentimiento de angustia y melancolía. Mi mirada se cruzó con la de Artjom: había estado observando mi examen de los hipnotizados. Los miró también, luego la pantalla, cerró los ojos con fuerza. Como tantas veces, tuve la sensación de que había leído mis pensamientos.

De pronto, se levantó. No había ninguna expresión en su rostro, ninguna. Se dirigió hacia el televisor, lo apagó, lo desconectó. Miró de reojo a su familia, ninguno movía un músculo, atónitos todos. El silencio repentino dejó un hueco amplio, el de lo antiguo: la taiga resonaba en el *ough* como el mar en la caracola. Tomó el televisor en brazos y atravesó la estancia, sorteando piernas y cuerpos. Lo apoyó con un muslo contra la barbilla y abrió la puerta. Todos seguían inmóviles. Miré a Aydemir, me devolvió la mirada con una sonrisa confusa. Yo no tenía ni idea de lo que pasaba. Artjom volvió a entrar en el *ough* al cabo de unos segundos, y sin mirar a nadie alargó la mano y escogió una escopeta muy usada, casi arcaica, y salió de nuevo a la noche. Sus hijos se levantaron de un salto, y salieron tras él. ¿Qué pasaba? Aydemir me hizo un gesto y se incorporó. Le seguí. Los hijos de Artjom tapaban la visión, y apenas llegué a tiempo de ver al jefe llevándose el arma a la mejilla, después de que se escuchara el chasquido seco del cierre. Estaba a pocos metros de un viejo tronco que se usaba como tajo, sobre el que había posado el televisor. Ahora, apagado, ante el cañón, parecía un condenado con los ojos vendados frente al pelotón de ejecución, pidiendo clemencia. Pero no la hubo: sin un instante de duda, Artjom disparó, y el televisor se desparramó en pedazos de cristal y tripas de cable, osciló un instante y cayó de espaldas. El eco del disparo volvió trepidando desde los distintos planos del valle, y se levantó una ola de ladridos, relinchos, balidos y mugidos. Me estremecí, aún me estremezco al evocar el disparo, el gesto seco y casi hierático de Artjom.

Bajó la escopeta, la aguantó con el antebrazo, metió la otra mano en el bolsillo de su chaquetón de cuadros y volvió con paso firme hacia el *ough,* sin mirar a nadie. Pude escuchar su respiración, profunda y pausada, y una palabra apenas musitada que no entendí. Franqueó la puerta y nos dejó a todos fuera, en silencio, casi inmóviles. Un niño lloraba en el interior del *ough.*

A mi lado estaban Aydemir y Aneyhaak. Parecían tan sorprendidos como yo y tampoco decían nada. Volvimos a entrar con gestos mecánicos, sin que nadie se atreviera a hablar, todos con los ojos muy abiertos, supongo que con el corazón acelerado, como yo. Poco a poco recuperamos nuestro lugar ante la estufa. Susurros. Mantas cubriendo piernas y pecho. Artjom se había sentado en la cama y miraba sin expresión alguna a sus hijos, sobre todo a Danzyrin. Esperaba algo de él. Danzyrin bajó la cabeza, asintió, se levantó, abrió el armario, sacó una guitarra. Mientras la afinaba, Artjom rompió su máscara inexpresiva con una sonrisa mientras se atusaba el bigote.

—Y ahora —dijo—, aquí se cuentan historias y se cantan canciones, como siempre ha sido.

Así que era eso. Lo entendí, el corazón recuperó su ritmo, volví a cruzar mi mirada con la de Artjom. Suspiró, satisfecho y molesto al mismo tiempo. La conversación fue creciendo, todos se iban tranquilizando; el abuelo dijo algo en voz alta, levantando la mano hacia el jefe, y hubo una explosión de risas, una carcajada, y cuando aún se extinguía, la guitarra ya estaba sonando y Danzyrin empezaba a cantar *jomeid*. Artjom me miró, entonces sí, con complicidad. Le sonreí. El euro no huele a nada, la televisión tampoco, parecía decir.

La piel enrojecida por el calor, la música, la mirada fascinada de los niños. A una canción sucedió otra, la guitarra pasaba de mano en mano, y entre canción y canción surgieron historias. Aydemir intentaba traducir, pero no me importaba entender: la taiga, la nieve, una aventura de caza, aparecidos, ecos de la resistencia, tambores primigenios de naturaleza, guerra y heroísmo, chamanes… No comprender las palabras, a veces, es comprender la esencia.

Me abandoné al sonido, a los ecos, a los gestos de temor, de respeto, a las risas nerviosas.

Artjom se encontraba por fin feliz, orgulloso de su familia, y su actitud quería decir: aquí está, ésta es la vida. ¿Cuánto aguantará, cuánto tiempo pasará hasta que llegue otro televisor y su ruido sepulte historias y canciones y Artjom se rinda? Da igual lo que haga, la marea de televisores y vodka le alcanzará, alcanzará a su familia, les alcanzará a todos, nos ahogará a todos. Pero una noche es la eternidad, y esa noche, en la remota *taigá,* esa noche se pobló de historias y canciones, y la mano tendida hacia el pasado, cuando uno de ellos decía «Contaba el abuelo que en los viejos tiempos...», nos hacía a todos uno. Ese mismo pueblo, sin fronteras, los pastores nómadas del centro de Asia se llevaron su vieja memoria hasta el continente americano, descendieron hasta la Tierra de Fuego, y la llenaron de una sabiduría antigua, pero los tiempos remotos eran esa misma noche, y yo, Marcos, Mosquito, nada en mí mismo, era todo disuelto en ellos. No, no había llegado: había vuelto.

Se hacía tarde, los ninos ya dormían y las mujeres jóvenes acompañaron a las ancianas hasta su *ough* alejado. Salimos a la pureza del aire helado, a las estrellas. Y Danzyrin trajo un instrumento tan antiguo como antigua era la noche, un *doshpuluur,* una especie de guitarra hecha de madera de alerce, con la caja en forma de trapecio y un caballo semejante al del *paglásh* tallado en el extremo del mástil. Sildísh se hizo cargo de la guitarra, y la tocó con un arco parecido al de los violines, mientras Danzyrin tañía su *doshpuluur,* a veces con una púa, otras veces rasgando sus dos cuerdas. Aydemir me invitó a sacar el birimbao, el *jomúsh,* y aunque me resistí un poco acabé sentado ante una pequeña hoguera, acompañando con torpeza el sonido de sus instrumentos y sus voces. Danzyrin cantó la larga canción de Assiana, la niña que perseguía una estrella acompañada por un caballo mágico, y esa estrella era el espejo, mostrando su propio rostro. Aneyhaak escuchaba recostada con la luz de la hoguera reflejada en la blanca tela del *ough* arrebolando su rostro, con una dulce sonrisa. Sildísh cantó entonces como yo no sabía que era capaz de cantar, dejando el arco para tañer con sus dedos la guitarra, como un vaquero, una canción triste de amor y colinas azules. Hablaba de una muchacha lejana, que, sin embargo, allí estaba, ante mí: Aneyhaak, enlazando su mano blanca, por debajo de la manta, con la de Aydemir. *Karam kistin chani-ladir*. Hubiera querido rozar las mías con las suyas, aguanté la dentellada de los celos, nos miramos los tres un momento, y todo fue sereno.

El Sildísh del día siguiente ya no era el mismo. El *aal* sospechoso de albergar al potro robado no estaba lejos, a menos de un día de distancia.

—Está marcado —dijo Aydemir.

—Ya habrán borrado la vieja marca.

Silencio. Los hombres apoyados en la valla. Artjom pensativo, Aydemir nervioso, Sildísh calculando, mirando hacia las cumbres.

—Acecharemos.

Los tres pasamos el día paseando a caballo, sin salir del valle, recorriéndolo a la larga. Nos acompañaba un perro feo y simpático, sin nombre, que parecía recordar a Aneyhaak del año anterior.

Cuando nos internamos en el bosque, apareció ante mi vista un verdadero tapiz de arándanos rojos y negros, verde claro y verde oscuro. Tanta belleza suspendía el aliento. Bajamos de los caballos y comimos hasta que los estómagos dijeron basta. Cruzamos una pequeña vaguada, encontramos restos de una yurta de los mongoles, muy antigua. Algunos fugitivos de la justicia, en el pasado, se internaban en la taiga y aguantaban en ella cazando con trampas y tratando de hacer el menor humo posible para no ser encontrados. Aparte de la estructura redonda de la yurta, quedaban en los alrededores algunas herramientas muy primitivas y otras de fabricación rusa. Después de beber del arroyo y de abrevar a los caballos nos sentamos en una enorme piedra gris, sobre el valle. Podíamos ver las tres manadas, separadas entre sí, de los caballos, las vacas y los yaks, y mucho más lejos, subiendo con parsimonia por una ladera inmensa, las cabras y las ovejas. Puntitos de color: alguna mujer, al menos dos o tres niños.

Aydemir me había interrogado en la estepa por todos sus mitos españoles, incluyendo futbolistas y cantantes, pero no se había atrevido aún a preguntarme por mi vida más allá de lo que yo les había confiado en la estepa. Lo conté todo, despacio, tratando de que Aneyhaak entendiera mi inglés, pero de vez en cuando ella miraba hacia Aydemir, con una petición muda de traducción. Mi vida en España, ¿qué decir? Empecé por el principio, aunque esta vez no mencioné la muerte de mi madre, ni mucho menos la elección de Cortázar. Pero sí que hablé de él, de su sed de viajar y conocer, de su desprecio por las dificultades que le causaba su pie cortado, de la manera que tenía de hablarme, de darme responsabilidad. Poco a poco, ellos empezaron a comparar mis sensaciones y mis angustias con las suyas. No éramos tan distintos, nuestra vida era parecida. Otros chicos españoles, compañeros, incluso algún amigo mío, podrían estar oyéndoles hablar creyendo que eran de Carabanchel o de Coslada. El silencio en casa, la ausencia de comunicación, los sueños sin esperanzas y las huidas más o menos artificiales. Pero nosotros tres, en aquellas horas dulces, entibiados por el sol, nos vimos por dentro.

Hubo un largo silencio. De pronto, Aneyhaak se levantó, se sentó a mi lado, puso su cabeza sobre mi hombro y tomó de la mano a Aydemir. Quisiera que ese instante no se borrara nunca de mi memoria.

Al volver hacia el *aal,* Aneyhaak sugirió hacer una visita al *ough* de los ancianos. A los *ough,* porque en uno, pequeño y modesto, pasaba los días el viejo del bastón, un hombre tan callado y delicado, tan discreto y educado, que todos le llamaban Chedán, que quiere decir «por favor».

La visita fue un verdadero acontecimiento para ellos, y también para nosotros. Sabíamos que algo se estaba preparando, que el acecho de Sildísh, lo que estuviera cavilando para recuperar al bayo, implicaba peligro, tal vez violencia. Le había preguntado, él se había encogido de hombros, Aneyhaak había bajado la cabeza con un gesto oscuro. Y, de pronto, aquel remanso de paz y cortesía, de humildad y grandeza, me hacía desear que no hubiéramos ascendido hasta la taiga para encontrar a los cuatreros, sino para gozar del té, la hospitalidad, la charla.

Seshek, la madre de Artjom, había cumplido ya los 74, su hermana los 70, y Chedán, que era su cuñado, no estaba seguro. Prepararon el té, hablando muy fuerte, porque las hermanas eran sordas, o casi. Reían por todo, bromeaban y fumaban. Esta vez el tabaco no era La Muerte del Pastor, sino americano, todo un lujo, regalo de su hijo rico, sin duda. ¡Y montaban aún a caballo! Aneyhaak reía, mientras Aydemir traducía. Todas las mujeres de la taiga montaban a caballo, algo nada bien visto en la estepa, y menos en la capital, de la que hablaba con desprecio. Ni ella ni su hermana habían viajado nunca a Kyzyl, y ella repetía: «Esa ciudad sólo existe en la cabeza de los rusos y los malos tuvanos». Estuve a punto de decir que, si era así, la mitad de los tuvanos eran malos, pero me callé, claro. Seshek continuó, llena de orgullo, asegurando que algunos de los caballos del valle, los que estaban en el cercado de Artjom, eran suyos. Recalcó lo de «algunos», porque en tiempos no muy lejanos lo eran todos. Sin nostalgia, enseñando las encías vacías. Ahora eran de su hijo Artjom, y eso también le hacía sentir orgullo. Antes de servir el té arrojó tres sorbos encima de la estufa, «para los espíritus». Lo hizo a la antigua, con leche y manteca de yak: espantoso, pero por debajo del sabor, tan contradictorio y casi desagradable, me gustaba beberlo, se lo mandaba desde mi corazón a Cortázar.

Marcos sorbe el té complaciéndose en el sonido, imitando las maneras tuvanas, mientras Aneyhaak le observa, y también a las abuelas, la madre de Artjom Mungúsh y su hermana «pequeña». Sus vestidos de flores apretadas por la mugre de la soledad y la vejez. La broncínea profundidad de sus arrugas veteadas de hollín, el brillo imborrable y recién nacido de sus ojos hundidos, el desteñido pañuelo que parece un ave posada en sus frentes. Fuman y juran, hablan de caballos y sus muslos se endurecen en los recuerdos de las largas cabalgadas. Se acaloran, sus mejillas se colorean, Aneyhaak las mira con ternura y dolor y también se mira a ella misma, al otro lado de la esquina del tiempo. Sólo les queda el orgullo, se dice, la fiereza del guerrero, y mantienen sus espaldas rectas, irredentas. Calcula a cuál se parecerá más cuando se marchite la vida, dónde estará, mira de reojo a Aydemir y luego a Marcos. Han hablado de España, sus vidas no son tan distintas, a pesar de la distancia. Pero Marcos vive en España, y esa palabra trae un aliento ardiente de viento sur. No sabe lo que es ese occidente que brilla a lo lejos a través de brumosas pantallas de plasma o viejos televisores como el que «mató» su tío Artjom. Pero está allí, en cada sorbo de los labios limpios del español, en su ropa nueva y tan moderna, en la torsión de su cuello sobre la taza vieja y el té eterno. Aydemir las arrugas, Marcos la tersura. Su corazón se angustia, se inclina como los juncos en el estero, mecidos por el viento, ahora hacia siempre, ahora hacia tal vez. La hierba que se vuelve dorada en la taiga anuncia la nieve, y con la nieve el descenso a la llanura, y estas pobres mujeres ordenarán sus pocas y ajadas pertenencias, porque saben que cada invierno es ya el último invierno, y la nieve caerá sobre el montón de tierra removida, al pie de una cabeza de caballo tallada por un nieto triste, y no saben cómo sacudirse la tristeza del último otoño más que aspirando el humo del cigarrillo que ya no fumarán en el próximo otoño. No habrá ninguna primavera más para ellas, pero habrá primavera de Aydemir, primavera de Aneyhaak, primavera de Acero de Luna y de Árbol Joven, y también primavera de Marcos, allá, en la lejana y cálida España, y su corazón se llena de celos, imagina muchachas con pareos, rosas en el pelo, guitarras flamencas y toros, y Marcos rozando sus manos. No se acordará de ella, de la pastorcita con la nariz roja de frío y las manos con callos de ubres de vaca y de cabra, de su sonrisa de hierba. Las lágrimas suben calientes por la garganta de Aneyhaak que, sin embargo, ríe por la última ocurrencia de Seshek, se palmea las piernas, suplica una mirada del español tan cerca pero tan remoto, se inclina hacia Aydemir, sorprende la mirada de una de las comadres leyendo sexo en la inclinación de su columna y le sonríe, y ella también. Sí, amor, tacto, piel, futuro, la Ciudad de las Estrellas: su futuro. Ahora se divide: flor de dos pétalos, sus orejas arden, una cerca de Marcos, otra cerca de Aydemir, Sol de España, Acero de Luna de Tuva. Oídme, por favor, oíd cómo grito en silencio.

Aneyhaak se ríe.

Aneyhaak no paraba de reír por las ocurrencias de las dos enternecedoras ancianas, hasta que, en una pausa, se dirigió a Chedán, el viejo del bastón, y le dijo algo, señalándome con la barbilla. Yo iba entendiendo algunas palabras sueltas: *losati*, caballos, *kárgara*... Pero siguió, y yo me perdí. Cuando Chedán acabó de escucharla me miró con gravedad, como si me viera por primera vez. ¿Qué le habría dicho Aneyhaak? Todos sabían ya en el valle que el español joven buscaba a pastores que domaran a sus caballos con música, y Chedán también lo sabía. Busqué la complicidad de Aydemir, pero permanecía impasible, esperando la respuesta del anciano. Chedán sorbió el té prolongando hasta casi el infinito el pequeño y sonoro placer, se echó atrás, se apoyó en una rodilla, que se masajeaba sin parar, siguió hablando y Aydemir traduciendo:

—Dice el abuelo... que en los viejos tiempos, todos

los jinetes cantaban a sus caballos,

y que desde que el mundo es mundo, todos saben que los caballos huyen del hombre que grita, y se acercan al hombre que canta *kárgara*. Ahora, ya sólo unos pocos lo hacen.

Volvió a mirar a Aneyhaak, vaciló un momento. Habló en voz baja, para que las mujeres no le oyeran, lo que no era muy difícil de conseguir.

Esta vez no fue Aydemir el que tradujo, sino la propia Aneyhaak quien, esforzándose, logró trasladarme la información de Chedán: había un hombre en la *taigá,* a medio día a caballo. Hayang. Era tan viejo que algunos exageraban y aseguraban que había conocido al Zar en Irkustk, antes de la revolución. Su padre, y el padre de su padre, habían sido grandes domadores, y sus caballos ganaban, a principios de siglo, todas las carreras. En Kyzyl, en Altái, en el norte de Mongolia, en Buriatia.

—Hayang sabe todo de caballos y *jomeid* —dijo Aneyhaak—. No *kárgara,* dice el abuelo: otro *jomeid.*

No añadió nada más, o Aneyhaak no lo tradujo. Miré a Aydemir, con una pregunta muda. No, no había dicho nada más. Aydemir se encargó de preguntarle dónde podíamos encontrar a Hayang. Chedán empezó a hablar; mojó el dedo en el té y trazó un mapa en la chapa de la estufa, líneas tenues que se iban secando y se desvanecían. Pero Aydemir asentía, repetía nombres: el río Ak, un pico…

Cuando salimos del *ough* de los ancianos, los oídos me zumbaban de excitación. No me atrevía a preguntar, así que fue Aneyhaak la que nos cogió a los dos del brazo, y dijo:

—¡Vamos! Mañana. Mañana.

El segundo «mañana» sonaba a música.

Aún montamos a tiempo para ayudar en la recogida del ganado, uniéndonos a los jinetes que venían barriendo el valle. Mi caballo vibraba de placer y excitación. Era hermoso, compacto y pequeño; apretado y noble. Docena y media de años, capa gris sucio y canas en la cara, hacían que lo llamara *Gandalf el Gris*, aunque sólo en mi interior, porque los tuvanos no ponen nombre a sus caballos. *Gandalf* miraba de un modo inteligente y sereno, y si bien ya se iba acercando al final, aún sentía el flujo de la vida, y cuando le pedía un galope sólo le faltaba darme, con educación, las gracias. Y demostró su sabiduría llevándome a devolver dos potros díscolos, que se habían internado en el bosque, a la manada. Aydemir y yo dimos un corto galope para unirnos a Aneyhaak, que miraba hacia el cielo. Levanté la cabeza y vi las grullas: parecían pertenecer a los rebaños de Artjom, volando en la misma dirección en la que caminaba el ganado: seis o siete, enormes, elegantes: casi podíamos sentir en nuestros rostros la brisa de su lento aleteo. Y, de pronto, se pusieron a cantar... «Turrú, turrú...» Un crujido lento y gutural, quién sabe qué se decían.

Aneyhaak las señaló, me miró, y dijo:

—*Turría,* ¡suerte!

Aydemir me explicó que nadie en Tuva hubiera osado nunca cazar una grulla, y no sólo porque sea considerada poco menos que un ave sagrada, ni porque la tradición diga que da mala suerte, sino porque los siglos se han encargado de tejer entre las grullas y el hombre un pacto tácito de disfrute de la vida natural: tú desde el cielo, yo desde el suelo.

Hablábamos tan quedo, para no turbar la paz del valle, que me quedé con *Gandalf el Gris* en medio de mis dos amigos, hasta que nuestros pies, y a veces nuestros muslos, se tocaban. Y a través de ellos pasaba una corriente eléctrica que ahora, cuando la recuerdo, aún me hace estremecer.

Una de las mujeres del *aal* esperaba con los niños. Uno de ellos, Idamchap, corrió hacia mí, y se plantó delante de *Gandalf el Gris* con las manos en las caderas. Dije «trrrri, trrrrri», y el caballo se detuvo en seco, obedeciendo la vieja orden. Le tendí la mano al pequeño, le hice subir como a una pluma. Enlacé su cintura, el pompón rojo de su gorro de lana me hacía cosquillas en la barbilla, y galopamos. Idamchap jaleaba a *Gandalf*: «¡Shu, shu!».

Aneyhaak nos vio y salió al galope también, a nuestro lado. El niño alargaba la mano hacia la de Aneyhaak, no llegaron rozarse.

Cuando le hice bajar del caballo, ya en el *aal*, los tres resoplábamos de felicidad. Aneyhaak también.

Esa noche, después de encerrar todo el ganado y ponerlo a salvo de los lobos, Artjom empezó a organizar la cacería. Aydemir rondaba a sus hijos mientras éstos preparaban las mantas, algo de comer y los rifles. Cuando Artjom le alargó un viejo fusil de un tiro, el rostro de Aydemir se encendió de orgullo. Artjom se volvió, escogió otro rifle ruso entre su arsenal y me lo ofreció. No sabía qué hacer. No me gusta la caza, y me dan miedo las armas. Por una parte quería ir, me sentía lleno de curiosidad y de deseos de pasar la noche en la taiga con ellos, pero por otra me resistía a participar en la matanza. Sin embargo, no fui capaz de negarme: acepté el arma. Imitando a Aydemir, me lo colgué a la espalda. Debía de estar un poco ridículo con el chaquetón de cuero demasiado grande para mi talla y el rifle en bandolera, pero la verdad es que me sentía magnífico, impresionante. Antes de salir cenamos algo rápido. Ensillar de noche, unirse al grupo, emprender un galope corto atravesando el río, saludar con la mano a Aneyhaak, que nos miraba con envidia, escuchar el ladrido excitado y exasperado de los perros, atados a la valla... Todo ello hizo que se diluyeran mis dudas y mi reticencia. Hubiera querido, una vez más, que Cortázar me hubiera visto. No ha sido nunca cazador, pero estaba seguro de que en esta ocasión también habría querido ir con nosotros hacia la noche, porque aquella partida no iba a hacer deporte de la muerte, sino a cazar para que la vida siguiera. Ni siquiera recordaba mis dudas sobre la legitimidad moral del hombre cuando mata para comer: yo ya me sentía como si fuera tuvano. Hacía frío, lloviznaba, Aydemir creía que llovería con fuerza. Pero también me daba igual.

Durante un buen rato cabalgamos por el centro del valle, pero a partir de un momento la partida se convirtió en columna, y penetró en el bosque. Sombras, resoplidos, pasos blandos de los caballos, una voz queda de vez en cuando, roces de tela contra ramas.

Antes de que pasara una hora llegamos al lugar elegido por Artjom y Omak. Había un pequeño claro en el que los caballos podían quedarse agrupados, flanco con flanco, tranquilos dentro del grupo ante los olores llenos de peligros de la taiga nocturna.

Artjom y su hijo hablaron un momento y fue Omak el que nos fue distribuyendo a lo largo de una línea imaginaria. Aydemir y yo nos quedamos en una trocha estrecha. Era una posible vía de escape para el ciervo que Artjom esperaba sorprender, al amanecer, cuando bajara hacia el arroyo para beber. Nadie podía fumar, y tampoco podíamos quitarnos los sombreros o gorras, porque los animales salvajes, sabios, temen el olor del pelo humano.

La espera iba a ser larga. Nos recostamos un poco contra un lecho de tierra y hierba, temblando hasta que conseguimos equilibrar el calor de nuestro cuerpo con el frío de la tierra helada. Hablamos con siseos. Me atreví a adentrarme en intimidades. Tragué saliva antes de preguntarle por Aneyhaak, si se podía decir que eran novios.

Lo pensó un buen rato. Luego dijo que aún no y habló de cosas que no parecían tener que ver mucho: su vida en la escuela, la rabia que sentía cada vez que uno de sus amigos o primos caía en la estupidez del alcohol, o cuando se dejaban manipular por las mafias para hacer resina de *chaspán* en las estepas. El laberinto, lo llamó. Me extrañó escuchar aquella palabra en sus labios. Con nuestro limitado vocabulario inglés no podíamos permitirnos el lujo de usar palabras demasiado cultas. Pero él necesitaba apoyarse en la idea de laberinto para explicarme cómo veía la vida. Aneyhaak estaba en todos sus pensamientos, la amaba, pero vivía en una estancia lejana del laberinto, y los dos tenían que caminar por él, sorteando peligros, dejando que fuerzas remotas y desconocidas decidieran por ellos, antes de encontrarse.

—¿Los espíritus?

Sonrió. Acero de Luna Sonriente.

—Es nuestra forma de hablar de Dios, y Dios es vuestra forma de hablar de lo que no podéis ni decidir ni controlar, ni siquiera entender.

Habló de sus padres. De su accidente, de su muerte. Aneyhaak era la promesa de darle esquinazo a aquella muerte absurda y repentina dándole hijos, de hacer que de la memoria de aquel Maader heroico que murió en el río naciera un nuevo Maader.

—Sí, quiero que Aneyhaak sea mi compañera para devolver a la vida el recuerdo de mi padre.

Quería explicarme, pero no era fácil. Yo no podía dejar de pensar en Aneyhaak desde que la había visto en la puerta del *ough* de Saaskia, pero también quería a Aydemir, le sentía como un amigo, y por tanto Aneyhaak era algo prohibido para mí. Fue él quien me ayudó, adelantándose a mis palabras:

—A Aneyhaak le gustas, *Spanski*. Mucho.

Intenté protestar.

—No, calla, no lo estropees.

Nos reímos sofocando nuestra voces, aunque no estaba seguro de lo que me quería decir.

—Pero le gusta que seas mi amigo. Que seamos amigos los tres.

Nos quedamos en silencio un buen rato. Alguna alimaña desconocida gritó en la profundidad de la taiga. No se oía nada más. Silencio de luna. Yo aguardé, expectante. De pronto, su rostro era inescrutable, oriental. Sus señas son distintas a las nuestras, su manera de pensar también es distinta. El aire quieto olía a madreselva y humedad, a pesar del frío.

—Aneyhaak tuvo un cachorro de lobo, en Kyzyl-Mazhalyk. Artjom había matado a la madre, le dio pena el cachorro. Se lo dio a ella. Gente que no piensa en mañana. El lobo se hizo grande, y llegaba su hora. El lobo, muy malo para los tuvanos, sabes. Enemigo, demonio. Los hombres miraban mal al cachorro, las mujeres a ella. Un amigo le ofreció un lugar, un cercado en el que había criado visones. Ése iba a ser el lugar del lobo adulto, un cercado. Pensó en soltarlo, claro, en pedirle a su amigo que lo llevara a la taiga y le devolviera la libertad.

Hizo una larga pausa. La lechuza, un rumor como de mar. Sombras compactas, sólidas. Caballo, entre el ramaje.

—El lobo es de respiración caliente —continuó, yo trataba de entender—. Como el rayo. Decide. Mata. Pero el cachorro, no. No había aprendido a cazar. En la taiga moriría. Aneyhaak le pidió a uno de sus tíos que lo matara. «Que no sufra», le dijo. Estuvimos juntos toda la tarde. Vimos la televisión en casa de su tía. No dijo nada. Cerraba los ojos, no lloraba. A esa hora, su lobo moría.

Charlamos sin acordarnos del tiempo, dejando que las horas resbalaran sobre nosotros como la voz de las aves nocturnas. Aydemir y yo conocíamos la taiga por primera vez, y aunque para él era un territorio siempre presente en los relatos de los mayores, los dos sentíamos lo mismo. Nos reímos, porque los dos envidiábamos a Aneyhaak, por estar allí casi todos los veranos. Eso haría que fuera una mujer sin miedo a las piernas torcidas de las largas cabalgatas, más libre, una tuvana completa.

—Ella es nuestra grulla de la suerte. Hará que volvamos a nuestras vidas, yo con mi potro bayo, tú con tu canción. Y será feliz por las dos cosas.

Apreté su antebrazo con mi mano.

Noche en la taiga, en compañía de Marcos, el spanski. *Aydemir deja que los espíritus se acomoden. A los espíritus les inquieta el hombre porque se empeña en cambiar las cosas. Sólo el chamán es capaz de hablar de tú a tú a los espíritus, porque el chamán no quiere cambiar la esencia de las cosas, sólo su orden. El espíritu de la noche deja que el ciervo se confíe y tenga sed, no espanta al ciervo a pesar de que le espera la muerte, porque la muerte no es un cambio, ya está ahí cuando se nace, y la espera del cazador con el dedo en el gatillo no es más que el cambio en el orden de la vida del ciervo: no morirá de frío el invierno próximo, sino de un disparo cuando amanezca. Va a ser su último amanecer, pero su vida no acaba con él, está a salvo en el cervatillo que ahora mama de su madre, o duerme.*

Marcos está enamorado de Aneyhaak, como él. Le duele, le inquieta, pero no puede luchar contra eso. Ha aprendido que luchar contra los sentimientos es perder el tiempo. Puede luchar contra los hechos, contra un oso si fuera necesario. Luchar contra las criaturas de la naturaleza es legítimo, no estaría aquí si sus antepasados no lo hubiera hecho. Pero luchar contra la misma naturaleza es una estupidez. Cuando Aneyhaak mira a Marcos, Aydemir siente celos. Pero Aneyhaak es, para él, la esencia de las cosas, el orden. En el largo laberinto que tiene que recorrer ha aparecido un caminante más, y si Aydemir siente que quiere perderle en el laberinto es por egoísmo, porque quiere a Aneyhaak. Y alejar a Marcos sería convertir a Aneyhaak en cosa. En las largas noches de invierno ha oído hablar a los viejos, la voz de la sabiduría, y ha tratado de aprender de ellos que la infelicidad es hija del deseo. Querer a Aneyhaak para sí solo es desorden, dejar que su camino le lleve a ella, y a ella a él, es orden. El orden del amor. Y si en el camino aparece Marcos caminarán juntos el trecho que les asignen los espíritus. El extranjero se irá dentro de pocos días, pero no es esa seguridad la que hace que Aydemir no se oponga ni se altere cuando ve los ojos de Aneyhaak chispeando al mirar al extranjero, es que está seguro de que Aneyhaak también puede decir lo mismo, porque también él se siente feliz con la presencia de Marcos, y hasta la pérdida del bayo tiene un sentido en ese orden nuevo: sin el robo, Marcos no estaría aquí, y Aydemir se siente en comunión con todo: con ella y con Marcos, con Artjom y sus hijos, con las ancianas y el viejo, con los niños y los caballos, con el rifle y el ciervo, con la luna entre las nubes y con los árboles que la tapan, con el cielo y el suelo.

Aydemir dice:

—Yo volveré a la estepa con mi bayo, tú con tu canción. Y Aneyhaak será feliz por el bayo y por la canción.

Espera. Marcos suspira, ¿entiende lo que le dice, lo que le ha dicho?

Siente su mano en su antebrazo. Aprieta. Es cálida. Sí, lo ha entendido.

—Sin secretos —dice Marcos.

—Sí, sin secretos —dice Aydemir.

Un rumor. Clarea. De la derecha un ruido de roce, se siente un alambre de tensión que recorre la mente de los hombres cazadores: despierta, Tuva; los viejos héroes se complacen viendo que la vida sigue, aunque sea a costa de la muerte.

Fue limpio y sencillo. Clareaba, y en la luz blanquecina de la niebla aferrada al humus se recortó la cornamenta, la masa oscura del enorme cuerpo animal. El silencio era un blanco lienzo en el que se intuía un brochazo rápido y certero. Lo puedo recordar como un siglo, cuando en realidad no fue sino un segundo, menos aún. Trepidó, el aire pareció convertirse en agua, mis ojos siguieron la trayectoria vertiginosa del disparo, la masa oscura tembló en una sacudida, la cornamenta se alzó un instante al cielo, y antes de que las laderas, las rocas y los árboles nos devolvieran completo el eco de cien disparos, ya se desplomaba. No había olido a los humanos, no sabría en el último segundo de dónde le había sobrevenido la muerte. Cayó con la lentitud de un árbol talado.

Aydemir y yo nos quedamos ante el cuerpo desmedido y ventrudo del animal. La lengua se le había salido de la boca, entre dientes amarillos, jugosos aún de hierba del verano y los ojos seguían abiertos sin ver ya nada. No quise tocar su piel, porque me aterraba sentir su calor, su vida yéndose. Los hombres trajeron a los caballos, y Artjom cargó el ciervo en la cruz del suyo con la ayuda de Sildísh y su hijo Omak. Resplandecía, orgulloso y cauto, sin necesidad de demostrar nada. Allí, sobre la silla, el cuerpo del ciervo le hacía pequeño y grande al mismo tiempo. Juntos, ciervo y hombre, eran Subidai, el general de Gengis Khan y su estandarte, su última victoria.

Cuando salíamos del bosque y llegábamos al río, Omak señaló hacia el lecho, unos cientos de metros más allá: había un grupo de ciervos, mirando hacia todos lados, espantados y desconcertados. Omak intentó descolgar su fusil de la espalda, pero Artjom se lo impidió agarrando su muñeca. Palmeó al ciervo muerto, contra sus muslos.

—Tenemos bastante.

Lo dijo en voz alta, para que los ciervos le oyeran, y éstos miraron al unísono hacia los humanos y los caballos, y se desvanecieron entre las jaras con apenas tres movimientos gráciles.

Volvimos al *aal* cuando el primer rayo de sol recorría el valle, una trompeta de luz, de una sola y prolongada, dorada nota. Yo esperaba que nos recibieran, no sé, como a héroes victoriosos, Subidai permanecía en mi imaginación, y al mirar la potente imagen de Artjom, semioculto por el cuerpo del ciervo en la cruz del caballo, me sentía como uno de sus capitanes. Pero nos recibieron con total normalidad. Vi salir del *ough* a Aneyhaak y a los niños. Los perros ladraban en círculos en torno al caballo de Artjom, adivinando el próximo festín. Para ellos, era una estampa tan habitual como la salida del sol.

Luego, mientras desayunábamos, hablé del general tuvano, de lo que me había contado Aydemır. Artjom, con su manera silenciosa de hacer las cosas, o de decirlas, salió un momento de la casa y volvió con una botella vacía y sucia. La dejó delante de mí, ante la estufa. La cogí, y vi la etiqueta, con el dibujo coloreado de un guerrero con escudo, subido a un caballo y sosteniendo un estandarte en el que había un águila. El letrero estaba en ruso. Artjom dijo:

—Ése es Subidai ahora. Vodka Subidai. Veneno hecho en Rusia.

En su parca frase se encerraban su rabia y su rebeldía. Artjom resistía ahora en la taiga como sus antepasados habían resistido en tiempos lejanos. Pero ahora las balas del enemigo ya no estaban hechas con plomo y pólvora, sino con vodka y televisión. Cada parto de una hembra de yak era una pequeña victoria, pero sólo lograba retrasar un poco la gran derrota. Y todos, todos, acabarían encerrados en el campo de concentración de la ciudad de cemento, acero y cristal. Y el carcelero se llamaba vodka. Vodka Subidai, 40°.

Tardamos varios días en ir a buscar al viejo Hayang. Artjom había enviado a Sildísh y al mayor de sus hijos, Oske, a espiar en el valle en el que suponían que estaban los ladrones del bayo. Un día de cabalgada. Aydemir hubiera querido ir con ellos, pero era peligroso. Bastaba con Sildísh para identificar a lo lejos el potro, y con Oske para llevarle allí a través de los corredores secretos del bosque y las cumbres.

Sildísh y Oske volvieron al *aal* al cabo de dos días. Huellas de las noches al raso, mejillas de barba hirsuta, ojos alucinados y pelo sucio. Hablaron con Artjom en un aparte. Aydemir mordía los nudillos de sus manos, que aferraban con fuerza el travesaño del vallado de los caballos. Algo sucedía, y no saberlo le irritaba, le convertía en alguien distinto al Aydemir que yo conocía. Por fin lo supo. Sildísh estaba taciturno y preocupado cuando se lo llevó con él. Hablaron junto al río, mientras Aneyhaak y yo fingíamos estar atentos al movimiento de las ovejas. Aydemir levantó la cabeza hacia el cielo un instante y la dejó caer. Durante unos minutos permanecieron con la cabeza baja, supongo que hablando. Luego Aydemir vino hacia nosotros. Encendió un

Prima, me lo pasó, encendió otro. Se quitó una brizna de tabaco de la lengua. Ojos empañados.

—Kuskun —dijo.

Al principio no le entendí. Demasiados nombres, todos con un sonido familiar entre ellos. Kuskun. Y de pronto recordé. Kuskun, el hombre de Kyzyl, el que me había llevado al *aal* de los Hunayic. Esperé.

—Está con ellos.

¿Kuskun, un pariente, estaba con los cuatreros? Había desconfiado de él en Kyzyl, y de nuevo cuando me recogió en la carretera, pero no me había dado ninguna razón para seguir haciéndolo, al contrario. No sabía nada de él. Nada. Después de todo, no sabía nada de los tuvanos.

Aydemir apretaba los ojos con rabia. Masacró el cigarrillo, más que fumarlo. Tiró la colilla de un tobazo contra un montón de estiércol. Aneyhaak no decía nada tampoco; como yo, esperaba. Me miró.

Se fue solo. Cuando se alejaba se volvió para mirarnos un momento. No sé lo que pensaba, si de pronto desconfiaba de todo, de todos, de mí también. Aneyhaak y yo no nos movimos. Hablamos de las estrellas, no mencionamos a Kuskun.

Por la noche, después de cenar, los hombres estaban hoscos y las mujeres silenciosas. Cena sin gracia, los niños pasmados reían y se peleaban y recibían un golpe seco de ellas, un grito de ellos. Salimos Aydemir y yo, subimos por la ladera, hacia el *pagläsh* de la cabeza de caballo.

Por fin habló. Había recuperado la calma, aunque seguía enfadado, más aún que antes. Kuskun había roto la confianza de la familia. Ya lo había hecho cuando era mucho más joven, enredado en asuntos oscuros con los rusos de Kyzyl, cosas sucias. No había ido a la cárcel por lo que iban casi siempre los jóvenes, peleas, borracheras, robos, sino por algo turbio de lo que no se hablaba nunca. Eso no era bueno, los Hunayic se mantenían siempre limpios, lejos de todo lo que estaba pasando en la ciudad desde hacía más de una década. Pero Kuskun había salido del ambiente familiar, se había casado, tenía dos hijos, los había abandonado a los tres. Hacía negocios, dijo Aydemir, pero al decir «negocios» su boca se torció.

—A Saaskia no le gusta que venga a vernos a su *aal*, desconfía de él.

Mis ojos se habían hecho nictálopes, o casi. Recordaba la primera noche en la taiga, cuando me parecía que la oscuridad era de alquitrán. Ahora veía casi todo, o más bien lo adivinaba, sentía la vibración en la piel de mi rostro: imagen de un Aydemir horrorizado ante la fealdad y la mentira, sintiéndolas inevitables. Si Kuskun estaba con aquella gente, en el valle de los cuatreros, a mi amigo no le cabía duda de que había participado en el robo, aunque fuera como simple informador. Una semana antes había pasado por el *aal* de Saaskia, y había estado observando los caballos, hablando con todos. Y su bayo, claro, la joya de la familia Hunayic.

—Me preguntó por él, lo pesaba con la mirada, observaba su movimiento armonioso, sus proporciones. Kuskun sabe tanto de caballos como Sildísh, como Eizir-Ool. Saaskia no quería verle allí, pero no se lo dijo. La hospitalidad. Fue Eizir-Ool, que estuvo con él en el ejército, el que le dijo que era mejor que se fuera. Nadie podía sospechar que estuviera ojeando caballos para los cuatreros, pero su aire no era bueno para respirar.

Así que para Kuskun yo había sido una simple excusa para ir allí y espiar lo que sabían Eizir-Ool, Sildísh y Saaskia.

Desde que me había echado el ojo en el Munzuk había decidido llevarme al *aal*. Por eso había rondado el apartamento de Buyan aquella noche, por eso había aparecido en la carretera aparentando que era una casualidad. Sin embargo, sin aquella utilización yo no estaría en la taiga con Aydemir y Aneyhaak, viviendo, respirando, sabiendo, y al borde de saber mucho más. Era una sensación tan extraña como contradictoria. Aydemir había dicho: mi bayo y tu canción. Y ahora era posible que no fuera así de justo, que yo obtuviera mi canción a costa de su bayo.

Aneyhaak pasó un brazo por el hombro de Aydemir, con dulzura. Estaban a mi lado, olía a resina de abeto, hacía un frío cada vez más intenso, venía un rumor como de gozne desde las laderas intrincadas de la taiga, y se abrazaban. Ella le dijo algo, él escondió la cabeza en el regazo femenino, emergió de allí sonrojado, mirando a su novia con una sonrisa cansada, o con un cansancio sonriente.

Me fui, ocultando mis celos, avergonzado por sentirlos también. Era una buena hora para mi higiene. Cuando volví, liviano por dentro y más o menos limpio por fuera, comenzaba a caer aguanieve, que poco a poco se fue convirtiendo en nieve y, por fin, tras levantarse una brisa, en lluvia. A lo lejos vi que Sildísh y Artjom estaban hablando con Aydemir. Mientras subía tiritando desde el río, la conversación cesó, y los dos hombres se fueron con la cabeza inclinada, subiendo las solapas de sus chaquetones. Cuando llegué, Aydemir se había acercado a Aneyhaak, y los dos me esperaban, a pesar de la lluvia helada. Nos refugiamos en un pequeño cobertizo que servía para almacenar leña seca y cosas viejas o rotas. Aydemir había dudado de si Sildísh y Artjom querrían actuar contra los cuatreros estando Kuskun con ellos. No eran familia de los Mungúsh, pero sí de los

Hunayic, y enfrentarse a los cuatreros por el bayo podía ser algo más que una vergüenza. Pero no fue eso lo que decidieron. Sildísh no se enfrentaría con su primo por un potro, pero sí que apoyaba la idea de un robo.

—Es una vieja costumbre, porque denunciarlo a la policía no sirve nunca de nada. Si te roban un caballo, se lo vuelves a robar. Ellos lo robaron cuando nadie lo esperaba, ahora seremos nosotros quienes lo hagamos.

—¿Nosotros?

Por un momento, de puro ingenuo lo creí. Aydemir soltó una carcajada, pero no alegre, sino destemplada, descompuesta por la ira, por la exclusión:

—¡No! Lo harán Sildísh y Oske.

Quería ir él, soñaba con su potro, pero también soñaba con su heroísmo y con su audacia. No dije nada, porque nada podía hacer. Aydemir respiró hondo, recuperó su propio control.

—Cuando los ladrones no lo esperen. Ladrones robados.

Esa noche escribí mucho. Me había ido retrasando, con tantas historias después de las cenas, y ahora la tensión que se respiraba en el *aal*, el silencio incómodo creado por la complicidad de un familiar de Sildísh y Aydemir en el robo, me permitieron recuperar sensaciones y notas precisas. Palabras, leyendas, gestos, canciones. Me estaba acercando al origen, a la verdad de lo que había ido a buscar allí, pero lo que estaba encontrando en el camino era igual de importante para mí. Y aprendiendo, porque aunque hacía ya varios días que Aneyhaak había dicho que iríamos a buscar a Hayang,

«el viejo que sabe».

Yo no sentía ninguna impaciencia. Era evidente que para toda la familia de la taiga todo lo relacionado con el robo del bayo era importante, no sólo el capricho de un chico, sino una ofensa a todo aquello en lo que creían, la velocidad del caballo en la carrera, la pureza de las pulidas piezas que formaban su memoria y su conciencia como pueblo, más allá del tiempo. Era más importante para ellos que para la propia Saaskia, porque en la estepa, llana y asequible para todas las grandes y pequeñas corrupciones, hasta lo más sagrado estaba perdiendo importancia.

Sólo yo estaba despierto, y las sombras del interior del *ough* creadas por mi linterna daban vida a las imágenes de fotos de muertos antiguos y de vivos congelados en su pasado, a las armas colgadas de un gancho, a las muserolas y los bocados de acero manchado, a las viejas estampas de los míticos guerreros y los caballos y lobos de la espesa taiga. En las dos camas, una confusión de bultos quietos; en el suelo, sobre las alfombras, hombres y niños. Fuera, silencio de noche, perlado de voces distantes de cárabos y lechuzas, del crujido sordo y continuo del mundo girando. Apagué la linterna y pensé en el viejo que me esperaba en uno de sus pliegues de piedras y árboles.

Partimos temprano: Danzyrin, Aydemir, Aneyhaak y yo. Nuestros caballos temblaban aún de excitación madrugadora y de frío, las ovejas y cabras se amontonaban en la puerta del aprisco. Aydemir cabalgaba hosco y distante, enfadado aún por no poder ir a la busca de su potro; se quedó el último: delante, Danzyrin; luego, Aneyhaak; yo; detrás, Aydemir. Atravesamos el río con un chapoteo rítmico y se movieron en el agua batracios y oscuros insectos, subimos por la ladera, vimos una estrella tan luminosa en el cielo azul oscuro que costaba dejar de mirarla, casi deslumbrante, escuchamos el ladrido cada vez más lejano de los perros del *aal,* aspiré el último retazo de humo frío. Ascendíamos, el aire adelgazaba. El valle se iba estrechando a medida que la luz del nuevo día se hacía más presente sobre nuestras cabezas, los alerces y los abetos se inclinaban con lentitud parsimoniosa, la hierba afelpaba los pasos de nuestros caballos, de mi *Gandalf* sereno y tibio. Me acerqué a Aneyhaak. Su nariz brillaba, una gotita de humedad entre ella y el labio superior, una estrella capturada. El gorro de lana apretaba su cabeza, su pelo. Silencio, pulso.

El caballo de Danzyrin, un redondeado macho castrado de diez años y capa dorada y blanca, se detuvo en seco, amagó con ponerse de manos, relinchó; y en cadena, los nuestros. El ojo espantado, de la yegua de Aneyhaak, el temblor de *Gandalf*, su repeluzno.

—¡*Peer!* —exclamó Aydemir, a pocos metros de nosotros.

Había oído ya un par de veces la palabra tuvana, y no tuve ninguna duda: «lobo».

Danzyrin tranquilizó a su montura, desenfundó el rifle y se acercó hasta Aneyhaak y su yegua.

Dijo algo en su lengua, y por el tono deduje que no era nada inquietante. Podía sentir el pelo encrespado de mi caballo y escuchar su respiración hirviendo de miedo, y entre mis pantorrillas se advertía un temblor ancestral. Aydemir había llevado su caballo hasta nosotros, y escrutaba las oscuridades del bosque con preocupación, a pesar de lo que hubiera dicho Danzyrin.

Reemprendimos la marcha. Aydemir volvía a cerrar la columna.

—Dice Danzyrin que en esta época no hay peligro con los lobos: tienen comida más que abundante. En invierno, cuando escasea, forman manadas para conseguir comer, pero en verano, no.

No me costaba imaginar lo que hubiera sido aquella misma situación de haber estado en pleno invierno, y en mi interior, siempre un poco morboso, hubiera querido estar así, amenazado, rezumando adrenalina.

Le pregunté a Aneyhaak por su cachorro de lobo, y ella sonrió con tristeza. No, no le había puesto nombre. Me dijo que eso hubiera sido ofenderle:

—Un lobo con nombre es como un ser humano sin honor.

No respondí. Pensé que aquella frase no era suya, sino de alguno de sus tíos. Un lobo con nombre.

—Me quería y me odiaba. Se fiaba de mí y desconfiaba de mi olor. Como yo de él, de su especie.

Hablaba despacio, echaba miradas furtivas hacia Aydemir. Me contó la leyenda de un lobo que se transformó en hombre y de una muchacha que se enamoró de él y acabó transformada en loba. Sólo la muerte logró hacerlos iguales.

—Dicen que algunas noches se forma una constelación de estrellas en la que se ve a dos lobos enlazados en una cópula sin fin: son ellos dos.

En lo más alto del valle, cuando sus dos laderas se unían en dirección al pico de un monte, atravesamos una quebrada honda, sembrada de piedras sueltas, desgajadas por el hielo invernal. Danzyrin se detuvo para orientarse apenas unos segundos. Le observé con atención. Sus botas de caña refulgían robando brillo de la luz espesa del amanecer.

Los mártires y los huérfanos, los chamanes dueños de secretos y los pastores dueños del hambre y el frío: toda la estirpe tuvana en su mirada, los muertos y los vivos, los nacidos y los por nacer. Cuando descendimos hasta el siguiente río entre helechos y enebros tardamos más de media hora en encontrar un vado seguro. Aun así, el agua llegaba a rozar los estribos y del río subía un borboteo antiguo, hondo, y en la espuma que levantaban los caballos con sus patas se veía el fulgor apretado de gotas minúsculas de luz.

Volvimos a ascender, atravesamos cadenas de picos olvidados y bosques de resina olorosa y bayas brillantes, espantamos cuervos y dejamos a nuestro paso una estela de silencio, y al fondo de un valle dibujado por un dios delicado, vimos un *ough* de un gris sucio y desvaído.

—Allí.

Al llegar al llano un perro nos ladró, se le veía avanzar con el cuello recto y las patas tan tensas que parecían entablilladas: negro y fuego, pelo espeso. El *ough* humeaba y el olor del hombre y sus costumbres lo llenaba todo. Esperamos, hasta que la puerta azul se abrió y por ella salió un niño vestido a la antigua, con el *deel* mongol, la larga túnica cruzada sobre su pecho, dejando ver unas botas puntiagudas, cinta de seda amarilla como cinturón sobre la tela basta y negra. Silbó al perro y éste se volvió meditabundo hacia él, midiendo el exceso de confianza del niño y echando una mirada severa hacia nuestro grupo de caballos y humanos.

Danzyrin se adelantó con su montura hasta llegar a la altura del perro, que gruñía despacio y levantaba un poco los labios para dejar ver dientes amarillos y gastados. Le oí hablar y señalar hacia atrás, en la dirección del *aal* de Artjom, y entre sus palabras distinguí el nombre de Hayang y el niño asintió sin sonreír y sin decir palabra, antes de darse la vuelta para entrar de nuevo en el *ough* dejando abierta la puerta. Sombras y una tos brusca. Salió de nuevo y se puso al lado de la puerta, con un brazo extendido, en señal de bienvenida, pero inexpresivo y ausente.

El *ough* olía a manteca rancia y a queso fresco. Una mujer estaba de pie frente a la puerta, esperándonos. Poco más de metro y medio de altura, sin edad definida, con ojos como acerolos brillantes y pañuelo de colores, pelliza forrada de seda vieja. Sonreía cauta y recelosa, hasta que vio a Aneyhaak y su cabeza se ladeó, quién sabe qué oscura memoria se removía en el lodo de sus recuerdos de juventud, y su voz sonó melodiosa y dulce como la de una niña pequeña. Detrás de la estufa, imponente decrepitud, magnífica ruina de un tiempo olvidado, estaba sentado Hayang, con pantalón blanco y botas de jinete, *deel* negro de algodón basto y desabotonado sobre su hombro izquierdo, camisa sin cuello de rayas grises y azules. Era ciego. Lo supe de inmediato. Pero sus ojos estaban tan al fondo de las cuevas de sus pómulos que era imposible verlos.

La mujer era su hija, me explicó Aneyhaak mientras nos sentábamos formando un semicírculo alrededor de la estufa negra. Danzyrin habló largo rato, el viejo asentía y en sus labios había un esbozo de sonrisa, como si supiera, como si me esperara, y su mano se extendió mientras decía algo crepitante y duro, y Aneyhaak tomó mi brazo para que le tendiera la mía, y el tacto de la mano vieja era suave, emocionante y limpio.

El niño había cerrado la puerta, pero no se había sentado. Apoyado en la puerta, con las manos en la espalda y un pie recogido, nos miraba a todos con pereza y a mí con curiosidad disimulada.

Largas arrugas caían desde la frente de Hayang hasta las comisura de los labios. Ahora sí que podía ver sus ojos, llenos de niebla estancada. Un lagarto bondadoso.

Se dirigió en vacío a Aneyhaak, porque ella rio y habló, y me señalaba con la barbilla. Aydemir permanecía inmóvil y ausente, las manos jugando con las puntas arrugadas de sus calcetines. Creo que asumió las labores de traductor porque ni Aneyhaak ni Danzyrin podían hacerlo con solvencia suficiente.

—El viejo pregunta qué quieres saber.

Lo intenté. Sentía vértigo. Había salido de Madrid aupado en un sueño, impulsado por el viento vigoroso de Cortázar, pero hasta el momento no había encontrado lo que buscaba, el vínculo entre la música de los hombres y la música de los caballos. Lomax, Stephen, Buyan, incluso Aydemir y sus tíos, todos me habían escuchado con atención y cortesía, pero todos lo habían hecho también con escepticismo. Sólo Aneyhaak, la más pequeña y modesta de todos, había confiado en mí, me había llevado hasta aquella pobre construcción de madera y fieltro, en el corazón de la taiga.

La hija de Hayang distribuyó las tazas de té, después de hacer varias aspersiones rituales, mojando las puntas de sus dedos en el líquido. Sorbimos todos, con fruición. El niño abandonó la puerta, se sentó sobre los talones, tomó su taza y me miró de cerca, su rostro se acercaba al mío y las ventanas de su nariz se dilataban, trataba de captar mi olor.

Apuré la taza, pensé en Cortázar. Me limpié los labios.

—Dile que no estoy seguro. Dile que oí en España que había aquí, en Tuva, pastores que domaban a los caballos con música, y que he venido para saber si eso es verdad. Dile que amo la música y también a los caballos. Dile también que he oído cantar *ezenguileer,* que tú mismo lo cantas para darle al caballo su ritmo de marcha, pero que eso no me parece bastante, dile que…

Aydemir me interrumpió con la mano. El viejo Hayang parecía ausente, pero la inclinación de la cabeza hacia mí delataba su atención: disfrutaba escuchando la lengua extranjera, quién sabe qué música percibía en mi voz, más allá del significado de las palabras. Cuando Aydemir comenzó a traducir cambió la orientación de su cabeza, pero también la expresión: estaba concentrado en lo que oía, pero por cómo se apaciguaban sus rasgos me di cuenta de que lo que oía no le resultaba extraño, como si, en efecto, ya hubiera entendido antes el sentido de mis palabras. Miré de reojo a Aneyhaak, que aguardaba con tensión contenida. Cruzó sus ojos con los míos. Me estremecí.

Cuando el viejo habló, todos escuchaban. Aydemir se acercó un poco a mí y aprovechó la dureza de oído de Hayang para ir deslizando su traducción mientras él salmodiaba:

—Tiene 88 años, ha visto mucho. Tenía más de mil caballos, de los mejores. En invierno, en la estepa, en Xemi; en verano, en la taiga. Un mar de cabezas, dice. No, no eran suyos en realidad. Ahora dice que eran del Estado soviético. El Estado le dio cien caballos y el transformó la manada en mil, más de mil. Los comités venían en camiones y se los llevaban, seis cada vez. Pero las hembras parían y parían. Ahora dice que luego fue a la guerra, trabajó con caballos también, elegía los caballos para la muerte. Cuando acabó la guerra volvió aquí, pero el *tabum* era ya muy pequeño, la gran yeguada de Tuva estaba exhausta, casi agotada; las yeguas no parían bastante, se refugió por aquí, pasaba el invierno cerca del río. Veinte caballos, luego doce. Por fin, ninguno.

El viejo se queda en silencio, Aydemir también. Marcos anota todo lo que escucha en su cuaderno de tapas negras; Aydemir mira de reojo las palabras incomprensibles, se pregunta si está ahí su voz, se pregunta para qué; Hayang ríe una risa pequeña, a saber qué está recordando. Marcos acaba, levanta el bolígrafo de la página del cuaderno lleno de palabras, y pregunta al viejo quién le enseñó a manejar caballos, a criarlos. Repite la pregunta en tuvano, levantando la voz, porque Hayang es un poco sordo además de ciego.

Están en la taiga recóndita, Aydemir sabe que ese rincón del mundo conserva la semilla de Tuva, una semilla seca y vieja, piensa que es aquí donde quiere vivir, mira al nieto del anciano mientras pregunta, el nieto no ha dicho aún nada, se acaricia la muñeca y mueve los dedos, sin duda se ha hecho daño en ella, porque es el único que puede trabajar con la leña, con los pesos, con el ganado más bravo: una semilla joven que trata de sustituir a la semilla vieja. Aneyhaak no dice nada tampoco.

El viejo asegura que aprendió de su padre siendo niño, como todos, que jugaba como todos los niños a que era un jinete y antes de darse cuenta ya tenía ocho caballos de la manada. Aydemir se inclina hacia Marcos y traduce despacio, recalcando las palabras en un casi susurro y la mano de Marcos vuelve a volar sobre el papel haciendo que aparezcan palabras desconocidas, llenas de sol.

Otro silencio, otra pregunta de Marcos, cómo domaban a sus caballos, si recuerda que de niño los jinetes cantaran también a sus caballos, «iyée, iyée», *sí, sí, entonces los caballos eran aún para la gloria del mundo, así dice el viejo, para la gloria del mundo, no para que los rusos comieran carne, y los jinetes y los pastores imitaban los sonidos de los caballos para entrenarlos, primero los imitaban, luego los usaban, subraya Hayang. Pero después vino el hambre en la gran Unión Soviética y los comités no querían que nadie domara caballos, sólo querían carne, y empezaron a perseguir a los jinetes que cantaban a sus caballos y a quemar y requisar sus instrumentos, el* iyil, el doshpuluur, *sólo podían conservar sus* jomúsh, *sus arpas de boca.*

Pero antes cantaban a sus caballos, insiste Marcos, y al escuchar su pregunta el viejo cabecea, afirma, ríe, habla. Aydemir nota que su amigo español se tensa, que la respuesta del viejo le acerca a su sueño y siente una punzada de celos porque él no puede estar con los jinetes que han ido a tratar de recuperar a su potro bayo, y también mira a Aneyhaak, que resplandece, feliz, porque el extranjero está ya muy cerca, lo nota, y sigue traduciendo, pensando pequeñas maldades, decir lo contrario, pero Danzyrin y Aneyhaak escuchan también, y aunque no dominan el inglés como él, seguramente se darían cuenta de que intentaba engañar al español, de modo que traduce: Hayang dice que reproducían el sonido de la vaca para tranquilizarla y poder ordeñarla, y cantaban viejos estilos perdidos para cada animal. Y cuando montaban caballos jóvenes cantaban ezenguileer *para que anduvieran con más suavidad; hasta podían dormir en ellos en las largas cabalgatas, cantaban y cantaban hasta quedarse dormidos ellos mismos y también los caballos, aunque caminaran, caminaban dormidos, dice el viejo.*

Hayang sonríe, enseña sus encías rosadas, parece que los recuerdos fluyen como la leche de la ubre, y no son recuerdos antes de ser palabras, parece que primero habla y después recuerda y que sus propias palabras le sorprenden a él, se le hace la luz por dentro, pobre anciano ciego y de memoria caprichosa.

Su hija suspira, el niño está quieto, la punta del bolígrafo de Marcos va deprisa, muy deprisa, «shu, shu», *sus ojos brillan, y Aydemir traduce. Ahora desvaría, mezcla todo, pero Aydemir no le detiene, habla de los caballos tuvanos y los mongoles, dice que ahora los tuvanos son demasiado grandes, que también es efecto del comunismo, que los comités querían caballos más grandes, filetes más grandes, se ríe, Aydemir dice eso, que el viejo se ríe aún de los comités, pero añade que él mismo era parte de los comités, todo está muy confuso cuando el viejo habla de aquellos tiempos tan lejanos y las luces parece que se le van apagando poco a poco, se extravía en sus recuerdos. Marcos parece darse cuenta también, el viejo es un cabo de vela ya rozando el plato, insiste de nuevo, Aydemir traduce: dice el español que si recuerda que alguien domara al caballo, no que le calmara, ni le hiciera más resistente, lo que quiere saber es si era posible domar al caballo, hablarle con la canción, convencerle.*

Hayang volvió a espabilar. Alargó la mano en lo que para él eran tinieblas, entendí que quería tocar mi mano izquierda de nuevo, se la tendí. Rozó mis dedos, mariposas dudando sobre la flor, calculando el néctar con sus antenas. Con la mano derecha acerqué el bolígrafo, se lo puse entre los dedos. El árbol viejo cerró sus raíces sobre el plástico azul, lo apretó en su seno, y una lágrima tan espesa como el té con manteca y harina desbordó su ojo ciego y se encauzó en el surco vertical de su mejilla y llegó hasta el labio y él la enjugó con un gesto vacilante.

—*Gargán achei*... —empezó a decir.

—El abuelo... —empezó a traducir Aydemir.

Aneyhaak me miraba, y lo sé a pesar de que no la veía, sabiendo que habíamos llegado al momento, que lo que estaba salmodiando Hayang era lo que estaba buscando, lo que ella me había ayudado a encontrar: *Gargán achei,* el abuelo, no lo conoció, había muerto cuando Hayang nació, pero su padre le contó el don que el abuelo tenía con los caballos y la canción, el abuelo sí, cantaba a los potros, a veces una semana, incluidas las noches, sin dejarlos dormir, cantando en la vieja lengua de música, en el estilo más antiguo, a veces al amanecer, días y noches, hasta que el potro abandonaba su miedo y se rendía ante él, y se dejaba ensillar y montar, los veloces caballos, el viejo repite y repite los caballos veloces, los más veloces, los domados con la canción, sí, los domados con la canción.

Silencio. Ya está, ahí están los viejos pastores, sus caballos ansiosos de música. Mi corazón late con fuerza. La mujer se ríe, la hija de Hayang. Cabecea, incrédula, dice algo, Aydemir no traduce. Adivino que ha dicho que el viejo ya chochea, que son locuras suyas. Yo no podía saber si chocheaba, o si aquellos recuerdos que llegaban a él a través de la noche de su ceguera, aflorando en palabras, eran la verdad. Pero sé que soltó mi bolígrafo y golpeó con ligereza mi brazo, como si me dijera adelante, escribe, joven extranjero, escribe, y yo escribí: «Su abuelo domaba a los caballos cantándoles durante días y noches, a veces al amanecer, y los caballos perdían el miedo, se dejaban ensillar y luego ésos eran los caballos más veloces».

No hubo más. El viejo volvió a su niebla de piedra.

Comimos con Hayang, su hija y su nieto, si lo era. Comida sencilla, hervor dulce sobre la estufa, leña de enebro, aromática. Aneyhaak estaba muy contenta, Aydemir se había animado algo, pero yo notaba un vacío en mi corazón. Sí, el anciano había confirmado que en una época anterior los mejores jinetes, como su propio abuelo, domaban a sus caballos con música, pero era un recuerdo tan remoto y vago que no conseguía sentirme satisfecho, ni mucho menos feliz. Impalpable, abstracto. Ya lo tenía, lo que había escuchado Leandro en la radio un día no tan lejano, ya lo había encontrado: sí, en el corazón de Asia había un pueblo de nómadas y pastores de caballos que antaño domaban a sus caballos con música, cantándoles. Había viajado desde muy lejos para encontrarlos, había ignorado el silencio y el escepticismo de los mismos tuvanos para llegar hasta allí, hasta la taiga, y Hayang me había dicho que su abuelo domaba a los caballos cantándoles. Como tantas veces, pensé en Cortázar, en lo que haría él de estar en mi lugar. Se habría exaltado, habría gritado, habría bailado sobre su pie de acero y madera. Pero yo no soy él, y aquello no era bastante, no era nada. Escuchar al anciano me hacía sentir deseos de llorar, ausencia. Sí, ochenta años atrás no había cuerdas ni fustas para domar a los caballos, sino música. Pero ya no la había. La música silenciada, el diálogo roto, la fuerza bruta.

Danzyrin parecía de verdad interesado en mi pequeña investigación y hablamos de ella paseando con Aneyhaak a lo largo del río sinuoso, alejándonos poco del *ough de* Hayang. Aydemir se había quedado con el niño y la mujer, echando una mano para cortar leña.

Aneyhaak ayudaba a Danzyrin en su vacilante inglés. Oír a Hayang había despertado sus recuerdos: después de todo, sí que había oído hablar de la vieja música. Él mismo era un buen intérprete de *jomeid,* y conocía a los más famosos cantantes del país, Kongar-Ool, Hun-Huur-Tu, profesores en la escuela de *jomeid* de Kyzyl, pero ninguno de ellos hablaba de que su música fuera algo más que eso, música. Música de jinetes, sí, pero... Danzyrin dudaba.

—Una vez, en el Naadam, cuando yo era aún poco más que un niño, conocí a un hermano de mi abuelo. Era tan viejo o más que Hayang, y también me habló de su abuelo. A mí me faltaban unos pocos meses para la ceremonia del corte de pelo, en la que recibiría mi nombre definitivo, aún me llamaban Jinete: Kizí. Pero lo que me gustaba era la música, siempre me ha gustado. Ya cantaba *jomeid,* y mi tío abuelo me estuvo dando consejos mientras todos los demás se amontonaban para ver de cerca las carreras. Nos sentamos en una loma desde la que podíamos contemplar a los jinetes con sus caballos y a la multitud. Y el pequeño Kizí se convirtió en Danzyrin escuchando a aquel anciano sabio. No puedo recordar todo lo que me dijo, pero ahora estoy seguro de que me habló del *jomeid* y los caballos, en la edad antigua, y de su abuelo, que cantaba a los potros para convertirlos en caballos...

Había escuchado a Hayang con tanta atención como yo, y aquel viejo recuerdo aleteaba detrás de sus ojos. De vez en cuando, mientras caminábamos en silencio por el valle quieto, entre cabras y ovejas, podía escuchar el rumor de su voz, buscando tal vez el hilo de la vieja música, con el acompañamiento del golpeteo rítmico del hacha que manejaba Aydemir cerca del *aul* de Hayang, o la voz del hermano de su abuelo. Poco a poco iba completando el mapa de aquella pequeña porción de patria, extrañada de sí misma, cercenada de su historia por decenios de ocultamiento de su propia alma: sus tradiciones y sus mitos, su religión, su música, el sentido casi metafísico de su amor por los caballos: todo estaba sepultado, y aunque ahora pugnara por crecer de nuevo, como la hierba en primavera, empezando a romper la costra dura y sucia de los neveros, dudaba de que llegara a tiempo de crecer y hacerse fuerte. A mi mente volvían las huidizas figuras de los niños inclinados en los campos de *chaspán* de la estepa, y la silueta vampírica de los todoterreno brillantes y cromados, al acecho, siempre al acecho. Al fin y al cabo, una de aquellas niñas esclavizadas había anunciado en mi retina el rostro puro y limpio de Aneyhaak, y ella misma podría haber sido una más de las que inclinaban su espalda y manchaban sus manos para llenarlas de rublos aún más sucios. Yo ansiaba aquella belleza, hubiera dado todo, mi pequeña investigación, mi viaje, todo lo que tenía, por Aneyhaak, por poner mis labios sobre su sonrisa, por entibiarme en los ángulos de su cuello y sus clavículas, por acariciar su pelo y sus pendientes, por desnudarla sobre la hierba, o por compartir con ella la perfecta y acogedora redondez del *ough*: yo, con mi aureola de chico extranjero y rico, de turista, era parte de aquella invasión de acero y dinero, no era tan distinto de los mafiosos al acecho en sus asientos de cuero como hubiera querido. Yo era culpable también de la ruptura de aquel sueño de pastores cantando a sus caballos que había hecho nacer Leandro en España unos meses antes. Ahora lo había escuchado, pensaba que había llegado hasta el final, y que el final no era nada más que un recuerdo gastado, a un minuto de desvanecerse para siempre en el olvido, como los muertos se desvanecen cuando mueren aquellos que los recordaban. Y mientras mi sueño se escapaba miraba con hambre a Aneyhaak, la ansiaba.

Tales pensamientos me desazonaban. Ella se volvió hacia mí, me sonrió, ajena a todo lo que pasaba por mi pensamiento, y en un instante tuve una tan horrible que no hubiera podido escribirla siquiera sin aborrecerme a mí mismo.

Partimos poco después, con nuestros caballos. Llovía hielo desde un cielo gris, y el hielo florecía en las grupas y en la ropa. Los tres habitantes del ajado *ough* salieron a despedirnos. El viejo miraba a la nada, la hija se inclinaba y sonreía, el niño permanecía impasible y ausente. Me volví dos o tres veces: allí seguían, bajo el fino granizo, tan inmóviles como la memoria de los viejos mártires tuvanos, y el perro nos vigilaba, siempre atento. El humo tartamudeaba desde la chimenea un poco torcida del *ough,* hálitos de vida blanca y fantasmal en medio de la quietud, y unas grullas nos recordaban con su vuelo blando y fácil lo pequeños y torpes que éramos, serpenteando por el fondo del valle, buscando penosamente las cumbres, y la voz de los enormes pájaros sagrados se alejaba hacia la profundidad virginal de la taiga con un cansino deje de burla, «turrú, turrú…».

Cabalgábamos en silencio, y sólo se podía escuchar el ritmo de la respiración de los caballos, el sordo roce de la lluvia helada contra las ramas y la hierba. Después de coronar la cumbre, vislumbramos en el fondo del nuevo valle el lecho revuelto del río que habíamos vadeado por la mañana. Y, de pronto, un rumor se fue multiplicando por las laderas, se convirtió en retumbar y por encima se alzaron voces apremiantes y silbidos. Danzyrin levantó la mano para detener nuestra marcha. Por nuestra misma orilla, pero dos centenares de metros más abajo, venían dos hombres galopando sobre caballos que parecían desbocados, y entre ellos, otros dos caballos desnudos, enloquecidos.

Escuché entonces la respiración agitada de Aydemir a mi lado, mientras sostenía en su puño las riendas de su montura, y erguía el cuerpo sobre los estribos. Había en su perfil acero en movimiento, afilado y letal. La gorra de béisbol atrapaba su mirada de fuego. Seguí la dirección de su vista, a punto de adivinar, hasta que fue él mismo el que sofocó un grito que no entendí; esta vez fue mi corazón el que tradujo:

—¡Mi bayo!

Danzyrin hizo girar a su caballo hacia nosotros, sin dejar de mirar hacia el grupo, y le preguntó algo a Aydemir: él asintió con gesto seco, casi violento, y abriendo mucho los codos liberó al caballo de todo freno para que iniciara el galope. Danzyrin, como un rayo, se inclinó sobre el costado de su caballo justo a tiempo para tomar las riendas del de Aydemir, y acercándose hasta él tanto que sus botas y estribos chocaron y los caballos relincharon, soltó una andanada de palabras incomprensibles para mí. Aneyhaak se había mantenido a un lado y hacía esfuerzos para que su yegua, encendida por la tensión y los movimientos bruscos, no se desbocara también. Magnífica y casi teatral, la vi alzarse hacia el cielo sobre la montura mientras la yegua intentaba ponerse de manos. Entre tanto desbarajuste, sólo mi viejo caballo gris se mantenía en calma; pero yo advertía entre mis muslos una vibración descomunal. Aydemir y Danzyrin dejaron de discutir, y la voluntad del mayor de los dos parecía imponerse. Señalaba hacia el río, y su mano trazó un camino imaginario entre los abetos. Aydemir asintió, esperó a que Danzyrin espoleara a su caballo, miró a Aneyhaak y por fin pareció acordarse de que yo no podía entender nada de lo que hablaban.

—Son ellos, los cuatreros, se llevan a mi bayo. Vamos a por ellos.

Luego le dijo algo a Aneyhaak, y no me fue difícil deducir que le pedía que se quedara retrasada.

—Marcos, tú con ella, detrás.

Asentí. Danzyrin y Aydemir salieron al galope, sacando chispas de las piedras, y nosotros arrancamos detrás, sin pretender alcanzarles. No teníamos que dirigir a nuestras monturas, sólo contenerlas. Era fácil adivinar la estrategia de Danzyrin: el río trazaba una larga hoz, mientras que la ladera de la montaña permitía un descenso en línea recta hasta el punto más cercano del meandro: con un poco de suerte, él y Aydemir llegarían a tiempo para cortarles el paso a los ladrones. ¿Qué pasaría entonces? Por alguna extraña razón, no tenía miedo. ¿Se podía producir un tiroteo? Me volví hacia Aneyhaak, más preocupado por ella que por mí. Parecía tranquila, aunque su rostro delataba una enorme tensión. Nuestros caballos seguían la huella de los de Danzyrin y Aydemir, con un trote largo que en ocasiones se convertía en galope, cuando salíamos de los grupos de árboles que les obligaban a serpentear.

Ya estábamos muy abajo: a través de los abetos se vislumbraba la ladera opuesta, y hasta una presencia clara y luminosa, sin duda la superficie del río. Iba a decirle algo a Aneyhaak, cuando se volvieron a oír gritos, voces confusas que cruzaban el valle y volvían en forma de eco, un relincho agudo y prolongado. Espoleé a Gandalf, pero Aneyhaak y su yegua nos siguieron tan deprisa que nos adelantaron. Y al verla de espaldas, inclinada bajo las ramas espesas de un alerce, un destello de color en la oscuridad del bosque, supe cuál era el significado de mi premonición en el valle de Hayang.

Llegué justo a tiempo de volver a ver a los dos jinetes empujando a los dos caballos desnudos hacia el río, una nube de espuma. Danzyrin y Aydemir habían salido del último bosquecillo de alerces cortando el paso a los fugitivos, pero por desgracia se habían adelantado demasiado y su aparición les había dado tiempo a los jinetes para variar el rumbo: en diagonal, emprendiendo el vadeo del río tan deprisa como podían. Aneyhaak estaba delante de mí y trataba de lanzar a su yegua hacia delante; pude interponerme:

—¡No! ¡Espera!

Me volví. Danzyrin y Aydemir ya emprendían el galope, ya chapoteaban, cuando vimos con horror que la corriente engullía a los fugitivos: a los caballos desnudos, a los caballos montados. El cuerpo de los dos hombres aún se mantuvo en vertical durante unos segundos y entonces pude reconocer el perfil de Kuskun por encima de la cabeza de su caballo, que buscaba con su boca un poco de aire y con sus ojos un poco de luz. Un instante más tarde, una ondulación aceitosa y lenta hizo que el agua sobrepasara la línea recortada de sus perfiles congelados, la gorra de Kuskun flotó, asomó un brazo doblado y una mano abierta y entre la corriente sólo se veían bultos oscuros, cuatro cabezas de caballo, un removerse de espuma.

Y voces, gritos que surgían de Aydemir, de Danzyrin, pero también del centro del río, y volvían de la ladera de árboles inmóviles. ¿Cuánto duró aquella confusión? Muy poco, o tal vez mucho. Aydemir había retrocedido y galopaba por la orilla hasta que se encaramó a un terraplén en el que crecía un raquítico aliso y el caballo vaciló y la mano izquierda de mi amigo descargó su fusta de madera sobre el ijar de su caballo hasta que este reunió sus patas, se inclinó primero hacia atrás, como se carga un arco, Danzyrin alargó una mano hacia Aydemir, llegó tarde, y el caballo obedeció aterrado por los golpes y se lanzó al aire, al vacío, con Aydemir agachándose y llevando sus manos hasta el cuello tenso con las riendas entre ellas, y volaron un tiempo eterno hasta que el agua les recibió restallante, manos de espuma abiertas...

Un segundo más tarde vi pasar una onda de sombra a mi lado manteniendo un grito largo y Aneyhaak y su yegua entraron en el agua con un sonido sordo y la corriente arrastraba toda la confusión de brazos, cabezas espantadas de caballo, prendas de ropa, y Danzyrin y yo seguíamos por la orilla, y él buscaba con desesperación un punto por el que acercarse a Aneyhaak, hasta que su caballo perdió pie también y la corriente se apoderó de ambos. Sólo yo permanecía ya sobre mi caballo, con el agua empapando mis piernas hasta la altura de las rodillas.

Y a partir de ese instante mis recuerdos dejan de ser confusos, lo recuerdo todo con una luminosa y precisa claridad, y podría describir la textura y la temperatura del agua, la oscuridad repentina que venía de un cielo ensombrecido, el ritmo exacto de las gotas de lluvia golpeando mi frente, la negrura de mi corazón.

Danzyrin logró salir hasta la orilla y tiraba de las riendas de su caballo, y de un salto volvió a montarlo obligándolo a galopar, explosiones de guijarros y espuma, mientras gritaba en su lengua hacia el río. No pareció ver que la copa de un árbol caído estaba a punto de cerrarle el paso.

Lancé a *Gandalf* por el terraplén, justo por encima del tronco del árbol, adelantando al galope las formas confusas de Aydemir y Aneyhaak, que manoteaban en el río y trataban de ganar la orilla, sin conseguirlo.

El río se estrechaba y la fuerza del caudal aumentaba.

Por un momento pensé que no estaba preparado para algo así: no veía solución alguna, salvo seguirles por la orilla, esperando un milagro. Tenía la boca seca y la lengua se me había hinchado, el pecho me dolía y me faltaba la respiración. No podía hacer nada, y creí que les iba a dejar de ver en cualquier momento, y pensé en Cortázar diciéndome: «Ya has cumplido dieciocho años, ya te puedes enfrentar a cualquier situación»; y hubiera querido no haber cumplido dieciocho, ni estar allí. Pero estaba.

Entonces vi que el cauce se iba a bifurcar en dos brazos más pequeños. Si ellos entraban en el brazo más cercano, y si llegaba a tiempo, podría meter a *Gandalf* casi hasta el centro y esperar a que se agarraran a él, intentar engancharles yo…

El caballo pareció entenderme una vez más, se dejó caer por el terraplén, y nos encontramos con el agua casi a la altura de los estribos. Les veía, Aydemir sacaba la cabeza con los ojos cerrados y la boca buscando aire, una mano salía a la superficie y volvía a desaparecer. A poca distancia venía Aneyhaak, pero unos metros más hacia el centro del cauce. Grité sus nombres cuando vi que la suerte había querido que la corriente les llevara hacia el brazo del río más cercano a nosotros, y menos profundo.

Y tuve que elegir. Lo veo todo muy despacio, cada segundo es eterno, no hay sonido: Aydemir se acerca cada vez más, está a mi alcance. Puedo atajarle, dejarle un estribo para que se agarre y lanzar a *Gandalf* hacia el centro del brazo de río y tratar de llegar a tiempo para hacer lo mismo con Aneyhaak. O puede que no: si pierdo más de un segundo socorriendo a Aydemir es posible que no ya no tenga ninguna posibilidad de salvar a Aneyhaak. Si por el contrario llevo al caballo hacia el centro, podré salvar a Aneyhaak, pero Aydemir seguirá río abajo, hacia la oscuridad, es posible que hacia la muerte.

Quiero a Aneyhaak, y en ese segundo petrificado y sólido comprendo por fin el abismo del alma humana: quiero. Me asomo a los significados más profundos de las palabras: querer es querer para uno, para mí. Cueste lo que cueste. No tengo más que espolear al caballo, y tendré a Aneyhaak para mí. Nadie me culpará, siempre se dice que hay que salvar al más débil, más aún si es una mujer, o un niño: Aneyhaak es mujer, es casi niña: habré hecho lo correcto, doblemente correcto a los ojos de todos.

¿Y a los míos? En ese segundo amplio como una casa de muchas habitaciones se abre una puerta al pasado, una puerta que ha permanecido cerrada casi toda mi vida: es mi madre quien me lleva de la mano, quiero coger una piedra que brilla en el suelo, emergiendo entre la nieve que se empieza fundir y muestra pequeños cofres blanquísimos de joyas de primavera, alargo la mano, siento la presión de la de mi madre en la mía y el suelo blando de nieve cede bajo mis primeras botas de montaña y el valle oscila ante mis ojos, y antes de poder sentir miedo hemos resbalado los dos y estamos colgados sobre el precipicio y tampoco hay sonido en este recuerdo que dormía en los pliegues de mi memoria, una sombra espesa tejida por mí mismo que ahora se alumbra desde dentro: mi padre debe de estar gritando, pero no le oigo, sólo veo su rostro deformado por el horror y la angustia y su mano se acerca a las nuestras, tantea en el aire y aún puedo ver desde el vacío que tiene la otra agarrada al tronco débil de un serbal y cierro los ojos y siento la mano fuerte y cálida de Cortázar en torno a mi muñeca y soy levantado en el aire justo a tiempo de ver cómo la cabeza de mi madre desaparece en un fulgor y en el sitio en el que estaba hace un instante ya no hay nada, una siemprevia que tiembla por la brisa, y nieve desordenada, y nada, y nada.

Mi mente regresó del golpe a Tuva, al río. Grité:

—¡Agárrate!

Levantaba la pierna, dejando libre el estribo. La mano de Aydemir volvió a emerger, se estiró hacia el estribo, vi su rostro, su boca abierta en un jadeo, la mano pasó por el semicírculo del estribo, sus nudillos blanquearon, *Gandalf* notó el tirón, se equilibró.

—No te sueltes, no te sueltes.

Intenté que *Gandalf* avanzara hacia el centro del brazo de río, pero cada vez era más profundo, llegué a sentir que flotábamos un momento, el caballo debía de haber perdido pie. Y Aneyhaak pasó delante de nosotros, imposible ya de detener, girando en torno al eje de sus ojos espantados, llenos de horror.

Gandalf retrocedió, se asentó y volvió grupas al río. Aydemir estirado, los pies llevados por la corriente, las dos manos enlazadas en torno al estribo:

—¡Aneyhaak! ¡Aneyhaak!

Él no la podía ver, pero adivinaba su presencia mirándome desde el agua furiosa. Mi rostro lo debía de decir todo. Ella no era ya más que un bulto oscuro, Árbol Joven de Hojas Tiernas en manos del río, del espíritu del río.

Y la lentitud del segundo eterno se deshizo en fragmentos, y todo sucedió ya deprisa: mientras emergíamos del río, brillos y chapoteos, y Aydemir hacía pie por fin, mientras yo lanzaba ya a *Gandalf* por el terraplén, tratando de galopar río abajo, vi a un centenar de metros a Danzyrin, junto a los caballos de Aydemir y Aneyhaak, que surgían brillantes y perplejos del río. Él había echado pie a tierra y se metía en el agua, el chaquetón inflado, los brazos estirados, y su caballo giraba en la orilla, y un poco después el chaquetón y la gorra desaparecieron en la espuma y se irguió con el cuerpo de Aneyhaak entre sus brazos. Aydemir subió a la grupa, galopamos, sin aire en los pulmones, y cuando me acercaba vi que Aneyhaak se inclinaba sobre el pecho de Danzyrin, refugiaba su frente en su pecho empapado: vivía, estaba a salvo. Lloré, sacudidas violentas mientras bajaba del caballo, y la tierra desconocida y lejana hacía menos de un mes era ya mi tierra, y todos las ramas de los árboles ya no eran naturaleza impasible sino parte de mí, de Aneyhaak, de Aydemir que se agarraba a mi cuello y se incorporaba y gritaba el nombre de su amada, y qué frío en su piel y en su ropa, y en mi cuello y en mis pies, pero cuánto, qué hermoso calor líquido, lágrimas balsámicas subiendo desde mis entrañas, desde las arterias de Tuva hasta mis ojos, hasta mi rostro, y la mano de Aydemir me tocó por primera vez, acariciaba mi nuca y me decía algo en su lengua, y era la mía y empezamos a reír descontrolados y locos mientras íbamos hacia Aneyhaak, hacia Danzyrin, sentado en el barro con ella agarrada a su cuello, a la vida.

Danzyrin encendió un fuego para Aneyhaak y Aydemir, y cuando se aseguró de que estaban bien me pidió que le ayudara a buscar río abajo. No había ni rastro en las orillas de Kuskun y su compañero, de los caballos, ni de su ropa siquiera, silencio vegetal en el corazón de la taiga, en el inicio del crepúsculo. Llovía en voz baja, apenas ya una ligera llovizna, pero a lo lejos se veían relámpagos y el techo de la montaña era cada vez más oscuro, nubes negras empastadas en malva.

Sildísh y Oske llegaron orientados por el fuego; habían seguido las huellas de los fugitivos desde su *aal*. Cuando el primero de ellos supo que su primo Kuskun podía haberse ahogado, no dijo nada. Se limitó a mirar río abajo, y a esperar. Secábamos nuestra ropa acuclillados delante del fuego, y aún no podíamos partir sin arriesgarnos a que alguno cogiera una pulmonía. Poco a poco, nos fuimos contando unos a otros todo lo que había sucedido. No tenían ninguna duda: les habían descubierto antes de que llegaran al pequeño valle de los cuatreros. Estuvieron un par de horas vigilando el *aal* sin ver nada extraño, y fueron dando un rodeo hasta donde podía estar la manada de caballos, hacia la cabecera de su valle, y allí sí, se dieron cuenta de que les estaban esperando. No había ni rastro del bayo, así que se volvieron por donde habían venido, y Oske había trazado la posible ruta de huida, hacia el norte, intuyendo que tratarían de sacar el potro de la taiga hacia algún punto de la estepa, mucho más habitada. No se habían equivocado: las huellas de cuatro caballos, frescas todavía, dos de ellos sin herrar, hablaban por sí solas. Fueron siguiéndolas hasta que vieron el humo del fuego y nos encontraron.

Antes de que anocheciera alimentamos la hoguera, aunque ya estábamos bastante secos. Sonreí recordando lo que solía preguntar Cortázar viendo películas americanas, con irónica ingenuidad: «¿Ya se han secado?» Pensaba en él, a cada paso. Me había mandado a un viaje tan largo seguro de que encontraría amigos, paisajes bellos, y debió dar por seguro que al menos haría algún pequeño descubrimiento en la busca de los pastores y su música; me había enviado al crecimiento, a que me enfrentara a problemas y angustias, al hallazgo de mis capacidades y mis limitaciones. Pero no me cabía ninguna duda: no podía haber imaginado siquiera que me encontrara allí, en el corazón de la taiga, de su «tierra virgen», envuelto en un momento de vida y muerte, que iba a recordar por fin el momento terrible de nuestra vida en la que él tuvo que elegir entre su mujer y su hijo e hizo lo que creyó que debía hacer: salvar al más cercano. Cuando me puso a salvo intentó socorrer a mi madre. No lo logró, también cayó, se fracturó horriblemente el pie, y con él destrozado aún volvió para protegerme. Tampoco habría podido adivinar que iba a hacer un viaje tan hondo hacia los subterráneos del alma, a las puertas del amor y el deseo, tan parecidas la una a la otra, tan equívocas. Aneyhaak sostenía una taza de té entre sus manos desnudas y miraba hacia las cumbres, como si esperara algo. Aydemir contemplaba el suelo, trazaba dibujos con la punta de una rama seca en la tierra húmeda. ¿Se habría dado cuenta de todo lo que había pasado por mi conciencia en el río? No, estaba seguro: todo había sido muy rápido para él, había estado cerca de rendirse, de abandonarse al espíritu del río que se había llevado años atrás a sus padres, y un instante más tarde había visto

las patas del caballo

gris de Marcos estaban delante de él, y el pie de Marcos se zafó del estribo y el caballo reculó un poco y la mano de Aydemir llegó hasta el estribo y en ese instante supo que iba a vivir, y al mismo tiempo recordó a su potro bayo y el corazón le dijo que el potro no había tenido tanta suerte, o un amigo tan fiel como esperaba, que le había fallado, que sus fuerzas no eran infinitas, que el bayo se había ahogado en el agua, que nunca iba a volver a la estepa, que su vida acababa allí, lejos del olor de su madre y la seguridad del tabum. *¿Qué extraños caminos sigue el destino para que su corazón siga latiendo por la mano salvadora de un extranjero de un país tan lejano, que no debería estar siquiera aquí? ¿Por qué no ha sido la mano de Danzyrin* *la que le ha salvado de las frías aguas, o la de su tío Sildísh? ¿Por qué ha tenido que salvarse así, por qué no ha sido él mismo el que ha salvado a Aneyhaak, su amada? ¿No habría vengado así la muerte de sus padres en otro río? No entiende nada, su pensamiento está tan confuso y revuelto como el fondo arenoso del río.*

Ahora la ropa está ya seca y se puede alejar del fuego, poco a poco todos se van levantando. Danzyrin quiere que se pongan en camino antes de que la noche sea total: con el cielo nublado, y si vuelve a llover, sería casi imposible volver hasta el aal. *Pero Aydemir se niega. Prefiere que duerman allí mismo para poder recorrer la orilla por la mañana. Quién sabe: aunque su corazón le dice que el bayo ha perecido, tal vez se haya salvado y esté cerca de la orilla, río abajo. Danzyrin, Sildísh y Oske susurran entre ellos un buen rato, y al fin aceptan. Todos saben que en el* aal *no se alarmarán porque no vuelvan: la taiga es vasta, los* ough *confortables y hospitalarios: pensarán que se han quedado a dormir, o a dejar pasar una tormenta.*

Improvisan un campamento cerca del fuego, que alimentan con leña más gruesa, atan a los caballos en círculo, se cubren con todo lo disponible, extienden dos capas pluviales unidas para formar un pequeño techo inclinado. Aydemir no puede más. Se tumba acurrucado entre Aneyhaak y Marcos. Pequeñas conversaciones, los hombres ya duermen, Aneyhaak ríe un momento y luego se queda callada, con la frente llena de estrellas. Aydemir le dice a Marcos que le ha salvado, Marcos ya no le oye, también se ha dormido. Un cárabo emite extrañas opiniones nocturnas, silencio, murmullo del río asesino, sueño y nada.

Amaneció con violencia. Las nubes seguían su curso como un reflejo del río y se había levantado un viento tibio. La hoguera aún humeaba y los jinetes mayores hacía rato que se habían levantado. Sildísh preparaba té y asaba piñas de cedro en el rescoldo de la hoguera y los caballos piafaban impacientes. Comimos los piñones calientes y aromáticos y arándanos morados y bayas rojas, bebimos el té hirviendo con fruición y sorbos silabeantes. Nos pusimos en marcha media hora después, siguiendo el curso del río. Yo me quedé atrás, con Aneyhaak, mientras que Aydemir no podía dominar su impaciencia y marchaba casi al frente, al lado de Oske, que era quien mejor conocía aquel rincón de la taiga. Cabalgando junto a ella me daba cuenta de que todo había cambiado. Había elegido, y al hacerlo había despojado mi corazón de sus zonas más tenebrosas. Hasta me parecía que Aneyhaak era distinta. Me costaba mirarla sin deseo, sólo yo sé cuánto me costaba. Pero adormecer el deseo dejaba mi alma en paz, y me decía a mí mismo que era capaz de verla como una amiga dulce y paciente. Hablamos de los viejos y su antigua sabiduría, de los caballos y los animales, de la vida y del mañana. Cada vez elegíamos mejor las palabras y cuando el inglés fallaba nos entendíamos con la mirada. Me sentía exaltado y casi feliz: lo hubiera estado del todo si Aydemir hubiera recuperado su potro. Pero no fue así. Apenas dos kilómetros más tarde hubo gritos sofocados, un galope y un chapoteo. Allí, en el agua, enredado en las ramas blandas de un árbol, se veía la tripa hinchada de un caballo, y el color del sol del que tantas veces me había hablado el propio Aydemir se había convertido en un tono apagado y sucio, como una manta amarillenta empapada.

Aydemir se metió en el agua. Aneyhaak y yo nos quedamos en el ribazo, sobre nuestros caballos, y yo sentía ceniza en mi boca. Aydemir no lloraba, pero en sus caricias sobre el cuello del potro ahogado se leía una pena tan honda que hasta el viento pareció callarse.

No había remedio: tuvimos que abandonar al potro en su tumba de agua. Aydemir montó, se puso en marcha, no miró atrás.

Avivé un poco el paso de *Gandalf*, me puse a su lado.

Murmuraba, tuve que esforzarme para tratar de entender lo que me decía, o lo que se decía a sí mismo:

—... en invierno soñaba que... de los Hunayic... como el viento... no entiendo tanta maldad, Kuskun sabía que... nunca más encontraré... me entristece... si es que esto es lo que me espera... Aneyhaak a mi lado pero... el día que lo robaron... la flecha y el arco.... De pequeño soñaba...

Ondas de palabras que iban y venían, mientras la taiga despertaba una mañana más de su eterna historia, una voz de pájaro semejante a una carcajada, cielo desgarrado. Se volvió hacia mí:

—Me salvaste, te debo lo que me queda de vida.

—Que será mucho.

Sonrió con tristeza.

—Sí —insistí—. Dentro de poco, lo que ha pasado aquí te parecerá sólo un recuerdo.

—No, lo que será un recuerdo será Tuva.

Miraba hacia los lados, tratando de abarcar toda la taiga con sus ojos. Yo estaba de acuerdo. Kuskun no había ayudado a robar el bayo por las leyes ancestrales de la taiga, sino por el imperativo sucio de la vida en la ciudad. No me atreví a decirlo, porque no quería realimentar el desánimo de mi amigo, pero lo sabía: no quería el dinero para dar de comer a sus hijos, ni para hacer más fuerte y rápida su manada, sino para gastarlo en los vertederos de la ciudad corrupta.

—Al menos —me dijo— tú has encontrado tu respuesta.

Era verdad. Qué ironía. Había llegado a la taiga creyendo que me alejaba de mi sueño, pero feliz de poder asistir al reencuentro de Aydemir con su potro veloz, y volvíamos con las mochilas cambiadas: yo con mi canción de los caballos, él con el alma rota por la muerte y la traición.

Me esforcé en encontrar una explicación, para poder ofrecérsela:

—Es parte de lo mismo. Siempre he creído que la música es algo que cura, algo que acerca al hombre a su raíz más honda, a su pasado, a su esencia. Tu potro ha muerto, pero la vida sigue. La música no lo puede explicar, pero sí que puede ayudarte a seguir luchando por todo lo que más quieres. Canta, Aydemir, cántale a tu tierra, a tu nuevo potro.

Negó con la cabeza, rechazó la idea, pero no replicó.

Oske nos adelantó, señaló hacia una cañada, una ruta por la que alejarse del río, en dirección hacia el campamento. Pero, en ese momento, nos llegó el olor inconfundible del humo. Subía hacia nosotros, llevado por el viento, de modo que ya no se podía tratar de nuestra propia hoguera. Oske rectificó, después de hablar con Danzyrin y Sildísh, y seguimos de nuevo junto al río, en silencio, esperando ver el humo en cualquier momento. No vimos el humo, pero sí al hombre. Oscura silueta, inclinada sobre el fuego. No lo dudé: Kuskun.

Al vernos empezó a levantarse, pero desistió, volvió a inclinarse, se arrodilló y se dejó caer hasta reposar sobre los talones, unió sus manos entre los muslos, ignorándonos, abandonado al destino. Oske sacó su pistola, una negra mancha en el extremo de su mano, hizo un gesto a Aydemir y se acercó a Kuskun con ella en alto. Le siguieron Danzyrin y Sildísh, muy de cerca, pero separando a sus caballos para cortar cualquier intento de huida. Aneyhaak y yo nos acercamos despacio hacia Aydemir. Se podía escuchar su respiración, agitada, irregular. Nunca había visto en el rostro de mi amigo tanta dureza.

Temblé, agitado por el miedo. Sildísh, el propio primo de Kuskun, había sacado también un revolver de cañón larguísimo de las profundidades de su ropa, y apuntaba a la cabeza de Kuskun. Nadie más se movía. La madera de la hoguera crujió y se levantó una llama. Cerré los ojos, apreté los párpados. Me sentía tan horrorizado como paralizado, y no me puedo arrancar el recuerdo de lo que sentía: en el fondo de mi corazón esperaba escuchar el estampido. Imaginé grullas levantando el vuelo. Sólo cuando Aneyhaak dejó escapar un gemido ahogado reaccioné, espantado. Fui cobarde, no pude mover un músculo, ni decir nada. Apreté los párpados, asqueado conmigo mismo.

Aneyhaak siente que el mundo se comprime en un punto diminuto que pesa con inercia insoportable en su cerebro, está a punto de caer del caballo. Sildísh apunta con el revólver a la cabeza de Kuskun, y si dispara el mundo no estará un poco más limpio de ladrones, sino un poco más sucio de sangre. El río corre impasible ante sus ojos, los árboles se oscurecen y se vuelven negros y sus ramas se vencen por el peso del agua: es Tuva, que bosteza indiferente ante la muerte. Aneyhaak no está segura de lo que cree, oye hablar a menudo de la reencarnación, y finge creer que su alma se hará de nuevo sitio en el cuerpo de un águila, de una grulla, de un caballo, pero no lo cree. Cree en la reencarnación de todos en todos, cree que cuando ella muera la especie humana será un poco mejor o un poco peor, según ella haya depositado en un platillo y en otro de la balanza. Y sabe que si no hace nada, si suena el estampido y los pájaros emprenden el vuelo, si el suelo de la taiga se vuelve a manchar con la sangre de un tuvano derramada por la mano de otro tuvano, será tarde para creerse limpia. Ama con serenidad a Aydemir, sabe que ese hombre que ha robado a su bayo no merecería vivir, pero vive, ha nacido, y nadie es nadie para arrebatar una vida, sea cual sea la causa. Aneyhaak quiere gritar, se le escapa un gemido. Ve a su lado al muchacho español al que espía, al que desea, al que también, a su casi infantil manera, ama. No hace nada tampoco, no grita, no corre, no se interpone. Cobarde, cobarde, tanto como ella, como Aydemir, como el propio Sildísh, como todos. Una mujer no actúa en asuntos de hombres, eso le han enseñado, eso le han repetido. Pero por sus venas corre también sangre mezclada con resina de los abetos de la taiga, la vieja furia de las mujeres apartadas, usadas, violadas, muertas por la ciega violencia, de todas las amazonas que han sacrificado la feminidad y la belleza de unas piernas rectas a cambio de su dignidad tuvana y ancestral y eterna. Es fácil, es imposible, es un segundo, es un tiempo inacabable. Levanta la mano izquierda empuñando las riendas, su yegua siente el impulso de sus muslos, da dos pasos hacia delante, y su mano derecha, la de ordeñar, la de barrer, la de fregar, se lanza hasta el brazo de Sildísh y siente el duro y caliente contacto del hombre, y le mira a los ojos, y un relámpago une pupila con pupila, y el brazo se tensa y con los ojos dice «suelta», pero un instante después el brazo se relaja y ya no arde, sólo desprende un frío helador, y la cabeza del hombre se vence hacia delante, y la vida gana. Por una vez, por una vez, por una vez.

Si Sildísh hubiera disparado, yo habría sido un cobarde, un cómplice. Pero el único sonido que llegó a mis oídos fue el del caballo de Aneyhaak. Abrí los ojos: ella había avanzado, había agarrado a Sildísh del brazo, y éste bajó la cabeza después de un segundo que no acababa nunca. Oí un rumor, me volví, Aydemir y su caballo se alejaban al paso, en dirección al bosque.

Miré a Sildísh. Su cabeza se había vuelto hacia Aydemir. Luego se volvió hacia Aneyhaak y mantuvo su mirada unos segundos, acabó de bajar el revólver, lo apoyó en el muslo, dijo tres palabras a Kuskun, pero éste ni contestó ni se movió. Sus puños estaban cerrados, se adivinaba la fuerza con la que apretaba sus articulaciones, pero inclinó más su cabeza, como si la tuviera sobre el tronco de la decapitación: su nuca negra, el pelo aún revuelto y húmedo: y en la inclinación se leía vergüenza, humillación, derrota.

Sildísh hizo girar al caballo, Oske y Danzyrin le imitaron, le siguieron. Aneyhaak se quedó un momento quieta, apoyada en el borrén, como si soportara un peso terrible, mirando a Kuskun. Luego, hizo girar también a su yegua. Nos fuimos todos, en silencio, nos internamos en el bosque antiguo e impasible.

Llegamos al campamento de los Mungúsh antes del mediodía, sin que nadie dijera una sola palabra más de las necesarias para el viaje. Creo que todos ansiábamos ver a otra gente, mezclarnos con los demás, para olvidar la angustia.

Vernos llegar juntos a los dos grupos y sin el potro pareció ser información suficiente para los habitantes del *aal*. No hubo siquiera recibimiento: la misma naturalidad con la que se recibía a los cazadores, hubieran logrado una presa o no. Artjom dejó lo que estaba haciendo en el cercado, se acercó a nosotros, cruzó la mirada con su hijo Danzyrin, miró a los demás, no dijo nada. Un ambiente lúgubre se extendió por todo el *aal*, y los niños captaron la tristeza y jugaban a jinetes con sus palos, pero apenas cuchicheando. Sólo entonces vi el todoterreno azul de Lomax, quieto. No pregunté. Busqué con la mirada, pero no había rastro alguno del inglés. Tal vez era un coche igual que el suyo. Un yak blanco y negro, pequeño, feo y solitario, deambulaba por los alrededores del *ough* principal, y nadie le hacía caso. Dejé mi caballo en el cercado después de desmontarlo y almohazarlo con un buen montón de heno fresco. El yak solitario me miraba con ojos profundos, y yo no sabía si había en ellos una obtusa ignorancia o una infinita compasión. Subí solo hasta el viejo *paglásh* de la ladera, me senté, apoyé mi espalda contra él y me puse a escribir. Mi mano corría cuando recordaba el momento en el que Aydemir y Aneyhaak habían estado a punto de ahogarse, pero se detenía unos kilómetros más abajo, y no fui capaz de hacer una sola anotación acerca de lo sucedido con Kuskun ante la hoguera. Hice una raya horizontal con tanta fuerza que rasgué un poco el papel. Tenía que hacer balance. Sí, había encontrado lo que estaba buscando, el viejo Chedán me había orientado, Hayang me lo había revelado: sí, yo tenía lo que había venido a buscar a Tuva, pero la revelación era el vacío y la ausencia y un dolor ajeno y propio traspasaba mi corazón. Hubiera cambiado todas las desvaídas palabras de Hayang sobre su abuelo y su modo de cantar a los potros por el bayo de Aydemir, por su felicidad y su esperanza. Anoté todos los nombres que recordaba, cada paso, cada uno de los pequeños y grandes acontecimientos.

Al acabar las notas escribí una carta a Cortázar. En ella le contaba, con palabras precisas y sin emoción, lo que había pasado, y me daba cuenta de que lo hacía desde un escalón distinto, ya muy cercano al suyo. Se lo agradecí, con los ojos un poco húmedos. Le escribía desde la tierra virgen, desde la vida natural, a pesar de que el hallazgo de lo que había ido a buscar fuera el hallazgo de un cierto fracaso, de una indefinible tristeza. Sus lecturas, su vida en los bosques de la mano de Walden, sus sueños de Curwood, los viajes de Peter Matthiesen cristalizaban en mí. Dudé un buen rato, contemplando las idas y venidas del yak feo y taciturno: se acercaba al rebaño de los yaks pero siempre había uno grande y negro que salía de su tranquilidad para embestirle y echarle ladera abajo, y cuando cruzaba el regato por las piedras y trataba de mezclarse en la ladera opuesta con el rebaño de vacas, un toro joven y malcarado hacía lo mismo. Al final el yak solitario se conformaba y se quedaba en tierra de nadie, ramoneando por los bordes del arroyo. Me sentí un poco como él, mientras escribía a Cortázar acerca del momento en el que elegí entre Aydemir y Aneyhaak, mis amigos, y en mis palabras se leía nuestra antigua tragedia, la muerte de mi madre, aunque no la mencionara. Cuando leyera aquellas palabras, si lograba enviar la carta y llegaba antes que yo mismo, entendería: había recordado, por fin, y había entendido. Corté las dos hojas de apretada escritura y las guardé dobladas en un bolsillo de mi camisa.

Por la tarde, después de comer, Aneyhaak salió a pasear conmigo bajo una lluvia fina e insistente. No se atrevía a hablar de Kuskun, ni tampoco de lo que había pasado el día antes, pero me miraba de una manera distinta. Tal vez Aydemir no, pero ella sí que se había dado cuenta del infierno que había atravesado mi pensamiento mientras ellos dos eran arrastrados por el río. Lo supe por su mirada, mucho más allá de la superficie de mis ojos. Fruncía el ceño un poco, concentrada, como si leyera en mi cerebro. Sus pendientes de plata centelleaban. Fue ella la que me explicó que el pequeño y feo yak era, en realidad, un bastardo: había nacido de una vaca, pero era hijo de un yak: ninguno de los dos rebaños lo aceptaba, ambos lo rechazaban. Ni siquiera su madre le había querido dar de mamar.

—¿Y cómo sobrevivió?

—La mujer de Artjom lo crió, con biberón.

Como si supiera que hablábamos de él, se había acercado a nosotros y nos miraba con la cabeza a un palmo del suelo. Entonces Aneyhaak cantó. Su voz se transformaba, se hacía más aguda y silbante, dulce como una caricia infantil. El «yakito feo» se fue acercando y dejó que la mano de Aneyhaak se posara en su morro. Se oía su resoplido cauto, las patas le temblaban y parecía estar a punto de salir corriendo. Ojos húmedos, redondos y enormes. ¿Cómo nos vería? Aneyhaak, sin dejar de susurrar su canción, acercó su cabeza a sus ollares húmedos. La olió con cortas y ruidosas aspiraciones, se separó un poco, miró hacia el rebaño de yaks, se dio la vuelta, volvió a su soledad con un lento y melancólico caminar.

No quise preguntar su edad: sabía que Artjom los vendía para carne a los rusos cuando cumplían tres años.

Nos íbamos a la mañana siguiente. Por la noche llovió con violencia y hubo historias tristes en el *ough*. Los jinetes y sus mujeres querían contar algo alegre, pero el retumbar de la lluvia contra la lona, los crujidos eléctricos de la tormenta hicieron que el rumbo de las historias derivara siempre hacia los miedos ancestrales, hacia las leyendas de fantasmas, *sünezin*, que vagaban por la taiga en busca de su cuerpo perdido en una batalla, en una cacería. Artjom habló del honor de recibir extranjeros en su casa. Por el *aal*, en nuestra ausencia, había pasado el inglés, Lomax. Había hecho su demostración de doma natural, y el jefe estaba subyugado por el extraordinario poder del inglés. Le pregunté si había aprendido algo, si iba a intentar domar así a sus potros, pero se rio, negando con la mano, atragantándose: no, no, *chork, chork*. Dijo después que Lomax y él habían hablado de nuestro viaje hacia el corazón de la taiga, en busca de viejos que sabían de doma de caballos con música. Se volvió a reír, incrédulo. Tal vez estaba acostumbrado a que, en verano, llegaran hasta Tuva extranjeros extravagantes, como Lomax, que había salido a caballo en nuestra busca. Si desaparecían en la taiga, era cosa suya. En ese momento, intuí que Lomax quería decirme algo; si no, era difícil de entender que se hubiera internado en la taiga tras nuestros pasos. Quería verle. Se lo dije a Sildísh, ¿podíamos esperarle? Respondió que no: parecía escuchar a lo lejos la voz de Saaskia llamándole de vuelta, al trabajo diario, a sus obligaciones con la familia, a la rutina. Yo no podía hacer nada.

Experimenté una sensación nueva al subir con mi mochila al UAZ 469, el viejo jeep de Sildísh: tuve un acceso de nostalgia, como un inmigrante saliendo de su costa materna para internarse en lo desconocido. Todo era distinto: a medida que descendíamos hacia el río Alásh por el accidentado camino me sentía más y más extraño, casi decepcionado de mí mismo. En ese momento hubiera querido decirle a Sildísh: para. Haberme quedado en el *aal* de Artjom, esperar las nieves, recoger un día el ganado y desmontar los *ough*, descender con mi nueva familia al paso ceremonioso de los yaks hasta el refugio de invierno, pedirle a Danzyrin que me enseñara la vieja música, acercarme con ella a la naturaleza, valerme de ella para hablar con los caballos, preguntarle a la taiga por el significado de la vida cantando. Y recibir allí, el próximo verano, a Aydemir y Aneyhaak, y enseñarles mis tesoros de vida. Cuánta ingenuidad.

Miré hacia atrás: como Hayang y su breve familia en su modesto campamento, los Mungúsh nos despedían apiñados los unos contra los otros, viendo cómo nos alejábamos. Las mujeres se habían puesto chalecos de seda y lana, y Artjom parecía enfadado, dentro de su chaquetón de cuadros y debajo de su sombrero picudo. Recordé su momento de gloria, el «asesinato» del televisor: el último guerrillero, a punto de ser derrotado por el enemigo invisible que llegaba por el aire. Apoyé mi mano en el turbio cristal trasero del jeep. Artjom levantó un instante la suya, el humo de la chimenea, las cumbres ya nevadas al fondo.

Cruzamos el río con más dificultades que la primera vez, pero ni siquiera eso me pareció ya emocionante. Pensaba en los acontecimientos pasados en el otro río, en el interior de la taiga. El UAZ 469 se paró en medio del cauce, no había quien lo hiciera arrancar y un camión tuvo que remolcarnos desde la orilla opuesta con un cable de acero vibrando y chillando en la cabria. Las piedras se rebelaban debajo de las ruedas y todo tenía un indefinible aroma final. Llegamos a la ribera, el jeep fue izado. Mientras Sildísh secaba piezas, quitaba los impermeabilizadores y lograba que el motor carraspeara y por fin arrancara, me daba cuenta de que aquello era el final. Si un día vuelvo a la taiga, a la *taigá,* en aquel punto del camino habrá un puente para cruzar. Y yo me alegraré por sus habitantes, pero añoraré ya para siempre aquel tiempo en el que un río aún marcaba una frontera natural.

Al llegar al *obaa,* el montón de piedras coronado por cientos de banderas de oraciones, volví la vista atrás: allí estaban, los picos desnudos, la fina línea de la sierra erizada de árboles tras la cual latía la taiga. Cuando el jeep pisó de nuevo el asfalto por el que circulaban los camiones mongoles, tuve que cerrar los ojos para ahuyentar la angustia. Volvíamos a la estepa, y lo que la primera vez me había parecido un lugar remoto y casi salvaje ahora se volvía vulgar y gris: coches, motos, míseros poblados de casas varadas, gente indiferente. Adelantamos algún pequeño camión cargado hasta los topes de objetos y gente, incluido algún caballo.

—Van al Naadam —me informó Aneyhaak.

Pero al decirlo se dio cuenta de que Aydemir ya no iría, al menos no a competir, y hubiera querido tragarse sus palabras. Él pareció no haberlo oído. Se había deslizado la gorra hasta los ojos y se escuchaba, a pesar del sonido del jeep, su respiración.

En Chesdarig nos recibieron los pequeños Choodhu, Kizí, Puyí, y el cachorro, *Sputnik*, que no paraba de correr a nuestro alrededor. Luego aparecieron Saaskia, Sayan y su pie de goma, Eizir-Ool. Aydemir bajó del coche cabizbajo y Sildísh se dirigió hacia ellos. Hablaron un momento y se dispersaron. Aneyhaak corrió a su *ough* y se podían escuchar los gritos de felicidad de su madre y sus tías, pero al poco también las muestras de alegría se fueron extinguiendo. No creo que nadie dijera que, al menos, el *spanski* había encontrado la información que buscaba.

La traición de Kuskun hizo que ya nada fuera igual en el *aal* de los Hunayic. La vida seguía en Chesdarig, pero ahora monótona, sin ninguna alegría. Me levantaba al amanecer para subir hasta lo más alto del Bosdag, me sentaba en el último risco y contemplaba la estepa interminable, los meandros del río, las montañas azules, el lento progreso de la nieve alcanzando la frontera de Tuva desde las remotas nieves perpetuas. Pensaba en el regreso. Había cambiado, pero todos los viajes profundos nos cambian, dejamos tras ellos un yo distinto, que vive distinto. A veces contemplaba desde la cumbre a Aneyhaak, su pequeña y armónica figura, yendo de aquí para allá. Trabajaba sin descanso ordeñando con las demás mujeres, llevaba el ganado menor a los pastos, paleaba estiércol, bajaba hasta el huerto a lavar cacharros en la bomba del agua. Seguía enamorado de ella, pero lograba acallar, o eso intentaba, el sentido posesivo del amor. El río me había enseñado muchas cosas, me había lavado, había corregido mi rumbo. Sabía que ella me veía como yo a ella, que su cuerpo quería tanto mis caricias como yo las suyas, pero había elegido en el río, y había hecho lo que tenía que hacer. Cuántas veces se habrá dicho lo mismo Cortázar. Salvar a Aydemir había sido salvarme a mí mismo, y en esa salvación estaba incluida la renuncia. Y la amistad. Había estado enamorado otras veces antes, lo he estado después. Pero nunca ha sido tan fuerte el amor como allí, cuando renuncié.

Con el primer sol bajaba al llano, acompañaba a los jinetes al pasto y hasta lograba ser útil. Aprendía con Eizir-Ool los secretos de la manada, iba conociendo poco a poco a cada caballo, sus lazos familiares. Aydemir pasó un par de días sin acercarse a los caballos, hasta que le pedí que me acompañara. Cabalgamos hasta un meandro amplio del río en el que aquella mañana pastaba la manada. Había visto un potro de dos años y medio, sin domar aún, que me llamaba la atención: alazán oscuro, con una estrella blanca en la testuz y un relámpago en el pecho, y una idea comenzaba a formarse en mi mente. Aydemir lo conocía bien, era el hijo de una de las yeguas de su propiedad. Había sido uno de los regalos de iniciación, cuando a los diez años le cortaron el pelo y cambiaron su nombre de niño, Adyg, por el de hombre, Aydemir.

—¿No es bueno para la carrera?

Me miró, sonrió, metió sus manos en los bolsillos.

—No. *Öosum*. Lento. Toma la vida con tranquilidad. Cuando lo castramos apenas protestó: le daba igual.

Él sabía mucho más que yo de caballos, no quería darle ninguna lección. Pero en aquel potro, adivinaba una fuerza dormida.

—Y si lo domas, si consiguieras que galopara, si no fuera lento, si esa lentitud fuera sólo aparente, ¿no llegarías a tiempo?

—¿A qué?

—Al Naadam. Tal vez no a ganar la carrera, pero al menos…

Su rostro se llenó de sombras. Le había recordado de golpe a su potro bayo, el orgullo de los Hunayic. Por un momento creí que se iba a dar la vuelta y me iba a dejar solo en medio de la manada, pero no lo hizo.

—No voy a volver a correr nunca.

En otras ocasiones me había hablado de las carreras, de la excitación de sentirse parte del caballo compitiendo con los demás, haciéndome sentir esa misma excitación, sí, pero también algo más profundo y auténtico, un mensaje subterráneo acerca de la naturaleza y el hombre. Me dolía aquella renuncia, pero no sabía cómo remediarla.

Lomax apareció en su coche azul cubierto de barro poco antes del anochecer. Su aspecto personal era menos cuidado, como si la taiga hubiera rebajado su encantador engreimiento. Nos había buscado siguiendo nuestro rastro, sí, y había llegado al *aal* de los cuatreros un día después que Oske y Sildísh. Nadie le preguntó si había visto a Kuskun, y tampoco yo me atreví a hacerlo, pero algo en su actitud decía que sí, que le había visto. Si tenía algo que decirme, lo haría; y yo esperaría. De todos modos, hubo cena en su honor, y volvió a resurgir el Lomax que a mí me fascinaba tanto: su manera de viajar, solo, su sabiduría acerca de los caballos. Todo el *aal* se dio cita en el *ough* de Saaskia para participar en la cena y para escuchar y ver de cerca al inglés, y él se entregó a su papel. Traía regalos, como sólo los grandes viajeros saben: cada uno era recibido con más entusiasmo, y hasta arrancó algo más que una sonrisa del taciturno Aydemir cuando le dio una piedra de pedernal envuelta en un papel de estraza y un pequeño atado de musgo seco que hizo de yesca en su demostración. O no entonces, sino cuando Aydemir probó el pedernal, arrancó de él enormes chispas anaranjadas con el cuchillo y el musgo comenzó a arder. Contó entonces el inglés que había viajado a la Amazonia un par de años antes, donde desde tiempos remotos todos sabían hacer fuego frotando palos; pero la civilización les hizo llegar por río el mechero y las cerillas, abandonaron los palos, y apenas una generación más tarde, cuando el río dejó de llevarles comercio y se quedaron sin cerillas, ya no quedaba ningún anciano que supiera hacer fuego, y tuvieron que mandar a sus mejores hombres a la lejana ciudad, a comprar mecheros de plástico.

—Lo que habían tardado siglos en aprender, se perdió en una generación.

Tras escuchar la traducción de Aydemir se produjo un silencio largo e incómodo. La pequeña historia de Lomax tenía aplicación en la estepa, pero nadie se atrevió a decir lo que con seguridad todos pensaban. ¿Qué pretendía

Lomax? ¿Que renunciaran a todo lo que sobraba en Europa? ¿Que siguieran viviendo como en el siglo XIX? La verdad, tampoco yo hubiera sabido responder qué quería.

Aydemir estaba encantado con su pedernal y los demás con nuestro regalo. A mí me dio un cuaderno flexible semejante al que ya estaba agotando, pero cada diez páginas había una reproducción de un fragmento manuscrito por los grandes viajeros de la historia, desde Marco Polo e Ibn Batutta hasta Kapucinsky. Aneyhaak, por su parte, había recibido de Lomax una guía del cielo. ¿Cuándo había sabido que ella quería ser astrofísica, estudiar en la Ciudad de las Estrellas? A los pequeños les regaló caballos tallados en madera por él mismo, y a Saaskia un mosquitero sin estrenar aún, y ella disfrutó como una niña colgándolo encima de su cama. Por su mirada, parecía tan orgullosa como una joven esposa mostrando su cama nupcial a los familiares. Lomax me sorprendía siempre, y envidiaba esa enorme facilidad que algunos tienen para hacer un regalo maravilloso sin necesidad de gastar mucho dinero. Pero aquellos regalos marcaban el final del viaje del inglés, y saberlo acrecentaba mi melancolía, porque me daba cuenta de que también marcaban el final del mío.

Esa noche paseamos juntos, bien abrigados, con las capuchas puestas y *Sputnik* temblando entre nuestros pies. Fueron casi dos horas en las que Lomax me habló de muchas cosas, de su vida, de su sensación de pérdida por conocer aquella vida natural, tan intensa, y saber que pronto volvería a su rutina empresarial. Costaba imaginarle tras la mesa de un despacho y con corbata. Supe de su vida, de sus hijos distantes, de sus sueños de joven arrollados por la necesidad de ganarse la vida para criarlos bien, de su escepticismo hacia el mundo civilizado. Siempre había soñado con caballos, tenía el don (soy un «natural», decía, orgulloso y un poco petulante), pero se tenía que conformar con hacer viajes periódicos a lugares donde aún se vivía cerca de la vida primigenia. No sé, no me lo dijo, pero creo que veía en mí una cierta prolongación de su vida, folios en blanco todavía, que trató de alimentar mi pasión por los caballos y la música, aunque no pareciera muy seguro de que mi pequeña investigación fuera por el buen camino. Nos habíamos detenido junto al río, oscura masa en movimiento, un murmullo reparador. Él intuía que algo había sucedido en mi interior en la taiga, y no pude reprimir mi necesidad de hablarle de Cortázar, de su elección, de la mía. No hizo ningún comentario. Bastaba. Estaba de perfil, pero a veces me miraba en la oscuridad. Sentí un escalofrío de emoción por su silenciosa comprensión. Empezó a llover, las montañas azules, muy lejanas, se iluminaban por la tormenta. Volvimos al *ough,* buscamos nuestras mantas con la linterna.

Me desperté. Todo estaba inmóvil. *Sputnik* dormía contra mi cuello, y con las patas delanteras parecía taparse los ojos, como si no quisiera que amaneciera. El círculo de madera del *dunduk,* en el techo, estaba abierto. Una estrella temblorosa sucumbía a la luz que venía del este, imparable. Me levanté despacio, cogí en brazos al cachorro, me moví sin hacer ruido, con cuidado para no pisar a ninguno de los que dormían en el suelo. Y entonces me di cuenta de que Aydemir no estaba. Me agaché. Debajo de su manta aún había calor, su tibieza. Fuera, dejé a *Sputnik* en el suelo, me erguí, eché un vistazo circular y le vi sentado en el cercado de los caballos, mirando hacia la manada. Estaba de espaldas y su silueta casi se confundía con las sombras, pero tuve la seguridad de que estaba contemplando al potro alazán. Dudé un momento, pensando que tal vez quisiera estar solo. Me decidí, mis pasos me llevaron hasta él. Trepé a la cerca y me senté a su lado. Me miró un momento, musitó un saludo y volvió de nuevo la vista hacia el interior del cercado. Entonces vi a Sayan. Oscuro y borroso como siempre, en medio de la manada aún dormida; arrodillado sobre la pierna cortada, la otra rodilla en alto. En su mano, un lazo. Se movía despacio, y hasta nuestros oídos llegaba de vez en cuando la fuga de aire del artilugio de goma, un «flop» suave y rítmico: se iba acercando al potro. Antes de que este se diera cuenta, tenía el lazo en el cuello. Al sentir la cuerda intentó escapar, hasta que el lazo se cerró por debajo de su quijada. Como una ola, todos los caballos se pusieron en movimiento, espantados. Galopaban en círculos, relinchando y tirando coces al aire, a excepción del potro alazán, que trataba de zafarse del lazo sacudiendo la cabeza. En el centro, magnífico y casi invisible al mismo tiempo, Sayan aguantaba los fuertes tirones con la cuerda enrollada en las dos manos. No dije nada, pero sentía la tensión de Aydemir a mi lado. Aunque sentado, parecía estar sujetando la cuerda él mismo.

Al final el potro se rindió. Resoplaba, y mantenía una ligera inclinación del cuerpo, haciendo fuerza hacia atrás, pero su cabeza ya no tironeaba. Sayan fue cobrando la cuerda, acercándose poco a poco al animal, con su característico movimiento de émbolo. Hizo un leve gesto con la cabeza, y Aydemir bajó de la valla. Me quedé quieto, observando. Los demás caballos habían dejado de galopar, y se mantenían agrupados en el rincón más lejano, resoplando y piafando. Conservo la estampa grabada en mi memoria como si fuera una fotografía antigua: Sayan sigue con una rodilla en el suelo y ha pasado la cuerda por debajo de su axila. Aydemir está de pie, cada vez más cerca del potro que, a su vez, echa las orejas atrás y muestra el blanco del ojo, aterrado, tratando de evitar que la mano del muchacho llegue a su morro. Se escucha un relincho largo, como una herida de sable.

A mi mente volvió el ya muy lejano instante en el que el marinero ruso acercaba su puño a mi rostro, entre los parterres de Kyzyl. Entonces había visto, en un fogonazo, el rostro que luego se iba a convertir en el de Aydemir. ¿Qué vi, mientras él acercaba su mano abierta al morro del potro? En aquel momento no lo supe entender: la explicación de todo, el viejo secreto desvelado. Sonrío, mientras escribo, pero en mi pecho el aire puro se mezcla aún con la incertidumbre que sentía entonces, con la duda.

El potro pareció relajarse casi por completo, pero aún mantenía la cabeza en alto y miraba con su ojo espantado a Aydemir. La mano de éste rozó su morro, el potro emitió un gañido de impotencia, y Aydemir acarició su cuello. Veía a Sayan apoyado en su pie de goma, podía medir la precisión de su mirada recorriendo palmo a palmo el cuerpo del potro, la tensión de sus músculos y tendones. Supe que la estrella de los Hunayic descendía de nuevo sobre la estepa.

Sayan soltó al potro, y al hacerlo sonreía. Su sonrisa era tan oscura como los nubarrones que venían del norte, pero había en su fondo un lecho de perlas. No se levantó, fue Aydemir el que se acuclilló a su lado, y estuvieron hablando sin prisa. Los caballos fueron dejando sus miedos, y de nuevo la manada se extendió por el interior del cercado, hasta casi ocultar a Aydemir y Sayan. Aydemir asentía, a veces agitaba la mano arriba y abajo, luego negaba con la cabeza entre los hombros. El jinete oscuro extendió su mano derecha y la posó en el hombro del muchacho, y ahí se quedó, escultura humana, hecha de savia fresca y ropa ajada y goma.

Esperé. Aydemir vino hacia mí con las manos en los bolsillos del anorak y el pelo encrespado debajo de la visera. Colocó sus manos en el travesaño superior, se impulsó, giró en el aire y cayó sentado a mi lado. No me atrevía a preguntarle nada. El sol envió sus primeros rayos nimbando de oro las crines de los caballos; esa mañana ya no iba a subir a ver los suaves meandros del río, ni la palidez lejana de los *aal* dispersos por la estepa, ni el vuelo sereno, el saludo al nuevo día de las grullas y los azores. Pero iba a escuchar la palabra de la esperanza: chamán.

—Sayan estuvo en la cárcel hasta hace unos meses. Fue allí donde perdió la pierna, en una pelea a cuchillo. No se la curaron bien, se la tuvieron que cortar.

—¿Pasó mucho tiempo en la cárcel?

—Sí. El tatuaje de su espalda tiene un sol y ocho rayos salen de él: tantos como años pasó en la cárcel. Me ha dicho que en ella conoció a un chamán, y que el chamán le dijo que antes del Naadam de este año habría una noche de celebración en Hairakán, la montaña sagrada. Chamanes de toda Tuva, de más lejos, incluso de Alemania, acudirían a la reunión.

¿Por qué me decía aquello, por qué era importante? Tuve que esperar para saberlo, porque Aydemir se quedó en silencio. Por sus ojos pasaban pájaros sin nombre. Bajamos de la valla. *Sputnik* nos pedía, ladrando, un paseo. Bordeamos uno de los pequeños arroyos que iban hacia el río. Yo le tiraba un palo a *Sputnik* al otro lado del arroyo, él saltaba, a veces caía en el agua, Aydemir reía. Hacía frío, pero no nos importaba. En mi amigo había nacido una nueva chispa de alegría.

—Dice Sayan que el potro no es lento, sino que está dormido. —Me miró. Sonrió—. Justo como tú dijiste.

Me miraba de un modo especial. Todo lo que había sucedido en la taiga había dado una dimensión nueva a nuestra amistad, la había convertido en algo sólido. Me angustiaba al pensar en mis dudas en el río, quería confesarme, pero era incapaz de hacerlo. Ahora, aquellas palabras, su mirada, me decían que no sólo me valoraba como amigo, sino que también veía en mí a un igual, capaz de leer corrientes misteriosas y ocultas bajo la piel de un caballo.

—Sayán ha medido su fuerza con el lazo, ha sentido toda la tensión aletargada de sus músculos. Y dice que en esa reunión de chamanes de Tuva estará

Kuular Tsering Mungúsh, el hombre sabio.

—¿Mungúsh? ¿Es pariente de Artjom?

—No. Mungúsh es un apellido corriente. Como Smith en América. Éste es Kuular Tsering Mungúsh, el chamán de todos los chamanes.

Me mantuve en silencio, aunque intuía lo que iba a decir y el corazón retumbaba en mi pecho. Me miró, tiró el palo de *Sputnik*, lo esperó en cuclillas y dejó que el cachorro le lamiera la cara.

—El hombre sabio sabe cosas de los caballos, secretos muy antiguos.

No necesitaba añadir nada más: esperaba que el chamán de chamanes le diera la clave para poder despertar al caballo que dormía aún dentro del potro alazán, llegar a tiempo para poder competir en el Naadam con posibilidades de triunfo. Pero para mí, era mucho más: tal vez el chamán pudiera contarnos algo que alejara de mí la sensación de que mi sueño se había disuelto en el aire, algo sobre el *jomeid* y los caballos. Aydemir me miraba de reojo, como si esperara con ansiedad mi bendición para intentarlo.

—¿Irás a la reunión de los chamanes?

Se encogió de hombros, lanzó el palo lejos, casi con rabia.

—Nadie nos ha invitado, y Saaskia no querrá saber nada de presentarnos allí. Tengo que ayudar a la familia a preparar todo en el Naadam.

No dije nada, pero tenía una idea.

No tuve que ponerla en práctica, fue el propio Lomax el que se dirigió a nosotros, después de comer. Yo estaba con Aneyhaak y Aydemir en lo alto de la torre de vigilancia, los tres con los pies colgando, cuando Lomax se acercó. Con lentitud y suficiencia, fue escalando y apareció junto a nosotros. Se sentó en el suelo, a mi lado, sin decir nada. Le admiraba por la fascinación que ejercía sobre los tuvanos. A su lado, yo era invisible. ¿Qué había visto en la taiga, en el *aal* de los cuatreros? ¿Había llegado a algún pacto con Kuskun, para el futuro? Algo me decía que sí, y eso me intranquilizaba, pero ante su sonrisa quedaba desarmado. Me preguntó si iba a ir al Naadam, contesté que sí.

—¿Con ellos?

Pasé un brazo por encima del cuello de Aydemir:

—No voy a ningún sitio sin ellos.

Lomax asintió.

—¿Sabes que hay una ceremonia de los chamanes de toda Tuva en Hairakán?

Me sorprendió que fuera él quien me lo dijera, anticipándose.

—Si Saaskia quiere, podéis venir los tres conmigo. Pasar la noche allí. Por la mañana, nos unimos a la familia.

—¿Para eso me buscabas?

—¿Cuándo?

—En la taiga.

—Sí y no —dijo, pensativo—. Me interesa lo que buscas, y quería verlo contigo. Yo soy inglés, hombre. Somos científicos.

Sonreía, y aún no sé si bromeaba. Así es Lomax. No dije nada. Siguió:

—Pero sí, alguien me habló de la reunión de Hairakán, y me dijo que tal vez allí haya quien sepa algo más...

Notaba a mi lado la excitación de Aydemir, y también la de Aneyhaak. Si el inglés se lo pedía a Saaskia, era probable que aceptara.

Un par de horas más tarde Lomax vino a decirnos que Saaskia había accedido. No se le negaba nada al inglés que domaba los caballos sin tocarlos. Los ojos de Aydemir brillaban.

Por la mañana, nada más salir el sol, la familia desmontó el *ough* de los jóvenes para acudir al Naadam, y pude verlo desmontado, sus 75 palos radiales que enlazaban el *dunduk* del techo con una reja en fuelle que forma el círculo exterior, una larguísima tira de lana apelmazada que queda como aislante entre dos lonas blancas, una exterior y otra interior... Un *ough*, igual que la yurta mongola, cuesta unos 50.000 de los nuevos rublos, algo menos de 1.500 euros, y con todos los muebles, a excepción, tal vez, de las dos camas. Lomax soñaba con comprar uno, cargarlo en un remolque, y tenerlo guardado en algún lugar para volver al verano siguiente a Tuva, y poder recorrer todo el país de mayo a octubre, adentrándose en la vecina Altái Montañosa. Como negocio.

—Sí, hombre, la gente está harta de viajar a sitios tan conocidos como el centro comercial de su ciudad. Quienes quieran vivir una verdadera aventura pagarán una fortuna por viajar conmigo a caballo y dormir en una yurta de verdad.

Sonreía con aparente candidez. «Conmigo», había dicho, parpadeando. No por vivir una aventura en la taiga, sino por vivirla con él. Yo me reí.

Salimos del *aal* antes que el resto de la familia. Había un par de horas de viaje hasta la montaña sagrada. Me iba del lugar en el que había sido feliz y desdichado, en el que había encontrado la amistad y el amor. Creí que no iba a volver. Al menos, no era previsible. Sólo sentía melancolía, vacío. Los caballos se extendían por la lengua de hierba acariciada por el río, la montaña y su risco acogedor. Las ovejas y las cabras ramoneaban y jugaban. Las águilas y los azores merodeaban en el aire, esperaban la oportunidad de la caza. Y, al fondo, las montañas azules hablaban en su lenguaje de siglos de la vida en la taiga, y yo estaba a un milímetro de la verdad. Unos años más tarde, nada en Tuva sería igual. La misma idea de Lomax, la aventura programada y pagada, eran un síntoma de todo lo que se avecinaba.

Hubiera querido gritar a mi padre: «¡Cortázar, ven ahora que estás a tiempo, todavía puedes conocer la Tierra Virgen!».

Me despedí de *Sputnik*. Por la noche se las había arreglado para pasar por debajo de la tela y los palos del *ough* y se había metido en mi saco a dormir conmigo. Había escrito con él en mi regazo, a la luz de la linterna, y de vez en cuando me miraba desde su misteriosa conciencia. ¿Sabía? Más de lo que puedo suponer, estoy seguro: verdades sencillas, las más complicadas de entender.

Me arrodillé, vino a mí, me lamió la cara. Mientras nos alejábamos, Aydemir buscaba con la mirada el potro alazán. Podía sentir su tristeza: ya no podía buscar a su bayo, fundido para siempre con la taiga, sus ríos y sus bosques.

En el trayecto, Lomax estuvo hablador. La doma de los caballos, su sistema. No era más que una traducción de la vida en la manada, de la relación entre el potro y su madre: todos los caballos, según él, tienen grabada en su memoria de especie esa secuencia de rechazo y aceptación. Si el hombre asume el papel de la madre, el potro acepta al hombre como sustituto de la madre, se entrega. Quise conocer todos los detalles, y Lomax nos los confió.

—Fueron los habitantes de esta región del mundo los que emigraron hace milenios hacia América, los que poblaron el continente. En el camino perdieron a los caballos, no soportaron el frío. Cuando llegaron, con los ingleses y los españoles encima, ya no se acordaban de los caballos. Pero fueron ellos los que desarrollaron esta manera de domarlos. Como si en el fondo de su cerebro conservaran el recuerdo de los caballos.

Aneyhaak me sorprendía una vez más, parecía asimilarlo todo con asombrosa facilidad, y preguntaba aún más que yo. Aydemir callaba, pero no perdía una sola palabra del inglés.

Hairakán. Volvió a impresionarme al divisar la montaña a lo lejos. Lomax detuvo el coche en un pequeño bar en el que comimos entre gente misteriosa. Unos llegaban a caballo, otros en camionetas, en jeeps. Dejamos el nuestro junto a los demás y nos dirigimos a la campa en la que se iba a celebrar la ceremonia cuando llegara la noche. El ambiente era casi de fiesta, pero había algo distinto en el aire, trascendente y tenso. Una enorme pira de leña seca, la estructura de lo que parecía un tipi indio cerca, un *ough* de un blanco purísimo, hombres y mujeres con collares de cuentas, gorros tuvanos, chalecos y abrigos de seda azul, *deel* mongoles.

Lomax se acercó a un hombre solitario, sentado en el suelo. Estuvo hablando con él tanto tiempo que nosotros tres decidimos ir a dar una vuelta por la campa. Varios hombres y mujeres ensayaban con tambores, vestidos con ropa talar de muchos colores vivos, plumas de águila en la cabeza, flecos en las mangas. Europeos, también: pálidos, descoloridos, no eran rusos; no había rusos, o al menos ninguno lo parecía. Aneyhaak lo miraba todo entusiasmada y con los ojos brillantes. De vez en cuando, se volvía hacia mí y sonreía. Aydemir la tomaba de la mano cuando caminábamos, pero no hablaba apenas.

Había pasado más de una hora cuando apareció Lomax, con el hombre solitario a su lado. Nos lo presentó como Amir, y dijo que era de Buriatia, la vecina república del este, y a nosotros como «los muchachos de los que te he hablado». Al apretar mi mano en la suya me di cuenta de que me estaba examinando; hizo lo mismo con Aydemir. No hablaba nada. A veces, su vista se iba lejos, a ningún sitio en especial, luego cerraba los ojos y sus labios se movían despacio. Parecía confiar en Lomax, y el inglés en él. A su lado no se mostraba ni tan soberbio ni tan seguro de sí mismo. Amir se acercó al oído de Lomax, dijo algo, Lomax asintió, y fuimos caminando hasta una furgoneta gris.

Amir abrió la puerta y habló un momento con alguien que estaba sentado en el asiento trasero. Luego se volvió hacia mí y me indicó con la cabeza la puerta. Aydemir y Aneyhaak se quedaron fuera, con él y con Lomax. Hubiera preferido entrar con mis amigos, pero no tenía alternativa. Cuando entré sentí frío. El hombre sentado tenía gafas oscuras, vestía a la europea, con chaqueta de *tweed,* camisa abierta, jersey de pico y gorra inglesa. Apoyaba las manos en un bastón. Era grueso y de edad difícil de definir. Se presentó a sí mismo como Kuular Tsering Mungúsh, me tendió una mano firme. Durante un buen rato no dijo nada, yo tampoco. A nuestros oídos llegaba el sonido monótono de los tambores. Sus gafas oscuras me impedían saber si me miraba o si dormía. Ahora sé que le preguntaba a mi alma, en silencio, en su lengua.

Primero habló de cosas que no me atrevo a escribir aquí. Cosas del pasado. De otras vidas. De misterios que viven dentro de mí y que nunca acabaré de comprender. Su inglés era mecánico, pero claro y exacto. Más que el mío. Después de otro largo silencio, me preguntó qué quería saber, qué estaba buscando. Se lo dije, con palabras tan sencillas como pude. Me pidió los nombres de los que me habían hablado de los caballos y la música. Dije: Hayang. No sé si le conocía, pero asintió. Volvió la cabeza hacia mí. Había un asomo de sonrisa en sus labios, su primera reacción humana. O irónica. Me habló, una vez más, del *ezenguileer,* el estilo que hacía que los caballos resistieran las largas cabalgadas. Se basaba en el ritmo de los estribos al chocar, había viejas canciones de *ezenguileer* que tenían cientos de estrofas distintas. Una especie de interminable cantar de gesta que venía desde las afueras de la existencia humana, del descubrimiento del caballo. Pero aquello no era nada ya para mí. La música de los caballos. Eso dije: la música de los caballos, sin saber siquiera lo que decía. Oí su respiración. Apoyó su barbilla en las manos, las manos en el bastón. Gente pasaba ante la furgoneta, sombras oscuras. No veía a Aydemir ni a Aneyhaak, pero sabía que me esperaban, fuera.

—La música es de los hombres —dijo.

—Y de los caballos —insistí.

—Ellos no hacen música, ¿verdad?

Era una trampa. Iba a asentir, pero no lo hice.

—No la oímos —dije.

Se volvió un poco hacia mí. Con interés, pesándome.

—¿De dónde sale nuestra música?

—De dentro —dije, sin pensarlo.

—Sí. *Xoreekter.* La música de dentro. ¿Cómo sabes tantas cosas?

—No las sé.

—Las supones.

—Las siento.

—¿Sientes la música?

Negué con la cabeza.

—Siento mi vida. Pertenece a otra vida más grande.

—¿A cuál?

—A la vida.

—¿Y ellos?

—¿Ellos?

—Los caballos.

—Pertenecen a la misma vida.

Silencio. Una carcajada cercana. No me volví, no iba conmigo, con nosotros. El interior de la furgoneta era un espacio vacío, sin tiempo ni medida.

—¿Qué buscas?

Me encogí de hombros, pensé en Cortázar, que se irritaba tanto cuando me encogía de hombros, rectifiqué.

—Ya lo he dicho: una explicación.

—¿Para qué?

—Para entenderla.

—¿Entender qué?

—La misma explicación.

—¿Y luego?

—¿Luego?

—¿Qué harías?

—Nada.

—¿Nada?

—Seguir viviendo, entender.

Otro silencio. Su cabeza se balanceaba, encima del bastón. Sus tripas hicieron ruido. Era humano. Comía, bebía, defecaba. Un hombre que sabía cosas que no me quería decir. Miré hacia la mole blanca de la montaña sagrada. Una erupción luminosa en la estepa. Allí habían vivido durante siglos eremitas que entregaban la vida para entenderla. ¿De qué les había servido, qué habían conseguido?

—Nada —volví a decir.

Kuular Tsering había oído mi pensamiento:

—Entender es aceptar. Los hombres que consumieron su vida en esta montaña para entender no consiguieron nada visible, ni pesable. Murieron.

—Aceptar, sí.

Movió la mano.

—No hay más. Música para que las hembras den de mamar, para que acepten a sus terneros, a sus potros. Música para que los caballos lleguen lejos.

Hubiera querido gritar. O levantarme, irme de la furgoneta, dar un portazo. Pero no lo hice. Nada de todo esto sería importante si no hubiera hecho aquella pregunta. No sé siquiera de dónde la saqué, qué espíritu compasivo me inspiró, no sé de qué pliegue de la existencia, de las existencias. Pero la hice.

—¿Es el caballo un intermediario entre el hombre y la naturaleza?

Sólida bisagra del planeta. Roce y rumor.

Kuular Tsering dejó su postura de batracio acodado en el tiempo, se apoyó en el respaldo. Tenía las rodillas un poco abiertas, para asentar su estómago grande y su vejiga. No era un asceta, y por un momento pensé que perdía el tiempo, me refugié en el recuerdo de la seca austeridad de Hayang, en el recóndito valle de la taiga. Bosques sin principio ni fin se deslizaron por mi memoria.

Se quitó las gafas, dejó que viera sus ojos. Un poco húmedos, me taladraban.

—Primero fueron los chamanes, luego la música.

Esperé. Traté de asimilar. Aclaró su garganta.

—Los chamanes alcanzaron la sabiduría más simple.

Esperó, por si yo decía algo. No lo hice porque no sabía qué decir.

—La sabiduría más simple es que todo lo que vive habla. Todo.

Asentí.

—No entender lo que dice la naturaleza sería vivir para siempre en un país extranjero. El hombre tiene un lenguaje que la naturaleza no está preparada para entender. Es más fácil que el hombre aprenda la lengua de la naturaleza.

—Las lenguas.

Me miró, me evaluó. Decidió seguir.

—Las lenguas, sí. Observar, saber escuchar. Y ahí es donde surgió.

—La música.

—La música, sí.

Lo entendí. Todo empezaba a ser claro. Me sorprendía tanta claridad. Kuular Tsering me hablaba por fin desde la verdad. Mi pregunta había entreabierto la puerta del *ough* de su sabiduría.

—¿Y los caballos? —pregunté.

Tardó en contestar: buscaba el camino más simple.

—Los caballos son animales de respiración caliente. Las vacas y los yaks son animales de respiración fría. La respiración del caballo es como un rayo: une la tierra con el cielo. Y a medio camino estamos nosotros, los hombres.

—Y los chamanes.

Sonrió:

—Y los chamanes, sí. La parte del hombre más cercana al cielo.

Se iba haciendo de noche y la furgoneta se había convertido en una pequeña nevera. Imaginé un rayo en la lejanía, uniendo la estepa y el cielo durante un segundo. El chamán volvió a apoyarse en el bastón, el asiento crujió.

—Primero fue el *jomeid*. Es el estilo más antiguo. Es el ritmo interior del caballo, el rayo. Pero sólo los chamanes verdaderos poseían el secreto: el *shygut*. El silbido. Superponer al *jomeid* el *shygut*, dejar que el alma silbara, que se expresara sin la cárcel de las palabras. Y tratar al caballo como un igual, no como a un ser inferior. Un ser más cercano a la naturaleza que nosotros, enfermos de la palabra.

Enfermos de palabra. Tuve tiempo para pensar en ello, porque el chamán hacía largas pausas, respiraba. Me di cuenta de que había dejado de juzgarme, de juzgar mis intenciones. Hablaba despacio, como quien habla una sola vez, sin posibilidad alguna de vuelta atrás, de explicaciones.

—Silbar fue prohibido, durante milenios. Nadie debía hacer *shygut*. Los chamanes castigaban a quien lo hiciera, sólo ellos podían, y ni siquiera todos. Sólo los que sabían lo que significaba. Pero toda regla se corrompe, y poco a poco los jinetes empezaron a saber. Al principio llamaban a los chamanes para bendecir con su canto a su caballo favorito. El chamán les cantaba y silbaba, durante días, y al acabar el caballo abría su pensamiento, dejaba que el chamán y el jinete vieran los secretos de la naturaleza, una luz que surgía de la tierra. Luego empezaron a cantar ellos, los mismos jinetes. A domar sus caballos con un viejo estilo sin nombre, en el que se unían el *jomeid* y el *shygut*.

Fuera, la hoguera empezó a arder. Sombras en movimiento, tambores.

—Y lo corrompieron. El *shygut* y el *jomeid* perdieron su carácter sagrado. El principio del fin.

Me miró y repitió:

—El principio del fin.

Se había levantado viento, las llamas se inclinaban.

—Eso es lo que querías saber.

Me quedé quieto, por fin asentí.

Kuular Tsering agachó la cabeza para mirar a través de los cristales de la furgoneta, por primera vez.

—La ceremonia.

—¿Tiene que ir?

Negó con la cabeza, sonrió por debajo de sus gafas oscuras y enigmáticas.

—Más tarde. Es una ceremonia para turistas. —Meneó la cabeza—. Folclore. Todo se ha acabado. Nada es lo que era. La Revolución parecía hermosa, pero acabó con todo. Los caballos pasaron a ser…

—Carne —me atreví a completar su frase.

Pareció sorprendido, de nuevo.

—Carne, sí. Mataron a todos los chamanes o los deportaron. Su sabiduría quedó arrasada. Y la música fue prohibida, los instrumentos quemados. Ochenta años de silencio.

Después de una larga pausa:

—Yo también fui comunista. El hombre nuevo. Tardé mucho en darme cuenta. Ochenta años de silencio.

—¿Y ahora?

Hizo un leve movimiento de hombros, tal vez molesto.

—También han convertido la música en folclore. Sólo hay siete verdaderos maestros de *jomeid* vivos, sólo se recuerdan catorce. Ellos saben de dónde viene el *jomeid*. Su verdadera esencia. Los demás, no.

Me miró, juzgaba al joven extranjero a quien había hecho aquellas confidencias. ¿Por qué? Pensé en Aydemir. Estaba fuera, en algún lugar, aguardando. ¿Sabía eso también? ¿Qué esperaba Kuular Tsering?

—España.

Era una pregunta. Asentí.

—Viva la República.

Lo dijo en español, sonriendo. La conversación había acabado.

—Viva —contesté, sonriendo también.

Cuando salí me di cuenta de que me tambaleaba. Había escuchado al chamán de chamanes con tanta atención, tanta tensión, que algo se había desequilibrado dentro de mí; mi cabeza daba vueltas, y la música incansable de los tambores no contribuía a devolverme el equilibrio. Sí, ya tenía toda mi respuesta, pero tenía de nuevo una sensación de pérdida: había algo en lo que me había dicho el chamán que yo no había acabado de entender. Recordaba cada palabra, pero no sabía dónde estaba la laguna. Lo intentaba, pero mi mente se espesaba.

Como si tuviera un avisador secreto, Amir había llegado a la furgoneta y abría la puerta. Me volví: ayudaba a Kuular Tsering a bajar. En sus gafas oscuras se reflejaban las llamas de la hoguera. La gente la rodeaba, pero el fuego era enorme, y expandía su calor a más de quince metros de distancia. Estreché de nuevo la mano del chamán. Apretó la mía. Dijo una palabra tuvana, no la tradujo, sonrió.

Me di la vuelta, me fui. Me acerqué a la pira ardiente. No tardé en encontrar a Lomax, Aydemir y Aneyhaak. Estaban sentados en el suelo, en segunda fila. Un chamán con la cabeza coronada por plumas y ropa talar de flecos de vivos colores parecía rezar delante de la pira, inmune al calor. Me senté al lado de mis amigos. Los tres me miraron. Bajé la cabeza, no dije nada. La ceremonia se iba haciendo más frenética y abigarrada, la mayoría de los asistentes estaban en trance. Algunos empezaban a levantarse y a bailar, vacilantes al principio, enloquecidos después; toqué el brazo de Aydemir, me levanté, y salí del apretado y sudoroso círculo de gente. Aydemir me siguió, nos alejamos hacia la montaña. Lejos del fuego el viento era helador.

Me escuchó sin decir nada. Le conté todo lo que Kuular Tsering me había confiado. Palabra por palabra. Me escuchaba sin mover un músculo. Fuego en los ojos, todavía, o tal vez un nuevo fuego. Su flequillo temblaba zarandeado por el aire.

Al amanecer nos fuimos los cuatro, dejando atrás a los chamanes y a los turistas agotados, después de la larga ceremonia y el extenuante trance. Mientras caminábamos hacia el jeep de Lomax, Aydemir le pidió que le llevara al *aal* de Chesdarig. Fue una sorpresa para mí, para Aneyhaak también. Pero no para Lomax.

—Claro, hombre.

Sonreía con suficiencia. Mientras subíamos al jeep apreté su brazo, le deslicé un gracias. Durante el viaje de vuelta hablamos de muchas cosas, pero no lo que había pasado en el interior de la furgoneta. Sin embargo, Lomax y Aneyhaak parecían muy contentos, como si no necesitaran palabras para saber que algo había cambiado, que algo iba a suceder.

Chesdarig estaba casi desierto. Se habían quedado Eizir-Ool y Sayan, y una de las tías de Aneyhaak, a la que llamaban con el sorprendente nombre de Oyu-Maa, que quiere decir Nadie. Nos recibieron con sorpresa, salvo *Sputnik*, que estaba feliz de vernos. Aydemir habló con los hombres. Al final, por sorpresa, Aydemir nos dijo que se iba a quedar en el campamento, que no iba al Naadam.

—Yo también —dije, sin pensarlo dos veces.

Aydemir me miró con seriedad, iba a protestar, pero bajó la cabeza, sonriendo.

Aneyhaak lo intentó, pero su tía la disuadió: su madre la esperaba, no podía quedarse. Aneyhaak refunfuñó, pero no tuvo más remedio que aceptar.

Despedimos a Lomax y a Aneyhaak. Al abrazarnos, Aneyhaak me susurró.

—Aún podéis llegar a la carrera, quedan seis días.

Olía a leche y a lana. Dios, cómo me dolía separarme de ella. Aydemir se había alejado un poco, con la vista perdida y las manos en los bolsillos.

—No sé si Aydemir querrá.

—Aunque le duela la ausencia de su potro, ver las carreras es para él muy importante. Piensa en ellas todo el año.

—Intentaré llevarle.

Asintió. Miró a su alrededor, se acercó a Aydemir por la espalda, le besó en la mejilla y corrió hasta el jeep. Lomax estrechó mi mano y abrazó a Aydemir. Cuando se separaban, miró hacia la manada. Se volvió de nuevo hacia Aydemir y dijo:

—Ahora sabes más que yo.

Aydemir le miró sin mover un músculo. Pero a su alrededor había olas de emoción.

Vimos cómo se alejaba el jeep, un leve rastro azul sobre la tierra del camino.

Nos quedamos solos. Oyu-Maa, Sayan y Eizir-Ool volvieron a sus ocupaciones, más numerosas que nunca. Sobre el *aal* volaban águilas, extrañadas por tanta quietud. Aydemir echó a caminar hacia la lejana manada. Le acompañé, en silencio. Al llegar, los caballos levantaron la cabeza y nos miraron largo rato. Nos sentamos en uno de los promontorios de tierra y hierba moldeados por la nieve y la helada durante el invierno anterior. Ya no iba a tardar mucho en llegar el siguiente, y la hierba amarilleaba, agitada por el viento del norte. Aydemir quiso que le repitiera todo sobre el encuentro con Kuular Tsering, una vez más. Había hundido su barbilla entre los brazos, apoyados en sus rodillas. Sus ojos chispeaban. Apenas preguntaba. Ahora sé que en mis palabras oía más cosas de las que yo creía decir.

Un día yo había visto aquel rostro, antes de conocerlo como ya lo conocía. Ahora aquel rostro cobraba todo su sentido. Un día aún más lejano, el amigo de mi padre, Leandro, me había dicho que había oído que existía un lugar en el centro de Asia en el que los pastores domaban a sus caballos con música. Y aquellas palabras sembradas en mí fructificaban ahora como una primavera tardía.

Volvimos para comer algo con los hombres y la tía de Aneyhaak, alrededor de la estufa. Eizir-Ool no preguntaba nada, pero Sayan miraba a Aydemir de una forma distinta. Al acabar el último té, Aydemir se quitó el anorak y se puso toda la ropa caliente que encontró en el *ough:* dos camisetas de felpa, una camisa de lana gruesa, un jersey muy tupido y con los codos rotos, un gorro de esquiador, con su pompón deshilachado. Antes de irse habló en tuvano con Sayan, éste asintió. No necesitaba decirme que iba a ir solo. Ni tampoco que iba

al encuentro del potro alazán.

Subí a la torre de vigilancia para ver cómo se alejaba en dirección a la manada, de nuevo. Me arrebujé en la manta de Sayan. Olía a grasa rancia. *Sputnik* ladraba lastimero, al pie de la escalera. Me sentía en paz, un tuvano más, vigilando la llanura. Saqué mi cuaderno nuevo, escribí tratando de no olvidar nada de lo que me había dicho el gran chamán. Se lo había repetido dos veces a Aydemir, y no podía pasar por alto una sola palabra, ni siquiera una pausa. Todo tenía significado, y si aún no lo había podido acabar de comprender, ya tendría tiempo para hacerlo.

De vez en cuando levantaba la cabeza. Apenas distinguía a Aydemir. Vi que se detenía al llegar junto a la manada. Se hizo más pequeño, me pareció que se había sentado.

Las horas pasaban silenciosas y largas, y *Sputnik* gemía de vez en cuando. Me pareció que algunos caballos se habían acercado a Aydemir, pero se había nublado y cada vez había menos luz. Sayan me llamó desde el pie de la torre. Sostenía de las riendas a un caballo ensillado. Junto al *pagläsh* había otros dos.

—*Tabum* —dijo.

Entendí, era hora de recoger la manada. El día había pasado sin que me diera apenas cuenta. Bajé, montamos. Sayan llevaba el caballo de Aydemir amarrado a la baticola de su silla. Cuando llegamos, Aydemir nos esperaba de pie. Cerca de él pastaba el potro alazán. Recogimos la manada con calma, sin hacer caso a las provocaciones de los potros y los caballos enteros jóvenes. Las yeguas se ocupaban de que sus potrillos no se quedaran retrasados. Orden antiguo, inmutable.

Eizir-Ool esperaba en las puertas del cercado, con su pértiga. Seleccionaba deprisa, de vez en cuando lanzaba un grito corto, un golpe seco con la pértiga. Esperó a cerrar las dos cancelas mientras nosotros desensillábamos y uníamos nuestros caballos a la manada. Sólo entonces me di cuenta: había colocado tres largos troncos que aislaban una esquina del vallado, un triángulo de unos cuatro metros de lado. Aydemir sí que lo sabía, porque fue hacia la esquina, bajó los tres troncos y se colocó en el centro. Se agachó, con las manos unidas por debajo de las rodillas y la cabeza inclinada. Cantó. Los caballos le escuchaban con atención, todas las cabezas vueltas hacia él, y entre ellos surgió el potro alazán, acercándose poco a poco. Se quedó un par de minutos ante los troncos caídos, los olió y resopló y levantó una pata delantera, el casco sonó contra el tronco, dio un paso, dos, y entró en la esquina. Eizir-Ool apareció entre los caballos y fue hasta los troncos, los levantó y los encajó en el vallado. El potro se acercó a Aydemir, éste se puso de pie, casi rozó el morro del potro con la cabeza y salió del cercado, dejándole solo.

Aydemir apenas habló durante la cena: pan, queso y té muy espeso y un poco de *hoid pac,* una especie de yogur muy líquido, de sabor fuerte. Luego se levantó y desapareció en la noche. *Sputnik* trató de seguirle, pero al cabo de un momento la puerta del *ough* se volvió a abrir y Aydemir metió al perro y volvió a cerrar. Jugué a las cartas un buen rato con Eizir-Ool y Sayan, y antes de las once salí. Sabía dónde buscar a Aydemir, pero no le quería molestar. Al acercarme al cercado oí su voz, más honda que nunca, lenta y modulada, pequeñas olas de sonido. La manada estaba tranquila, no había peleas entre los potros. La voz me guiaba, y al fin le vi. Sentado en el suelo, en medio del pequeño triángulo preparado por Eizir-Ool. El potro estaba frente a él, con la cabeza baja y la pata trasera derecha apoyada en la punta del casco: dormía. Estuve escuchando cómo cantaba Aydemir durante más de media hora. No podía estar seguro, pero me parecía que no había letra, sólo una especie de tarareo. De vez en cuando se producía el milagro: la voz se desdoblaba, mantenía el bajo y ronco tono del pecho y el aire se llenaba de su silbido, un violín cristalino. Me alejé de la misma manera, sin delatarme. Traté de esperarle despierto, escribiendo y repasando las notas del viaje, con *Sputnik* en mi regazo, pero la linterna perdió fuerza, la luz se convirtió apenas en una brasa anaranjada y se extinguió. Intenté seguir pensando: ante mis ojos interiores aparecía Aneyhaak y su piel tan blanca me deslumbraba. Me dormí.

Al amanecer, Aydemir no estaba. Tampoco había dormido allí, porque su manta estaba doblada sobre el suelo, y no conservaba ningún calor. Me vestí y salí con *Sputnik*. Aún no había acabado de amanecer, pero ya había bastante luz para darme cuenta de que no estaba en el cercado. Ascendí un poco hacia el monte, y entonces le vi, cerca del *paglásh*. Él no me podía ver, porque estaba de espaldas. Llevaba el arco. Lo levantó y apuntó al poste. Estaba a unos veinticinco metros de distancia. Vi cómo su codo se doblaba hacia atrás, y con un chasquido vibrante la flecha recorrió la distancia y se clavó en lo más alto del *paglásh*. Se acercó con lentitud, balanceando el arco. Tomó la flecha por la mitad y trató de desclavarla y no pudo. Entonces se volvió hacia mí, sabía que había estado allí, espiándole. Adiviné su sonrisa, sonreí yo también. Dejó la flecha clavada, se acercó despacio. No hablamos del arco ni de la flecha.

Volvió a pasar el día junto a la manada. Busqué en los armarios los prismáticos de Saaskia, y subí a la torre de vigilancia. Así, le pude ver de lejos. El potro alazán estaba siempre cerca de él. De vez en cuando se acercaba hasta Aydemir y parecía olerle, pero él no se movía. Yo suponía que cantaba. Al mediodía Oyu-Maa me dio comida para Aydemir. Le pedí que añadiera la mía. Fui a caballo, con la tartera envuelta en un pañuelo grande que até a la montura. Comimos juntos, y hablamos de cosas distintas, porque ni él ni yo mencionamos el potro ni el *jomeid*. Cuando acabamos me fui, y sé que él me agradeció que no me quedara.

Pasaron dos días de calma, casi de contemplación. Me gustaba que no sucediera nada, navegar por el tiempo tuvano, hacerme invisible y parte de su vida. Seguí aprendiendo secretos de la cría de caballos, con Eizir-Ool. Sayan no hablaba, Oyu-Maa tampoco. Aydemir no se alejaba del potro más que para lo imprescindible. Una vez los vi caminar hacia la lejanía, hasta que ni siquiera los prismáticos fueron capaces de traerme su imagen.

Al tercer día, por la tarde, di un largo paseo a caballo cerca del río, con *Sputnik* correteando a nuestro alrededor. No sabía siquiera que, bajando en la misma dirección del río, se podía llegar a un pequeño núcleo de casas de madera. Había que vadear el río, pero vi a lo lejos que un campesino montado en un buey lo hacía viniendo de la orilla opuesta. El buey iba ensillado, y el campesino cruzó sin que el agua le llegara más arriba de los estribos. Esperé a que el jinete se alejara hacia la ladera oculta del monte Bosdag. Desapareció por un bosquecillo de alisos y un cañaveral, con paso lento y solemne. Me incliné, cogí a *Sputnik* por el pellejo y lo puse entre mis piernas, y conduje al caballo hasta el mismo punto por el que el buey había alcanzado la orilla. Las huellas de sus pezuñas eran profundas en el limo. Cruzamos el río sin problema alguno, al caballo le gustaba sentir el contacto del agua. El pequeño poblado no daba muestras de vida. Pensé en el Naadam, y en que seguramente todos se habían ido. Las casas estaban desvencijadas y muchos de los tablones desclavados. Una gravera cubierta por la hierba, viejos artilugios herrumbrosos. Ignoraba si de verdad era un pueblo, o una especie de campamento para obreros, o para militares. Más abajo había un bosquecillo de abedules, y entre ellos un columpio oxidado. Un pueblo; un pueblo abandonado. *Sputnik* lo recorría todo con suma atención, olfateando en todos los rincones. Nos fuimos.

Al llegar a Chesdarig desde el río, rodeando la montaña, vi a unos trescientos metros a Aydemir. Estaba de pie, y hablaba con el campesino del buey, que no había desmontado. El potro estaba cerca, pero se mantenía a cierta distancia del buey y su jinete. Me detuve y eché pie a tierra. Aydemir no me veía: estuvo un rato quieto, viendo cómo el campesino se alejaba al paso ceremonioso del buey, y luego caminó por la pradera con sus botas muy altas, y el potro alazán le seguía, como siempre, a un par de metros. Escuché la voz de las águilas, el rascar de élitros de los saltamontes; y al fondo, la voz gutural de Aydemir, el silbo de sus dientes. A veces, el potro se acercaba tanto a él que sus cabezas se superponían. Caminaban hacia el *aal*, les seguí de lejos, a pie. Los estribos de mi caballo tintineaban.

Aydemir canta sin pensar en lo que canta. Mira al potro y siente que su voz está ligada al pensamiento animal, y se deja llevar, y la voz se hace más y más honda, hasta una profundidad de su propia alma y del espíritu de la naturaleza que ni siquiera hubiera podido sospechar, y es que, desde que empezó a cantar al potro, indaga como un niño que hubiera encontrado una gruta y se fuera adentrando en ella paso a paso, conteniendo la respiración y el asombro.

Algo le distrae y deja de cantar. Por la pradera avanza un hombre montado en un buey. Muchos campesinos tuvanos que no tienen un caballo montan a los bueyes. Son lentos, pero incansables. Éste parece un campesino de las vegas bajas del Yenisey, a juzgar por su ropa y su sombrero. Se acerca. Viene hacia Aydemir, y éste se incorpora. Cuando ya está a menos de cinco metros ve su rostro, y reprime su sorpresa, y más aún sus sentimientos: es Kuskun. Se ha disfrazado para no ser reconocido por sus tíos. Detiene su buey cuando el animal ya casi le echa el aliento. Ha metido las manos en los bolsillos y no mira a su alrededor en busca de ayuda. La sangre se convierte en escarcha, siente los muslos fríos, recorridos por una ola de lejía y la boca se queda seca. No dice nada y Kuskun tampoco. Está quieto y le mira con expresión indescifrable. Aydemir evita mirar al potro alazán, no quiere delatarlo. O tal vez ya es tarde y Kuskun ha venido para llevárselo también. Pero sabe que eso es imposible. Lo recuerda empapado junto a la hoguera, humillado, ofreciendo su cabeza a la pistola de Sildísh, impotente y vencido. En ese instante, deseó que la pistola disparara, vengar a su potro bayo, también ver desaparecer de la tierra a un hombre tan indigno, capaz de robar a su propia familia, de quitarles el orgullo, de arrebatarles la gloria de los Hunayic. Pero la taiga le dijo: «Vete, déjale con su vergüenza». Y Aydemir hizo girar a su caballo y se alejó y no hubo disparo. Ahora, Kuskun le mira en silencio y Aydemir no sabe a qué ha venido y tampoco sabe qué hacer, de modo que espera, con las manos en los bolsillos. Toda la paz que ha conquistado en la pradera y en el cercado, toda la intensa comunicación que ha establecido con el potro alazán a través de la música de sus entrañas, se puede evaporar en el aire.

De pronto Kuskun habla, y en su tono de voz Aydemir cree reconocer el espíritu del miedo:

—Así que éste es tu nuevo potro —dice.

Aydemir no responde. Pasa casi un minuto. De muy niño admiraba a Kuskun, un hombre salvaje que no reconocía la ley, que viajaba, que entraba y salía de la cárcel con indiferencia. Ahora aquella infantil fascinación se ha convertido en desprecio.

Kuskun se inclina hacia delante, como si fuera a decir algo más, apoya el antebrazo en el borrén de la silla, el buey se lame el belfo con una lengua rosa y descomunal y en sus ojos se reflejan las lejanas montañas cubiertas de nubes. Aydemir mira a su pariente de hito en hito, sin mover un músculo. Kuskun parece rendirse, no aguanta la violencia de la mirada de Aydemir, se vuelve de lado y emite una risa corta y sardónica. Se yergue, tira de las riendas y el buey muge, casi gruñe por lo bajo, pero obedece y tuerce la cabeza y sus patas se ponen en movimiento mientras su jinete jala las riendas. Se alejan despacio, Kuskun se vuelve y mira a Aydemir con ojos turbios. Van en dirección al norte, hacia Artéxec. Quién sabe quién le espera allí, cuáles son sus planes. Pero se siente seguro. No ha dicho una sola palabra, no ha mostrado miedo. Por un momento pasan por los ojos de Aydemir imágenes de caballos con el cuello cercenado, un río de sangre en la estepa, pero sabe que eso no va a suceder. Kuskun. La vieja memoria de la familia entera. Ha venido a pedir perdón, pero también a decir que no por eso se ha rendido, que la vida sigue. Un compañero de fechorías se ha ahogado en el río, pero él ha sobrevivido. ¿No es eso Tuva, supervivencia? El padre de Aydemir, Maader Hunayic, también se ahogó en el río, como su madre. ¿Cómo puede el espíritu del río tener en su seno a sus padres y al caigal*? Da igual, sus padres perecieron, pero él, Aydemir Hunayic, Acero de Luna, sobrevive. Como Tuva. Tantas invasiones, tantas botas encima del cuello del pueblo tuvano, pero ninguna ha durado más que el tiempo, porque eso es imposible, nada dura más que el tiempo, y la bota rusa también aflojará un día, y volverán los viejos guerreros, pero sus armas no serán rifles, ni siquiera cuchillos, sino canciones. El inglés dice que los tuvanos llevaron la vida humana a la lejana América, y que los chamanes se extendieron por todo el mundo llevando consigo los secretos de la estepa y sus espíritus. Marcos ha venido desde España para despertarle. Marcos es su suerte. Kuskun y su buey ya son de nuevo un campesino y su modesta montura que se mueven por la estepa, apenas un punto que se aleja hacia cualquier lugar.*

Se vuelve hacia el potro, que pasta impasible, que levanta la cabeza y le mira, y en sus ojos de blando cristal lee una súplica: «Canta».

Vi cómo Aydemir se sentaba en la hierba, a menos de un centenar de metros del *aal,* en un lugar en el que no crecía demasiada hierba. Los pies cruzados, las rodillas en el suelo. Sus manos quietas, apoyadas en los muslos. El potro alazán pacía a su alrededor con pereza, sin separarse mucho de él. Llegué al campamento, desensillé y subí a la torre de vigilancia para verles con los prismáticos. El campesino y su buey habían llegado a la carretera, la cruzaban. Un coche grande y negro se detuvo a su lado. Brillaba. Volví las lentes hacia Aydemir. El potro se había colocado a su espalda y dormitaba casi rozando su cuello. Hubiera querido que Aneyhaak les viera así. Pensé en ella. Aydemir a veces no la llamaba con su nombre, sino Belek, que significa «Regalo», o Belek-maa, «Regalito», cuando la ternura le desbordaba. Eso era, un regalo que se me había hecho para comprender que amar no es siempre querer. Porque era el regalo de los espíritus para Aydemir, y él el regalo para ella. Los dos habían rozado la muerte en el río de la taiga, su vida había estado en mis manos. Y había elegido el camino más duro y largo, pero el camino que me conducía al centro de mi alma. Supe que en aquel momento ella pensaba en Aydemir y en mí, en los dos. Así, en la distancia, no le sería tan difícil pensar en nosotros dos como uno solo. Me levanté, bajé. Ayudé a preparar la comida a Oyu-Maa, unas hebras de carne cocida, patata, col, pan. Y una taza de té con manteca y harina.

Cuando me acerqué con *Sputnik,* Aydemir y el potro levantaron la cabeza hacia nosotros, al mismo tiempo. El cachorro se protegió, detrás de mis piernas. El potro no se asustó: no tenía más que observar sus orejas, casi paralelas al suelo, abiertas de par en par. Me senté frente a Aydemir y descubrí el plato y abrí el termo con el té. En silencio, empezamos a comer. Yo veía cómo sus dedos apartaban las hebras de carne y se las daba a *Sputnik*, y supe que se privaba de ella para que su piel no oliera al sudor de la carne digerida, una forma más de acercarse a su potro. Un sacrificio grande para un hijo de pastores.

—Está muy tranquilo.

Lo miró, casi como a un cómplice. Asintió.

—¿Lo vas a montar?

—Tal vez esta tarde, mañana. No hay prisa.

—Me gustaría que Aneyhaak estuviera aquí, con nosotros.

—A mí también. —Sonrió.

Nos quedamos callados. A lo lejos, por la lejana cordillera de Tannu Ola, se escuchaban truenos lentos y graves.

—Te debo mucho —dijo.

—Soy yo el que te debo. Era un turista, ahora soy un tuvano.

Se rio, alegre como nunca.

—Te voy a bautizar.

—¿A mí?

—¡Un nombre tuvano!

Se levantó, sacó su pequeña navaja, buscó una piedra plana y afiló la hoja hasta que comprobó que cortaba. La acercó a mi cabeza.

—Para darte un nombre te tengo que cortar antes el pelo.

Incliné la cabeza, sonriendo, feliz. Cogió entre sus dedos un mechón de mi cabello y sentí el rasgar de la navaja. Canturreaba, un murmullo hondo que subía y bajaba.

Saqué el *jomúsh* que él mismo me había regalado, el sencillo fleje de acero hendido, lo apoyé en los dientes, y sin levantar la cabeza lo hice sonar con el dedo índice, pasos blandos de música al ritmo de su música del pecho. Me puso el mechón delante de los ojos.

—Ahora te llamas

Kezik.

—¿Kezik?

—Sí, Kezik. Suerte, felicidad.

Kezik. Me gustó. Kezik Kortázar. Probé a decir «Yo, Kezik»:

—*Men, Kezik.*

—*¡Iyée! Sen, Kezik.*

Palmeamos las manos, riendo.

—¿Y no tengo caballos? Sé que cuando os bautizan os dan al menos un caballo.

Sonrió, parecía pensar. Miró al potro.

—Éste. Es tuyo.

El potro resopló un poco.

—¿Mío?

—Sí. Tuyo. De Kezik.

—*Cheterdem*, gracias.

Sabía que era una broma, pero de todos modos me sentía emocionado.

—Pero te lo dejo. Volveré.

En ese momento, estaba seguro.

—Sí.

—¿Y mi potro? ¿No tiene nombre?

—Los caballos no tienen nombre. No lo entienden, no son como los perros.

—En España, sí. Cuando me escribas me podrás hablar de él.

—¿Me darás tu dirección?

—¡Claro! Y tú la tuya, espero.

Miró al potro, el potro le devolvió la mirada. Se volvió hacia mí:

—Me equivoqué: te dije que era *öozum*, lento. No lo es, ahora lo sé. Ahora sé que es un *turgun*, veloz. Ése será su nombre, *Turgun*.

—Aún no lo sabes, no lo has galopado.

Se encogió un poco de hombros:

—Lo sé.

—¿*Turgun*? —miré a «mi» potro—. Suena bien. ¡*Turgun*!

El potro enderezó las orejas, Aydemir se rio, *Sputnik* se animó y se levantó y me trajo un palo para que se lo tirara lejos.

Desde la torre de vigilancia, horas más tarde, vi a Aydemir y a *Turgun* juntos, más que nunca. Aydemir acariciaba cada músculo de su cuerpo, a veces pegaba la oreja a su estómago, a su pecho, se quedaban largos minutos así, inmóviles, y yo adivinaba un diálogo mudo y secreto. Los dibujé así, ahora miro el dibujo y tiemblo.

Al día siguiente, Aydemir montó a *Turgun*. Sayan, Eizir-Ool y yo lo observamos todo desde la valla. Fue un milagro más puro y limpio que el que lograba Lomax con su método. Se acercó a él con una manta sin dejar de murmurar su canción, se la dio a oler, le puso un cabezal de cuerda y un ramal, lo acercó hasta el extremo del vallado, subió al primer travesaño y se posó sobre él con dulzura. Sayan reprimió un gesto de alarma, dispuesto a salir corriendo, mantenía el pie de goma estirado, presto para saltar al suelo. Pero Eizir-Ool no se movía, como si supiera que nada iba a salir mal. El potro se puso tenso, un gesto de sorpresa al recibir a Aydemir en su espalda, y dio dos pasos hacia atrás y se detuvo. Hizo girar entonces la grupa en redondo, remetiendo las manos por debajo del cuerpo y agitando un poco la cola, torciendo el cuello para ver qué pasaba, el porqué de aquel peso. El jinete no hacía nada, sólo esperaba a que el potro acabara de calmarse al ver que no tenía ninguna mala intención. Y así fue. Una caricia en el cuello, dos palmadas. La cola lacia. Se alejaron al paso unos cincuenta metros, luego al trote. La estepa bendecía al nuevo hijo, hombre y caballo hechos uno. Galoparon. Se alejaron hacia la lejana manada, vimos cómo se revolucionaban los caballos a lo lejos, y después los vimos regresar a toda velocidad, y el delgado cuerpo de Aydemir casi era uno con la espalda del potro, vertiginosos y fundidos el uno con el otro.

Llegaron hasta nosotros. El potro resoplaba, pero parecía satisfecho, tanto como Aydemir.

—*Turgun* —dijo con una sonrisa, mirándome.

«Mi» potro, *Turgun*. Quedaban sólo dos días para el Naadam.

Sayan y Eizir-Ool prepararon una camioneta con el remolque descubierto. Pusieron paja en el suelo de la caja, dispusieron una rampa de madera y lamas metálicas, la probaron; arrancaron el motor, lo apagaron, ajustaron piezas, limpiaron bujías, adornaron con *katas* azules y amarillos el parabrisas. Dejaron todo listo frente al cercado. Aydemir no prestaba atención, seguía con su potro, alejándose por la estepa y volviendo al atardecer, y pasó la noche de nuevo en su esquina, detrás de los tres postes, y desde la puerta del *ough* se escuchaba siempre su voz, una lenta letanía ascendiendo, descendiendo. Ayudé a la tía de Aneyhaak, Oyu-Maa, con el ganado menor. Las cabras y las ovejas ya se habían acostumbrado a mí. Disfrutaba viendo cómo jugaban en una pequeña roca blanca: una de ellas, o tal vez uno de ellos, se subía a la roca, y desde allí giraba y dominaba el mundo, y las demás trataban de subir a la peña y de desalojar a la otra, pero ésta resistía, la cabeza baja, tiernos golpes con la testuz, hasta que un nuevo cabrito lograba subir y de un golpe seco hacía caer al anterior, y todo volvía a empezar. Yo me sentaba en la tierra mientras Oyu-Maa ordeñaba. Me enseñaba a hacerlo: ponía mis manos en las ubres tibias y pensaba que esas mismas ubres habían sido ordeñadas por Aneyhaak y cerraba los ojos y escuchaba en mi mente el tintineo de sus largos pendientes de plata mientras tiraba de las ubres, y me sentía en paz. Fui pastor de ovejas en Tuva. Fui guerrero del ejército de Gengis Khan en la estepa, y mis soldados eran blancos bultos de lana blanca.

Cuando me desperté, supe que algo extraño iba a suceder. Quedaba un día entero para las carreras del Naadam, y del oeste parecía llegar un griterío lejano, y yo soñaba con nuestra llegada, con Aydemir subido a lomos de *Turgun*, e imaginaba un pistoletazo de salida, y *Turgun* lanzándose hacia la lejanía entre una nube de galopes, y mi alma vibraba debajo de las águilas que parecían mirar también a aquel punto lejano en el que nos aguardaba la gloria. Mi caballo, *Turgun*. Sonreía, pero había también un aire triste a mi alrededor, deslizándose desde las laderas de las montañas violáceas, y los pinzones volaban en bandadas hacia el sur, y las grullas también, lentas e inalcanzables.

Sayan pasó delante de mí, hosco y ensimismado sobre su émbolo de goma, «flop, flop». Retiró la rampa con una rodilla en el suelo y la otra en alto. Eizir-Ool lo miraba todo con indiferencia, apoyado en el *paglásh* y fumando un Muerte del Pastor, echando sólidas nubes de humo blanco, una mano en el bolsillo de su parka de camuflaje. Me vio, bajó la cabeza. Fui hasta el cercado. Ya habían llevado la manada hasta los pastos, y en medio del piso machacado por los cascos de los caballos, solos, estaban Aydemir y *Turgun*. El potro caminaba despacio, levantaba la cabeza, buscaba a sus hermanos, tal vez a su madre, y Aydemir estaba en cuclillas, con las manos a ambos lados de su cara, apoyadas en las mejillas. Subí al cercado, me senté, esperé. Por fin, Aydemir se volvió hacia mí.

—Kezik —dijo.

—Aydemir —contesté.

Pasaron varios minutos. Al fin eché pie a tierra, dentro del cercado. Me acerqué a ellos, me acuclillé también. Veía su rostro de perfil, su flequillo asomando. Pero ya no era un chico. Sin que supiera cuándo, se había convertido en hombre.

—¿Vamos?

No respondió. Bajó las manos, cerró los ojos.

—Kezik —repitió. No contesté—. No voy a ir.

Eso era lo que había en el aire desde el amanecer. No tuve que hacer ningún esfuerzo para entender lo que decía, pero sí para comprenderlo. No venía, Aydemir no iba al Naadam, no iba a competir en la carrera. No lo lograba entender.

—No puedes hacer eso. Todos te esperan.

No dijo nada.

—Toda tu familia, los Hunayic confían en ti.

—Ayer vi a Kuskun.

—¿A Kuskun?

—Vino para verme, y para ver el nuevo potro.

—¿Cuándo?

—Qué más da. Pasan más cosas en la estepa de las que puedes ver, español.

—Pero ¿qué quería?

—Ya te lo he dicho. Verme. Volver a verme, pero esta vez no desde el suelo, no arrodillado. Verme desde arriba, de nuevo.

—A lo mejor quería que le perdonaras.

—No.

Esbozó una sonrisa cansada.

—¿Temes que venga a hacer algo? ¿Lo sabe tu tío?

—No creo que haga nada, no. Vino a verme, y a ver el potro.

—Si te quedas, es peor. Puede venir para robarlo.

—No. Él estará ya camino de Kyzyl. Es ahí donde espera volver a verme. Tal vez apueste por mí. Eizir-Ool me va a apuntar a la carrera.

—¿Vas a venir, entonces?

Se rio.

—No.

—¿Quieres que pierda su dinero, es eso?

—No, Kezik. Quiero castigarle, quiero que sepa que no he querido competir.

—Pero tú sí que quieres.

—No. Pero tienes razón. He querido, siempre. Hubiera competido con el bayo, sí. Pero estos días he comprendido muchas cosas, junto a *Turgun*.

Miré al caballo. Esperaba. De pronto, achicó los ojos y preguntó:

—¿Qué te dijo Kuular Tsering Mungúsh?

—Muchas cosas.

—Tú me lo dijiste hace tres días, entonces creí entenderlo, pero no estaba seguro.

—¿Qué?

—El caballo no puede aprender la lengua de los hombres.

Recordé las palabras del chamán.

—Pero el hombre sí que puede aprender el lenguaje del caballo —repetí.

—Eso es. Eso me dijiste.

—Eso me dijo. Y también que el caballo habla de la naturaleza.

—Sí. Estos días tú crees que *Turgun* me ha escuchado cantar.

—Y te ha escuchado.

Se rio de nuevo, sin malicia ni ironía.

—No, yo le he escuchado, y cuando cantaba repetía lo que él me decía. Ése es el secreto.

Estuve unos segundos asimilando sus palabras. Lo que me decía era simple y luminoso al mismo tiempo, meta y camino al mismo tiempo, ya no había más secreto. El chamán me lo había dicho, pero yo no había sabido escucharlo: no es que el hombre cante al caballo, como tampoco sirve de nada hablarle, porque no puede entender nuestra lengua. El secreto tesoro del *jomeid* era ése: el chamán escucha al caballo, su ritmo interior, su pensamiento primitivo, su conexión más profunda con la naturaleza, con la vida misma. Y para decirle que le entiende, que le está escuchando, le devuelve ese mismo pensamiento primitivo en forma de canción. Yo me había quedado en la superficie de la música tuvana, del *jomeid* y del *shygut*. Pero Aydemir había llegado, por fin, al centro, a la verdad. Ahora también Aydemir, Acero de Luna, era un chamán. Fui a Tuva equivocado, lo que me había dicho Leandro en Madrid era un error, puede que incluso el cantante tuvano también estuviera equivocado: no cantan para domar, cantan para decir: «Te escucho». Y el caballo se entrega, porque siente que el cantante también se ha entregado a él. No hay doma entre ellos, porque no hay enfrentamiento alguno, sólo comprensión, sólo compasión. Suspiré, lleno de algo mucho más fluido que la simple felicidad. Por fin, había llegado de la mano de Aydemir al centro, a la verdad.

—¿Y qué te decía?

—Muchas cosas, un río de pensamientos tan antiguos como el caballo en el mundo. Entre ellas, que ellos no saben para qué queremos que corran más que los otros caballos, no pueden entender las carreras. Para ellos, en la manada, basta con no quedarse el último. El último, el más débil, es el que va a ser devorado por el lobo. Los demás están a salvo. Y en el centro de la manada, mejor aún que delante.

Hizo una pausa, respiró. *Turgun* se había acercado a nosotros. Envidié su serenidad, admiré en silencio su tranquila aceptación de la vida, sin pretensión alguna.

—Antes de ayer clavé la flecha en el *pagläsh*. Lo importante no es que estuviera en el centro, sino que estuviera bien clavada. Yo soñaba con que nadie la quisiera quitar porque estaba en el centro, hasta que por fin he comprendido que en realidad sólo tenía que estar sólidamente clavada. Ahora me he dado cuenta de que lo que antes creía que era importante no lo era. Y al revés.

—¿No correrás más?

—Sí, cuando haya que correr.

Miró alrededor. La estepa. La inundación, los ladrones, el lobo. A eso se refería. Sí, lo entendía.

—Te entiendo.

—Lo sé.

Miró a *Turgun*, lo señaló con la barbilla:

—¿Qué ves?

—*Aat turgun* —dije—, un caballo veloz.

—Sí, puede ser. —Se encogió un poco de hombros—. ¿Y yo?

—¡*Atig kizí!*

Un jinete. Un buen jinete. Hubiera añadido muchas cosas: un buen amigo, un buen tuvano…

—¿Lo ves? Él, yo. Tienes razón, aún no somos uno. Llevamos unos pocos días «hablando». Danos tiempo, verdadero tiempo.

Caminamos unos pasos. Me volví hacia él.

Me quedo contigo.

—No. Aneyhaak nos espera a los dos. Por lo menos, ve tú. Dile lo que te he dicho.

Me lo pidió con tanta seguridad, con tal ausencia de dramatismo, que no protesté. Mi tiempo se acababa. Tenía un billete, y una fecha de partida. Desde Kyzyl podría llamar a Cortázar, pedirle una prórroga, pero no hubiera servido de nada. Yo no era Kezik Kortázar, sino Marcos Cortázar. Bajé la cabeza, *Sputnik* creyó que le iba a lanzar un palo y se puso a ladrar, ajeno a todo.

Me costaba decirlo. Lo que sentía por Aydemir era por completo distinto a lo que había sentido antes por mis amigos de mi país. Sólo, tal vez, comparable con lo que sentía por Cortázar. Pero ni siquiera era ésa la verdad, tampoco. Cortázar había sido mi guía, Aydemir era mi igual.

—No quiero irme, Aydemir. Querría quedarme aquí, contigo, con vosotros.

Sonrió, me miró con una chispa irónica en sus ojos:

—¿Con Aneyhaak?

Tragué saliva.

—Sí, también. Pero no me interpondría entre vosotros.

Pareció dudar, contempló sus manos abiertas.

—Si te quedaras aquí, tal vez Aneyhaak escuchara a su corazón y te elegiría, tal vez tú también a ella.

Incliné la cabeza, avergonzado.

—No, ya...

Aydemir me interrumpió:

—Tal vez os casaríais. Pero no es así, te has apartado, vuelves a tu país, y yo te doy las gracias. Eres mi suerte, mi *kezik*. Y ella va a ser mi mujer. Nos casaremos. Tendremos un hijo al que llamaremos Maader, y otro al que llamaremos Kezik. Y todos nuestros hijos aprenderán a escuchar, y a cantar lo que escuchen.

Quería protestar, mentir, pero no podía. Lo adivinó.

—No te preocupes tanto. ¿Sabes? En Tuva está bien visto que una chica tenga muchas relaciones antes de casarse.

Se rio, sacudió la cabeza:

—Eso aumenta su fertilidad, dicen los viejos.

Le miré. Había hablado en serio. ¿Qué sabía yo de Tuva, en realidad? Hubiera querido decirle que me quedaba, y hasta pensé en Lomax y su deseo de establecerse en Tuva, de organizar rutas para turistas deseosos de viajar por las tierras vírgenes. Con él. Sonreí, me burlé de él y de mí mismo. No era nada, no soy nada aún: un cachorro de occidente, cómodo, acomodado.

Eizir-Ool y Sayan ya sabían que Aydemir no iba a acudir al Naadam, claro. Nos contemplaban desde lejos. Cerré los ojos para imaginar el invierno. Del *aal* de los Hunayic no quedarían más que tres círculos de tierra negra durante un par de semanas, luego los cercados vacíos de las ovejas y los caballos, y por fin, nada.

Aydemir no quiso que se apoderara de nosotros la tristeza. No habló más de su decisión con su tío y con Sayan, ni volvió a mencionar más las carreras del Naadam, pero se mostró alegre y tranquilo. Tampoco yo quise hablar de su decisión delante de ellos. Volví al *ough* para recoger otra vez mis cosas, las llevé en la mochila hasta la camioneta. Cerré la puerta y me senté en el estribo, acaricié al cachorro, mi dulce *Sputnik*, le dejé subir a mi regazo. A través de los travesaños veía a Aydemir y a su potro, inmóviles en el centro del cercado.

Cuando Eizir-Ool se aproximó, supe que había llegado el momento. Esta vez era la definitiva. Aydemir nos vio, abrió la cancela y salió con *Turgun* a su espalda. Le había colocado la silla y el cabezal de cuerda. En cuanto nos fuéramos se perderían por las estepas, con una manta y un poco de comida, pasarían días en soledad, tratarían de ser uno. Se acercó a mí y el potro se quedó a unos metros de distancia, mirando hacia la pradera. Aydemir dio un paso y me abrazó. Me pareció más alto que yo, a pesar de que le llevaba un año, y a través de la ropa pude sentir toda su fuerza y su elasticidad. Apreté. Nunca nos habíamos dado un abrazo como aquel. Olía a caballo y a hierba. Se separó un poco, me miró de frente, a los ojos.

—Volverás.

—Claro.

—Aquí tienes un caballo.

—Y una familia.

—Una familia, sí. Y un *ough*.

Bromeé:

—Eso, para Lomax.

Se rio, se quedó en silencio.

Nos metimos en la camioneta, Eizir-Ool y yo. Sayan se alejó cojeando hacia su *ough,* sin decir nada. Aydemir y la tía de Aneyhaak se quedaron de pie, casi en posición de firmes, con el potro a sus espaldas y el cachorro, *Sputnik*, sentado a sus pies. Así se quedó Aydemir en la última imagen que conservo de él en mi memoria: con la gorra algo caída hacia atrás, sonriendo. Levantó una mano mientras Eizir-Ool arrancaba con la camioneta. *Sputnik* miraba hacia mí ladeando un poco la cabeza, tratando de entender. Al volverme hacia Aydemir, mirando por la ventanilla trasera, vi la paja húmeda sobre la caja de la camioneta.

Cinco horas más tarde estábamos en

Kyzyl, de nuevo.

Rodeamos la ciudad y llegamos entre una caravana de coches, motos y camiones, hasta la campa en la que se celebraba el Naadam. Caballos, gente, trajes típicos, gorros puntiagudos, más caballos, polvo, música a través de los altavoces, yurtas, tipis, mesas con dulces tuvanos, tenderetes, banderas, más gente, más caballos, más polvo. Aparcamos la camioneta y fuimos a los urinarios públicos. Tardamos más de media hora en encontrar a la familia, y cuando les vimos no supe qué hacer. Aneyhaak, claro. La vi enseguida, y ella a mí. Miraba alrededor, pero por su expresión supuse que creía que Aydemir había llevado al potro a los cercados en los que se concentraban los participantes en las carreras. La tomé del brazo y nos fuimos caminando entre la gente. Se lo dije sin explicaciones ni demasiadas palabras. Ella me escuchó, no dijo nada, no pareció decepcionada. Sonreía.

Poco a poco, fui explicando más cosas, y cuando le hablé de la misteriosa visita de Kuskun una sombra pasó por su rostro. No era más que una niña, pero yo ¿qué era? Para alegrarla le conté cómo Aydemir me había cortado el pelo, le enseñé el trasquilón, y también le dije que me había rebautizado como Kezik. Le gustó, se rio, repitió mi nuevo nombre varias veces, una delicia en sus labios. No hizo preguntas sobre Aydemir y el potro *Turgun*, pero en su expresión pude ver el orgullo y algo parecido a pasión, o esperanza, o una iluminada visión de futuro.

Los Hunayic habían montado su *ough* a unos cientos de metros del recinto, y lo habían engalanado. Hasta habían clavado un precioso *paglásh* pintado de blanco y con un buda orondo y risueño coronándolo, entre nubecillas ingenuas. Lomax apareció al cabo de un rato con Sildísh, que lucía sus mejores galas tuvanas, una pelliza de seda forrada de piel de borrego que le llegaba hasta media pantorrilla, un pañuelo amarillo ciñendo su cintura, gorro puntiagudo, azul y rojo. Nos sentamos en el interior del *ough*, a resguardo del gentío, y me preguntaron por Aydemir y su potro. No sabía si debía, pero les hablé de la visita de Kuskun. Espié a Lomax, pero no reaccionó: sonreía, como siempre, desde su estatus de viajero británico, por encima del bien y del mal. Sildísh me tranquilizó: Kuskun estaba en Kyzyl. No le había visto, pero sabía que estaba por allí: Aydemir tenía razón. Sildísh me miraba de un modo especial, y yo me ruborizaba, porque sabía que estaba pensando que en poco tiempo me había convertido en uno de ellos, casi en un auténtico tuvano.

Por la noche hubo actuaciones musicales. Para los más jóvenes, las estrellas eran los componentes de un grupo de *rock* tuvano, Yat-Kha. Aneyhaak quería escucharlos, y fuimos con sus primas y hermanas. *Rock* tuvano: una mezcla potente y sólida de guitarra, bajo, batería y *jomeid;* una mezcla explosiva. Los miraba sobre el escenario, iluminados por los focos, y pensaba que tal vez uno de ellos era el que había dicho en una radio española, y qué lejos quedaba aquello, que en su país los pastores domaban a los caballos con música.

Al acabar el concierto, cuando volvíamos hacia el *ough* de los Hunayic, Aneyhaak me tomó de la mano y me llevó en otra dirección. Las primas y las hermanas se dieron cuenta y se tapaban la cara y se reían, pero siguieron su camino. Se volvían de vez en cuando entre la gente y aún se podían escuchar sus risas. Yo dudaba, pero Aneyhaak no me dio mucha opción. Caminábamos hacia campo abierto y toda la barahúnda iba quedando atrás. Aún nos cruzamos con gente que ni siquiera nos miraba. Había luna, y poco a poco mis ojos se fueron acostumbrando a la oscuridad. Aneyhaak señaló una pequeña colina de hierba. Nos sentamos en el suelo. Hacía frío y ella me pidió que la abrazara. Lo hice. Su pelo liso estaba debajo de mi rostro y podía aspirar en él todos los aromas de Tuva, de la estepa. También olía a colonia y a pan. Fue ella la que buscó mis labios. Intenté separarme un poco, pero se rio de mi timidez, sin malicia alguna. La besé. Sus labios tibios y maduros, sus mejillas frías. La noche había estampado estrellas heladas en sus pómulos, en su frente. Separamos nuestros labios y nos tumbamos.

—He sentido el sol en tu boca —dijo, en un susurro—. El sol de tu España.

Había visto el sol y mirábamos las estrellas. Hablamos de ellas, de sus sueños de astrofísica, le pedí que no los olvidara.

—No, mis sueños son mi vida. Aydemir me lo ha pedido: no quiere que sea sólo una buena madre, también quiere verme allí, un día.

La punta de su nariz apuntaba al infinito.

Quise explicarle todo lo que había pasado por mi corazón aquellos días, pero no me dejó. Cada vez que lo intentaba tapaba mis labios con las yemas de sus dedos, o con sus labios. El bullicio aún llegaba hasta nuestros oídos, pero podía escuchar el estruendo de nuestros pequeños corazones. Cerré los ojos, supongo que ella también. Se acurrucó contra mi pecho. Sus dedos se deslizaron por debajo del jersey y la camisa, sobre mi piel, sentí su barbilla helada y sus labios tibios en mi cuello. Los busqué con los míos. Apenas me dio tiempo para preguntarme si había también un espíritu del amor, oí su voz en mi oído: «*Amurak Kezik…*». Lo entendía, repetí: «*Amurak Aneyhaak…*».

Cuando despertamos, la campa empezaba a bullir, las carreras empezarían pronto. Era el momento. Lo sé, si ella me hubiera dicho «Te quiero», todo habría cambiado. Pero Aneyhaak no lo dijo. Si lo hubiera hecho, también yo habría dicho «Te quiero», y sé que Aydemir me hubiera llegado a perdonar. Pero era su elección, y no dije nada. Nos miramos durante largo tiempo, los dedos enlazados bajo nuestras barbillas. En sus mejillas había diminutas pecas, restos todavía frescos de su infancia. Me sonreía, y aquella sonrisa hacía que me doliera el corazón. Y me habló con el silencio. Apretó los ojos con fuerza y entendí: «Yo ya he decidido, tú eres libre». Los cerré también, los abrimos al mismo tiempo. Cuando nos levantamos, miré nuestra huella en la hierba aplastada y lacia.

Fuimos hasta el *ough*, y nadie parecía habernos echado de menos. Desayunamos como si fuera la última comida de nuestra vida y nos unimos al tropel para ver las carreras. Yo buscaba entre el mar de cabezas el perfil de Kuskun, pero no le vi. Tampoco vi, ni sentí, la mano que me robó la cartera. Con todo mi dinero, el carnet de identidad y otras cosas de menor importancia. Por suerte, tenía el billete de vuelta, el pasaporte y los cuadernos en la mochila, a salvo. En Kyzyl no hay consulado español, ni nada que se le parezca, así que sólo pude poner la denuncia en la comisaría, ante una aburrida funcionaria que no dejó de pintarse los labios ni le dio mucha importancia al robo: durante el Naadam, me dijo, se roban cientos de carteras. Sildísh, que me había acompañado junto con Lomax, me lo confirmó, bromeando:

—Es el cuarto deporte, después de las carreras, la lucha y el tiro con arco.

Lomax me prestó dinero más que suficiente y me dio su dirección y el número de cuenta corriente. Al volver a la campa del Naadam, Aneyhaak me ayudó a verlo de otra manera:

—Para ti no es mucho, para el que te la ha robado, es una fortuna.

Me consolé pensando que tal vez aquel dinero sirviera para operar al hijo del ratero, pero viendo lo que veía, era poco probable. Si Kyzyl es normalmente la provincia del vodka ruso, durante el Naadam se convierte en la capital.

Cuando volvimos de recorrer comisarías de barrio y oficinas, las carreras habían acabado. Mi estancia en Tuva, también. En realidad, había acabado aquella misma mañana, con Aneyhaak durmiendo sobre mi pecho, y yo sobre el suyo.

Al día siguiente salía el avión. Los Hunayic sacrificaron el último cordero en mi honor. Lo habían traído desde Chesdarig. Fingí el entusiasmo que no podía sentir, y comí hasta lo que me repugnaba, pero que para la familia eran los bocados más exquisitos. Las mujeres cumplieron los ritos llevando parte del banquete a los *ough* de vecinos ocasionales. Cortázar dice que ésa es una costumbre solidaria de todos los nómadas del mundo, una interminable cadena de manos llevando al *ough,* a la yurta, a la *jaima,* las ofrendas de la vida.

No quise que me acompañara nadie. Me llevaba al aeropuerto Lomax, y lo prefería. Quería dejar allí, para siempre, a mi otro yo, a Kezik. El que se iba se estaba convirtiendo, poco a poco, metro a metro, en Marcos Cortázar. Me había despedido de todos, uno a uno. De Aneyhaak también. Me sonreía como el primer día, como la había visto la primera vez en el *aal* de Chesdarig, al pie del monte Bosdag. En sus pendientes de plata y en su pelo todavía había estrellas enredadas durante nuestra noche, y no teníamos nada más que decirnos. Entré en el jeep de Lomax, dije adiós con la mano, aguanté como pude la emoción.

En el trayecto hablamos de caballos. Lomax me escuchaba con verdadera atención, aunque no podía evitar hacerlo con su inmarchitable sonrisa. Le miré un momento. Había estado siempre cerca, y en ese momento lo supe: protegiéndome. Le conté todo, apresuradamente. Mientras escuchaba lo que me había dicho Kuular Tsering en la noche de la ceremonia se puso serio, se borró de su rostro la sonrisa de superioridad. Y cuando le referí todo lo que había sucedido entre Aydemir y *Turgun* se volvió para mirarme con los ojos muy abiertos. Extendió la mano y la posó sobre mi hombro. No dijo nada.

Apreté entre mis manos el cuaderno, lo abrí, vi la primera fecha, la de la llegada a Kyzyl, La Roja. Habían pasado tan sólo veintiocho días. A lo lejos vi, junto al río Yenisey, el monolito de cemento coloreado que marcaba el punto en el que se encontraba el centro exacto de Asia.

Tuva, verano de 2003 - Tapia, invierno de 2007